हिन्द पॉकेट बुक

मन्नू भंडारी

की यादगारी कहानियाँ

मन्नू भंडारी हिन्दी की सुप्रसिद्ध कहानीकार हैं। मध्य प्रदेश में मंदसौर जिले के भानपुरा गाँव में जन्मी मन्नू का बचपन का नाम महेंद्र कुमारी था। लेखन के लिए उन्होंने मन्नू नाम का चुनाव किया। उन्होंने एम ए तक शिक्षा पाई और वर्षों तक दिल्ली के मिरांडा हाउस में अध्यापिका रहीं। धर्मयुग में धारावाहिक रूप से प्रकाशित उपन्यास आपका बंटी से लोकप्रियता प्राप्त करने वाली मन्नू भंडारी विक्रम विश्वविद्यालय, उज्जैन में प्रेमचंद सृजनपीठ की अध्यक्षा भी रहीं। लेखन का संस्कार उन्हें विरासत में मिला। उनके पिता सुख सम्पतराय भी जाने माने लेखक थे।

मन्नू भंडारी

की यादगारी कहानियाँ

मन्नू भंडारी

हिन्द पॉकेट बुक्स
पेंगुइन रैंडम हाउस इम्प्रिंट

हिन्द पॉकेट बुक्स

यूएसए | कनाडा | यूके | आयरलैंड | ऑस्ट्रेलिया | सिंगापुर
न्यू ज़ीलैंड | भारत | दक्षिण अफ्रीका | चीन

हिन्द पॉकेट बुक्स, पेंगुइन रैंडम हाउस ग्रुप ऑफ़ कम्पनीज़ का हिस्सा है,
जिसका पता global.penguinrandomhouse.com पर मिलेगा

पेंगुइन रैंडम हाउस इंडिया प्रा. लि.,
चौथी मंजिल, कैपिटल टावर -1, एम जी रोड,
गुड़गांव 122 002, हरियाणा, भारत

पेंगुइन
रैंडम हाउस
इंडिया

प्रथम संस्करण पेंगुइन रैंडम हाउस द्वारा 2011 में प्रकाशित
यह हिन्दी संस्करण हिन्द पॉकेट बुक्स में पेंगुइन रैंडम हाउस द्वारा 2023 में प्रकाशित

10 9 8 7 6 5 4 3 2

इस पुस्तक में व्यक्त विचार लेखक के अपने हैं, जिनका यथासंभव तथ्यात्मक सत्यापन किया गया है, और इस संबंध में प्रकाशक एवं सहयोगी प्रकाशक किसी भी रूप में उत्तरदायी नहीं हैं।

ISBN 9789353490799

मुद्रकः रेप्रो इंडिया लिमिटेड

www.penguin.co.in

FSC www.fsc.org MIX Paper from responsible sources FSC® C047271

This is a legitimate digitally printed version of the book and therefore might not have certain extra finishing on the cover.

अनुक्रम

अकेली

सोमा बुआ बुढ़िया हैं।

सोमा बुआ परित्यक्ता हैं।

सोमा बुआ अकेली हैं।

सोमा बुआ का जवान बेटा क्या जाता रहा, उनकी अपनी जवानी चली गई। पति को पुत्र-वियोग का ऐसा सदमा लगा कि वे पत्नी, घर-बार तजकर तीरथ-वासी हुए और परिवार में कोई ऐसा सदस्य था नहीं जो उनके एकाकीपन को दूर करता। पिछले बीस वर्षों से उनके जीवन की इस एकरसता में किसी प्रकार का कोई व्यवधान उपस्थित नहीं हुआ, कोई परिवर्तन नहीं आया। यों हर साल एक महीने के लिए उनके पति उनके पास आकर रहते थे। पर कभी उन्होंने पति की प्रतीक्षा नहीं की, उनकी राह में आंखें नहीं बिछाईं। जब तक पति रहते उनका मन और भी मुरझाया हुआ रहता, क्योंकि पति के स्नेह-हीन व्यवहार का अंकुश उनके रोज़मर्रा के जीवन की अबाध गति से बहती स्वच्छंद धारा को कुंठित कर देता। उस समय उनका घूमना-फिरना, मिलना-जुलना बंद हो जाता है और संन्यासीजी महाराज से तो यह भी नहीं होता कि दो मीठे बोल-बोलकर सोमा बुआ को एक ऐसा संबल ही पकड़ा दें, जिसका आसरा लेकर वह उनके वियोग के ग्यारह महीने काट दें। इस स्थिति में बुआ को अपनी जिंदगी पास-पड़ोसवालों के भरोसे ही काटनी पड़ती थी। किसी के घर मुंडन हो, छठी हो, जनेऊ हो, शादी हो या ग़मी, बुआ पहुंच जातीं और फिर छाती फाड़कर काम करतीं, मानो वे दूसरे के घर में नहीं अपने ही घर में काम कर रही हों।

आजकल सोमा बुआ के पति आए हुए हैं और अभी-अभी कुछ कहा-सुनी होकर चुकी है। बुआ आंगन में बैठी धूप खा रही हैं, पास रखी कटोरी से तेल लेकर हाथों में मल रही हैं, और बड़बड़ा रही हैं। इस एक महीने में

अन्य अवयवों के शिथिल हो जाने के कारण उनकी जीभ ही सबसे अधिक सजीव और सक्रिय हो उठती है। तभी हाथ में एक फटी साड़ी और पापड़ लेकर ऊपर से राधा भाभी उतरीं।

"क्या हो गया बुआ, क्यों बड़बड़ा रही हो? फिर संन्यासीजी महाराज ने कुछ कह दिया क्या?"

"अरे मैं कहीं चली जाऊं सो भी इन्हें नहीं सुहाता। कल चौकवाले किशोरीलाल के बेटे का मुंडन था, सारी बिरादरी का न्यौता था। मैं तो जानती थी कि ये पैसे का ही गरूर है जो मुंडन पर भी सारी बिरादरी को न्यौता है, पर काम उन नई-नवेली बहुओं से संभलेगा नहीं सो जल्दी ही चली गई। हुआ भी वही..." और सरककर बुआ ने राधा के हाथ से पापड़ लेकर सुखाने शुरू कर दिए। "एक काम गत से नहीं हो रहा था। अब घर में कोई बड़ा-बूढ़ा हो तो बतावे, या कभी किया हो तो जानें। गीतवाली औरतें मुंडन पर बन्ना-बन्नी गा रही थीं, मेरा तो हंसते-हंसते पेट फूल गया।" और उसकी याद से ही कुछ देर पहले का दुःख और आक्रोश धुल गया। अपने सहज स्वाभाविक रूप में वे कहने लगीं—"भट्टी पर देखा तो अजब तमाशा ...समोसे कच्चे ही उतार दिए और इतने बना दिए कि दो बार खिला दो और गुलाब जामुन इतने कम कि एक पंगत में भी पूरे न पड़ें। उसी समय खोया मंगवाकर नए गुलाब जामुन बनाए। दोनों बहुएं और किशोरीलाल तो बिचारे इतना जस मान रहे थे कि क्या बताऊं? कहने लगे—'अम्मा! तुम न होतीं तो आज भद्द उड़ जाती। अम्मा! तुमने लाज रख ली!' मैंने तो कह दिया कि अरे अपने ही काम नहीं आवेंगे तो कोई बाहर से तो आवेगा नहीं। ये तो आजकल इनका रोटी-पानी का काम रहता है नहीं तो मैं तो सवेरे से ही चली जाती!"

"तो संन्यासी महाराज क्यों बिगड़ पड़े? उन्हें तुम्हारा आना-जाना अच्छा नहीं लगता बुआ।"

"यों तो मैं कहीं आऊं-जाऊं सो ही इन्हें नहीं सुहाता, और फिर कल किशोरी के यहां से बुलावा नहीं आया। अरे, मैं तो कहूं कि घरवालों को कैसा बुलावा? वे लोग तो मुझे अपनी मां से कम नहीं समझते, नहीं तो कौन भला यों भट्टी और भंडार-घर सौंप दे? पर उन्हें अब कौन समझावे। कहने लगे, तू जबर्दस्ती दूसरों के घर में टांग अड़ाती फिरती है।" और

एकाएक उन्हें उस क्रोध-भरी वाणी और कटुवचनों का स्मरण हो आया जिनकी बौछार कुछ देर पहले ही उन पर होकर गुज़र चुकी थी। याद आते ही फिर उनके आंसू बह चले।

"अरे रोती क्या हो बुआ! कहना-सुनना तो चलता ही रहता है। संन्यासीजी महाराज एक महीने को तो आकर रहते हैं, सुन लिया करो, और क्या?"

"सुनने को तो सुनती ही हूं, पर मन तो दुखता ही है कि एक महीने को आते हैं तो भी कभी मीठे बोल नहीं बोलते। मेरा आना-जाना इन्हें सुहाता नहीं सो तू ही बता राधा, ये तो साल में ग्यारह महीने हरिद्वार रहते हैं। इन्हें तो नाते-रिश्तेवालों से कुछ लेना-देना नहीं पर मुझे तो सबसे निभाना पड़ता है। मैं भी सबसे तोड़ताड़ कर बैठ जाऊं तो कैसे चले? मैं तो इनसे कहती हूं कि जब पल्ला पकड़ा है तो अंत समय में भी साथ ही रखो, सो तो इनसे होता नहीं। सारा धरम-करम ये ही लूटेंगे, सारा जस ये ही बटोरेंगे और मैं अकेली पड़ी-पड़ी यहां इनके नाम को रोया करूं। उस पर से कहीं आऊं-जाऊं वह भी इनसे बर्दाश्त नहीं होता!" और बुआ फूट-फूटकर रो पड़ीं। राधा ने आश्वासन देते हुए कहा—"रोओ नहीं बुआ, अरे वे तो इसलिए नाराज़ हुए कि बिना बुलाए तुम चली गईं।"

"बेचारे इतने हंगामे में बुलाना भूल गए तो मैं भी मान करके बैठ जाती? फिर घरवालों को कैसा बुलाना? मैं तो अपनेपन की बात जानती हूं। कोई प्रेम नहीं रखे तो दस बुलावे पर नहीं जाऊं और प्रेम रखे तो बिना बुलाए भी सिर के बल जाऊं। मेरा अपना हरखू होता और उसके घर काम होता तो क्या मैं बुलावे के भरोसे बैठी रहती? मेरे लिए जैसा हरखू वैसा किशोरीलाल। आज हरखू नहीं है इसी से दूसरों को देखकर मन भरमाती रहती हूं।" और वे हिचकियां लेने लगीं।

पापड़ों को फैलाकर स्वर को भरसक कोमल बनाकर राधा ने कहा—"तुम भी बुआ बात को कहां-से-कहां ले गईं? अब चुप भी होओ! अच्छा देखो तुम्हारे लिए एक पापड़ भूनकर लाती हूं, खाकर बताना कैसा है?" और वह पापड़ लेकर ऊपर चढ़ गई।

कोई सप्ताह-भर बाद बुआ बड़े प्रसन्न मन से आई और संन्यासीजी से बोली—"सुनते हो, देवरजी के ससुरालवालों की किसी लड़की का संबंध

भागीरथजी के यहां हुआ है। वे सब लोग यहीं आकर ब्याह कर रहे हैं। देवरजी के बाद तो उन लोगों से कोई संबंध ही नहीं रहा, फिर भी हैं तो समधी ही। वे तो तुमको भी बुलाए बिना नहीं मानेंगे। समधी को आखिर कैसे छोड़ सकते हैं?" और बुआ पुलकित होकर हंस पड़ी। संन्यासीजी की मौन उपेक्षा से उनके मन को ठेस तो पहुंची फिर भी वे प्रसन्न थीं। इधर-उधर जाकर वे इस विवाह की प्रगति की खबरें लातीं! आखिर एक दिन वे यह भी सुन आईं कि उनके समधी यहां आ गए हैं और ज़ोर-शोर से तैयारियां हो रही हैं। सारी बिरादरी को दावत दी जाएगी—खूब रौनक होने वाली है। दोनों ही पैसे वाले ठहरे।

"क्या जाने हमारे घर तो बुलावा भी आएगा या नहीं, देवरजी को मरे पच्चीस बरस हो गए, उसके बाद से तो कोई संबंध ही नहीं रखा। रखे भी कौन, यह काम तो मरदों का होता है, मैं तो मरदवाली होकर भी बेमरद की हूं।" और एक ठंडी सांस उनके दिल से निकल गई।

"अरे वाह बुआ! तुम्हारा नाम कैसे नहीं होगा। तुम तो समधिन ठहरीं। देवर चाहे न रहे पर कोई रिश्ता थोड़े ही टूट जाता है!" दाल पीसती हुई घर की बड़ी बहू बोली।

"है बुआ, नाम है। मैं तो सारी लिस्ट देखकर आई हूं।" विधवा ननद बोली। बैठे-ही-बैठे दो क़दम आगे सरककर बुआ ने बड़े उत्साह से पूछा—'तू अपनी आंखों से देखकर आई है नाम? नाम तो होना ही चाहिए। पर मैंने सोचा कि क्या जाने आजकल के फैशन में पुराने संबंधियों को बुलाना हो, न हो।" और बुआ बिना दो पल भी रुके वहां से चल पड़ीं। अपने घर जाकर सीधे राधा भाभी के कमरे में चढ़ी—"क्यों री राधा, तू तो जानती है कि नई फैशन में लड़की की शादी में क्या दिया जावे है? समधियों का मामला ठहरा, सो भी पैसे वाले। खाली हाथ जाऊंगी तो अच्छा नहीं लगेगा। मैं तो पुराने जमाने की ठहरी, तू ही बता दे क्या दूं? अब कुछ बनाने का समय तो रहा नहीं, दो दिन बाकी हैं सो कुछ बना-बनाया ही खरीद लाना।"

"क्या देना चाहती हो अम्मा? जेवर, कपड़ा, शृंगारदान या कोई और चांदी की चीज?"

"मैं तो कुछ भी नहीं समझूं री। जो कुछ पास है तुझे लाकर दे देती हूं, जो तू ठीक समझे ले आना। बस, भद्द नहीं उड़नी चाहिए! अच्छा देखूं

पहले कि रुपए कितने हैं?" और वे डगमगाते कदमों से नीचे आईं। दो-तीन कपड़ों की गठरियां हटाकर एक छोटा-सा बक्सा निकाला। उसका ताला खोला। इधर-उधर करके एक छोटी-सी डिबिया निकाली। बड़े जतन से उसे खोला—उसमें सात रुपए की कुछ रेज़गारी पड़ी थी और एक अंगूठी। बुआ का अनुमान था कि रुपए कुछ ज्यादा होंगे, पर जब सात ही रुपए निकले तो सोच में पड़ गईं। रईस समधियों के घर में इतने से रुपयों से बिंदी भी नहीं लगेगी। उनकी नजर अंगूठी पर गई। यह उनके मृत-पुत्र की एकमात्र निशानी उनके पास रह गई थी। बड़े-बड़े आर्थिक संकटों के समय भी वे उस अंगूठी का मोह नहीं छोड़ सकी थीं। आज भी एक बार उसे उठाते समय उनका दिल धड़क गया, फिर भी उन्होंने पांच रुपए और वह अंगूठी आंचल से बांध ली। बक्स को बंद किया और फिर ऊपर को चलीं, पर इस बार उनके मन का उत्साह कुछ ठंडा पड़ गया था और पैरों की गति शिथिल। राधा के पास जाकर बोलीं—"रुपए तो नहीं निकले बहू। आएं भी कहां से, मेरे कौन कमानेवाला बैठा है? उस कोठरी का किराया आता है, उसमें दो समय की रोटी निकल जाती है जैसे-तैसे!" और वे रो पड़ीं। राधा ने कहा—"क्या करूं बुआ, आजकल मेरा भी हाथ तंग है, नहीं तो मैं ही दे देती। अरे, पर तुम देने के चक्कर में पड़ती ही क्यों हो? आजकल तो देने-लेने का रिवाज ही उठ गया है।"

"नहीं रे राधा, समधियों का मामला ठहरा! पच्चीस बरस हो गए तो भी वे नहीं भूले और मैं खाली हाथ जाऊं? नहीं-नहीं, इससे तो न जाऊं सो ही अच्छा!"

"तो जाओ ही मत। चलो छुट्टी हुई, इतने लोगों में किसे पता लगेगा कि आईं या नहीं।" राधा ने सारी समस्या का सीधा-सा हल बताते हुए कहा।

"बड़ा बुरा मानेंगे। सारे शहर के लोग जावेंगे और मैं समधिन होकर नहीं जाऊंगी तो यही समझेंगे कि देवरजी मरे तो संबंध भी तोड़ लिया। नहीं-नहीं, तू यह अंगूठी बेच ही दे।" और उन्होंने आंचल की गांठ खोलकर एक पुराने जमाने की अंगूठी राधा के हाथ पर रख दी। फिर बड़ी मिन्नत भरे स्वर में बोली, "तू तो बाजार जाती है राधा, इसे बेच देना और जो कुछ ठीक समझे खरीद लेना। बस, शोभा रह जावे इतना खयाल रखना।"

गली में बुआ ने चूड़ीवाले की आवाज़ सुनी तो एकाएक ही उनकी नज़र अपने हाथ की भद्दी मटमैली चूड़ियों पर जाकर टिक गई। कल समधियों के यहां जाना है, जेवर नहीं हैं तो कम-से-कम कांच की चूड़ी तो अच्छी पहन लें। पर एक अव्यक्त लाज ने उनके कदमों को रोक दिया, कोई देख लेगा तो। लेकिन दूसरे ही क्षण अपनी इस कमजोरी पर विजय-पाती-सी वे पीछे के दरवाजे पर पहुंच गईं और एक रुपया कलदार खर्च करके लाल-हरी चूड़ियों के बंद पहन लिए, पर सारे दिन हाथों को साड़ी के आंचल से ढके-ढके फिरीं।

शाम को राधा भाभी ने बुआ को चांदी की एक सिंदूर-दानी, एक-साड़ी और एक ब्लाउज का कपड़ा लाकर दे दिया। सब कुछ देख-पाकर बुआ बड़ी प्रसन्न हुईं और यह सोच-सोचकर कि जब वे ये सब दे देंगी तो उनकी समधिन पुरानी बातों की दुहाई दे-देखकर उनकी मिलनसारिता की कितनी प्रशंसा करेगी, उनका मन पुलकित होने लगा। अंगूठी बेचने का ग़म भी जाता रहा। पासवाले बनिए के यहां से एक आने का पीला रंग लाकर रात में उन्होंने साड़ी रंगी। शादी में सफ़ेद साड़ी पहनकर जाना क्या अच्छा लगेगा? रात में सोईं तो मन कल की ओर दौड़ रहा था।

दूसरे दिन नौ बजते-बजते खाने का काम समाप्त कर डाला। अपनी रंगी हुई साड़ी देखी तो कुछ जंची नहीं। फिर ऊपर राधा के पास पहुंची—"क्यों राधा, तू तो रंगी साड़ी पहिनती है तो बड़ी आब रहती है, चमक रहती है, इसमें तो चमक आई नहीं?"

"तुमने कलफ़ जो नहीं लगाया अम्मा, थोड़ा सा मांड़ दे देतीं तो अच्छा रहता। अभी दे लो, ठीक हो जाएगी। बुलावा कब का है?"

"अरे नए फैशनवालों की मत पूछो, ऐन मौकों पर बुलावा आता है। पांच बजे का मुहरत है, दिन में कभी भी आ जावेगा।"

राधा भाभी मन-ही-मन मुस्करा उठी।

बुआ ने साड़ी में मांड़ लगाकर सुखा दिया। फिर एक नई थाली निकाली, अपनी जवानी के दिनों में बुना हुआ क्रोशिए का एक छोटा-सा मेज़पोश निकाला। थाली में साड़ी, सिंदूरदानी, एक नारियल और थोड़े-से बताशे सजाए, फिर जाकर राधा को दिखाया। संन्यासी महाराज सवेरे से इस आयोजन को देख रहे थे। उन्होंने कल से लेकर आज तक कोई पच्चीस बार चेतावनी दे दी थी कि यदि कोई बुलाने न आए तो चली मत जाना, नहीं तो ठीक नहीं

होगा। हर बार बुआ ने बड़े ही विश्वास के साथ कहा—"मुझे क्या बावली ही समझ रखा है जो बिना बुलाए चली जाऊंगी? अरे वह पड़ोसवालों की नंदा अपनी आंखों से बुलावे की लिस्ट में नाम देखकर आई है, और बुलावेंगे क्यों नहीं? शहरवालों को बुलावेंगे और समधियों को नहीं बुलावेंगे क्या?"

तीन बजे के क़रीब बुआ को अनमने भाव से छत पर इधर-उधर घूमते देख राधा भाभी ने आवाज़ लगाई—"गईं नहीं बुआ?"

एकाएक चौंकते हुए बुआ ने पूछा—"कितने बज गए राधा?—क्या कहा, तीन? सर्दी में तो दिन का पता ही नहीं लगता है। बजे तीन ही हैं और धूप सारी छत पर से ऐसे सिमट गई मानो शाम हो गई हो।" फिर एकाएक जैसे ख़याल आया कि यह तो भाभी के प्रश्न का उत्तर नहीं हुआ तो ज़रा ठंडे स्वर में बोली—"मुहरत तो पांच बजे का है, जाऊंगी तो चार तक जाऊंगी, अभी तो तीन ही बजे हैं।" बड़ी सावधानी से उन्होंने स्वर में लापरवाही का पुट दिया। बुआ छत पर से गली में नज़र फैलाए खड़ी थीं, उनके पीछे ही रस्सी पर धोती फैली हुई थी, जिसमें कलफ़ लगा था और अबरक छिड़का हुआ था। अबरक के बिखरे हुए कण रह-रहकर धूप में चमक जाते थे, ठीक वैसे ही जैसे किसी को भी गली में घुसता देख बुआ का चेहरा चमक उठता था?

सात बजे के धुंधलके में राधा ने ऊपर से देखा तो छत की दीवार से सटी, गली की ओर मुंह किए एक छाया मूर्ति दिखाई दी। उसका मन भर आया। बिना कुछ पूछे इतना ही कहा, "बुआ! सर्दी में खड़ी-खड़ी यहां क्या कर रही हो? आज खाना नहीं बनेगा क्या, सात तो बज गए?"

जैसे एकाएक नींद में से जागते हुए बुआ ने पूछा—"क्या कहा, सात बज गए?" फिर जैसे अपने से ही बोलते हुए पूछा, "पर सात कैसे बज सकते हैं, मुहरत तो पांच बजे का था।" और फिर एकाएक ही सारी स्थिति को समझते हुए, स्वर को भरसक संयत बनाकर बोलीं—"अरे खाने का क्या है अभी बना लूंगी। दो जनों का तो खाना है, क्या खाना और क्या पकाना।"

फिर उन्होंने सूखी साड़ी को उतारा। नीचे जाकर अच्छी तरह उसकी तह की, धीरे-धीरे हाथों से चूड़ियां खोलीं, थाली में सजाया हुआ सारा सामान उठाया और सारी चीज़ें बड़े जतन से अपने एकमात्र संदूक में रख दीं।

और फिर बड़े ही बुझे हुए दिल से अंगीठी जलाने बैठीं।

मजबूरी

“बेटू को खिलावे जो एक घड़ी,
उसे पिन्हाऊँ मैं सोने की घड़ी।
बेटू को खिलावे जो एक पहर,
उसे दिलाऊँ मैं सोने की मोहर।”

बूढ़ी अम्मा ज़ोर-ज़ोर से यह लोरी गा रही थीं और लाल मिट्टी से कमरा लीप रही थीं। उनके घोंसले जैसे बालों में से एक मोटी-सी लट निकलकर उनके चेहरे पर लटक आई थी, जो उनके हिलते हुए सिर के साथ हिल-हिल कर मानो लोरी पर ताल ठोंक रही थी। बर्तन मलने के लिए आई हुई नर्बदा ने जो यह देखा तो हैरत में आ गई, बोली—“अम्मा, यह क्या हो रहा है? कल तो गठिया में जुड़ी पड़ी थीं, दरद के मारे तन बदन की सुध नहीं थी और आज ऐसी सर्दी में आँगन लीपने बैठ गईं।”

एक क्षण को अम्मा का हाथ रुका, फिर पुलकित स्वर में वे बोलीं, “अरी नर्बदा, मेरा बेटू आ रहा है कल!” फिर गाने के ही लहजे में बोलीं, “बेटू मेरा आवेगा...”

“ओहो तो रामेसुर लल्ला आ रहे हैं कल!” नर्बदा ने पूछा।

“मैं कह नहीं रही थी कि छुट्टी मिली नहीं कि वह दौड़ा आएगा। अम्मा के मारे तो उसके प्राण सूखते हैं! इतना बड़ा हो गया फिर भी यहाँ आएगा तो रात में एक बार मेरी गोदी में सोएगा। पर इस बार मैं कह दूँगी कि चल मैं तुझे गोदी में नहीं लूँगी, अब तू गोदी में सोएगा कि बेटू...?” और वे हँस पड़ीं जैसे कोई भारी मजाक कर दिया हो। फिर एकाएक काम का ख़याल आ जाने से बोली, “ले री, मैंने खड़िया भिगो रखी है, जरा बाहर के

आँगन को माँड दे। बस ऐसा माँडना कि सब देखते ही रह जाएँ। क्या करूँ आजकल हाथ काँपने लगा है, नहीं तो मैं ही माँड लेती!"

नर्बदा को खड़िया के काम में लगाकर वे फिर गाने लगीं :

"आओ री चिड़िया चून करो
बेटू ऊपर राइ-नून करो
नून करो-नून करो..."

ले मैं तो भूल ही गई—क्या है इसके आगे! रामेसुर छोटा था तो ढेरों याद थीं, उसके बाद तो छोटा बच्चा ही घर में नहीं रहा सो सब भूल गई। मेरा रामेसुर तो बिना लोरी सुने कभी सोता ही नहीं था, बेटू भी ज़रूर उसी पर होगा। "अब तो दौड़ता-फिरता होगा आँगन में।" और उनकी धुँधली आँखों के आगे जैसे दौड़ते फिरते बेटू के चित्र बनने-बिगड़ने लगे! उसी कल्पना में खोई-खोई वे बोलती गईं, "पहले बहू लेकर आई थी तब तो दो महीने का था बस पालने में पड़ा-पड़ा हाथ पैर मारता था और मैं जाकर खड़ी हो जाती थी तो टुकुर-टुकुर मुझे ही निहारा करता था। सूरत भी एकदम रामेसुर पर ही पड़ी है उसकी। अब तो खुद देख लेना, सारा घर नापता फिरेगा।" और वे हँस पड़ीं। इन सब कल्पनाओं से ही रह-रहकर उनका शरीर रोमांचित हो रहा था।

अम्मा का काम समाप्त हुआ तो मिट्टी में सनी दोनों हथेलियों को जमीन पर पूरे ज़ोर से टिकाते हुए उन्होंने उठने का प्रयत्न किया पर एक सर्द आह-सी उनके मुँह से निकलकर रह गई। वे उठ नहीं पाई तो बड़े ही कातर स्वर में बोलीं, "अरे नर्बदा मुझे जरा उठा दे री, घुटने तो जैसे फिर जुड़ गए।"

"जुड़ेंगे तो सही। ऐसी सर्दी में जब से मिट्टी में सनी बैठी हो! बेटे-बहू आ रहे हैं तो ऐसी क्या नवाई हो रही है, सभी के घर आते हैं।" और नर्बदा ने अम्मा को सहारा देकर उठाया, उनके हाथ धुलाए और खटिया पर लिटा दिया।

"तू भी कैसी बात करती है नर्बदा। दो बरस बाद मेरा बेटा आ रहा है, और मैं आँगन भी न लीपूँ?"

"दो बरस बाद आ रहा है तो मैं तो यही कहूँगी कि उनमें मोहमाया नहीं है। तुम यों ही मरी जाती हो उनके पीछे।"

"देख नर्बदा, मेरे रामेसुर के लिए कुछ मत कहना। यह तो मैं ही जानती

हूँ कि दो-दो बरस मुझसे दूर रहकर उसके दिन कैसे बीतते होंगे, पर क्या करे, नौकरी तो आखिर नौकरी ही है। मेरे पास आज लाखों का धन होता तो बेटे को यों नौकरी करने परदेस नहीं दुरा देती, पर...” और उनके कुछ क्षण पहले पुलकते चेहरे पर मायूसी छा गई। आँखें अनायास ही डबडबा आईं।

नर्बदा यहाँ बरसों से काम करती है, अम्मा के लिए उसके मन में अपार श्रद्धा है पर बेटे के प्रसंग को लेकर वह जब-तब उनका दिल दुखा दिया करती है। कुछ और खरी-खोटी सुनाने का उसका मन हो रहा था, पर आज अम्मा पर तरस खाकर चुप रह गई। जब तक वह काम करती रही, अम्मा शून्य में ताकती जाने क्या सोचती रहीं, बोली एक शब्द भी नहीं। जब वह जाने लगी तो न चाहकर भी उन्हें कहना पड़ा—“तू जाते समय ग्वाले को कहती जाना कि कल दूध जल्दी दे जाए, और अब से दूध ज्यादा लगेगा। बच्चे वाले घर में तो दूध पूरा ही रहना चाहिए। जब तक वे लोग यहाँ रहें तब तक तू भी चौका-बर्तन करके यहाँ रहा करना। घर में पाँच प्राणी रहते हैं तो काम तो निकल ही आता है, फिर बच्चे का साथ रहेगा। देने-लेने की चिन्ता मत करना, मैं रामेसुर को एक कहूँगी तो वह पाँच देगा।”

कुछ तो गठिया के दर्द ने और कुछ नर्बदा की बातों ने अम्मा का उत्साह तोड़ दिया। बहुत से काम उन्होंने सोच रखे थे पर वे कुछ न कर सकीं। बस अपनी खाट पर पड़े-पड़े भूली-बिसरी लोरियाँ याद करके गुनगुनाती रहीं। धीरे-धीरे रात के अन्धकार में उनके मन की मायूसी भी डूब गई और वे भोर होने के पहले ही उठ बैठीं। घुटने का दर्द मन के उत्साह में खो गया, बेटे-पोते से मिलने की उमंग में मौसम की ठंडक भी जैसे जाती रही। सात बजते-बजते तो वे सब घर ही पहुँच जाएँगे। साथ छोटा बच्चा है, दूध तो गरम करके रख ही दूँ। फिर उन दोनों को भी चाय की आदत होगी, ऐसी सर्दी में चाय तैयार नहीं मिलेगी तो अम्मा को क्या कहेंगे भला? दूसरा चूल्हा भी जला दूँ, नहाने को गरम पानी भी तो चाहिएगा।

उस कड़कती सर्दी में ठिठुरते-ठिठरते अम्मा ने बेटे-बहू को गरम करने के सारे आयोजन कर डाले। फिर सोचा—लगे हाथ तरकारी भी काट ही दूँ, नहीं तो वे इधर आएँगे और उधर मैं चूल्हे में सिर देकर बैठ जाऊँगी। बरसों में मेरा बेटा आ रहा है, घड़ी दो घड़ी उससे बात भी नहीं करूँगी?

इनका क्या, ये तो अपने राजी-खुशी पूछकर औषधालय चल देंगे। तरकारी भी कट गई—अब क्या करें? अम्मा अपने को इतना व्यस्त कर देना चाहती थीं जिससे प्रतीक्षा के बोझिल क्षण महसूस न हों, पर समय जैसे बीत ही नहीं रहा था! तभी दूर कहीं घोड़ों के घुँघरुओं की आवाज आई और ताँगा अम्मा के घर के सामने रुका। अम्मा पागलों की तरह दरवाजे की ओर दौड़ पड़ीं। रामेसुर की गोद से उन्होंने झपटकर बच्चे को ऐसे छीना मानो किसी चोर-उचक्के के हाथ से वे अपने बच्चे को छिन रही हों और कसकर उसे सीने से चिपका लिया। चरण छूते हुए रामेश्वर की पीठ पर हाथ फेरते हुए दूसरे हाथ के घेरे में उसे भी लपेट लिया। बच्चा एकाएक इतना प्यार और शारीरिक कष्ट पाकर रो उठा और माँ के पास जाने के लिए मचलने लगा। वे उसके आँसू पोंछने लगीं तो उनकी अपनी आँखों से भी आँसू की धारा बहने लगी। पुचकारने पर भी जब बच्चा चुप नहीं हुआ तो बहू की ओर बढ़ाते हुए उन्होंने कहा, "अभी मुझे पहिचानता नहीं। एक बार मुझे पहिचानने लगेगा तो छोड़ेगा नहीं।" उपेक्षित-सी एक ओर खड़ी बहू ने बच्चे को ले लिया।

चाय-पानी हो गया और रामेश्वर नहाने चला गया तो अम्मा ने बहू को अकेले पाकर कहा, "ख़बर तो दी होती बहू कि तुम्हारे महीने चढ़े हैं, कितने महीने हैं?"

झेंपते हुए बहू ने उत्तर दिया, "यह भी कोई लिखने की बात थी अम्मा!" फिर जरा रुकते-रुकते कहा मानो कहने का साहस बटोर रही हो, "अम्मा, इस बार बेटू को आप ही रखेंगी। जैसे भी हो मैं यहाँ हूँ तब तक उसे अपने से हिला लीजिए। मैं तो इसके मारे ही परेशान थी, दो-दो को तो..."

अम्मा आँखें फाड़-फाड़कर ऐसे देख रही थीं मानो जो कुछ सुन रही हैं उस पर विश्वास करें या नहीं। फिर एकाएक बोल पड़ीं, "तुम क्या कह रही हो बहू, बेटू को मेरे पास छोड़ जाओगी, मेरे पास! सच? हे भगवान, तुम्हारी सब साध पूरी हो, तुम बड़भागी होओ। मेरे इस सूने घर में एक बच्चा रहेगा तो मेरा तो जनम सफल हो जाएगा।" फिर वे एकाएक रो पड़ीं, "तुम क्या जानो बहू! अपने कलेजे के टुकड़े को निकालकर मुम्बई भेज दिया। रामेसुर के बिना यह घर तो मसान जैसा लगता है। ये ठहरे

सन्त आदमी, दीन-दुनिया से कोई मतलब नहीं। मैं अकेली ये पहाड़ जैसे दिन कैसे काटती हूँ सो मैं ही जानती हूँ। भगवान तुम्हें दूसरा भी बेटा दें, तुम उसे पाल लेना! पर देखो, अपनी बात से मुड़ना नहीं...मैं...मैं...” तभी रामेश्वर ने ठिठुरते हुए रसोई में प्रवेश किया, “अम्मा एक अँगीठी जरा इधर रख दो। मुम्बई में रहकर तो सर्दी सहने की आदत ही नहीं रही। यहाँ तो नहाते ही जैसे जम गया।”

अम्मा ने अँगीठी रामेश्वर के पास सरका दी। तभी रामेश्वर का ध्यान अम्मा के कपड़ों की ओर गया, “यह क्या अम्मा, तुम कुछ भी गरम कपड़ा नहीं पहने हो! सर्दी खा गई तो बीमार पड़ जाओगी। फिर तुम्हें गठिया की भी तो तकलीफ है, ऐसे कैसे चलेगा। न हो तो बनवा लो कपड़े, मैं रुपए दे दूँगा।”

पर यह सब अनसुना करके अम्मा बोलीं, “देख आज बहू ने कह दिया है कि बेटू अब मेरे पास रहेगा, और अब जो बच्चा होगा वह तुम्हारे पास। तू कहीं टाल मत जाना, बात पक्की हो गई। आज से बेटू मेरा हुआ!”

“अरे हम सभी तो तुम्हारे हैं अम्मा, बोलो नहीं हैं?” परिहास के स्वर में रामेश्वर बोला।

“हो क्यों नहीं। मेरे नहीं तो और किसके हो। पर बेटू आज से मेरे पास रहेगा।” अम्मा ने कहा।

तभी वैद्यराज जी कुछ खाली शीशियाँ लेकर आए तो अम्मा बोली, “सुनते हो जी, इस बार बेटू यहीं रहेगा। बेचारी बहू खुद अभी बच्ची है, दो-दो को कैसे सँभालेगी? और फिर पहले बच्चे पर तो यों भी दादी का हक होता है।” उनके हाथों की गति बढ़ गई थी और वे अब उठने-बैठने में जरा भी तकलीफ महसूस नहीं कर रही थीं।

दोपहर को नर्बदा से भी कहा, “बहू के तो फिर बच्चा होने वाला है, बेचारी दो-दो को कैसे सँभालेगी, सो मुझसे कहने लगी—अम्मा बेटू को तो तुम्हें ही रखना पड़ेगा। उसे कहने में बड़ा संकोच हो रहा था कि मुझे बुढ़ापे में तकलीफ होगी, पर तू ही बता, घर के बच्चे को रखने में कैसी तकलीफ भला! ऐसे समय में घर के ही लोग काम न आएँगे तो कौन आएँगे भला?”

इसके बाद घर में जो कोई भी आया उसे यही ख़बर सुनाई गई! अम्मा इस बात का इतना प्रचार कर देना चाहती थीं कि यदि अब किसी कारण

से बहू का मन फिर भी जाए तो शरम के मारे ही वह अपना इरादा न बदल पाए। अम्मा का सारा दिन बेटू को खिलाने में और उसकी नोन-राई करने में ही बीतता! जाने कैसी-कैसी औरतें घर में आती हैं, तन्दुरुस्त-सुन्दर बच्चे को कड़ी नज़र से देख जाएँ तो लेने के देने पड़ जाएँ। बेटू को लेकर उनके शिथिल और नीरस जीवन में नया उत्साह आ गया था। घुटनों के दर्द के मारे कहाँ तो वे अपने शरीर का बोझ ही नहीं ढो पाती थीं और कहाँ जब वे बेटू को लादे फिरती हैं। शाम को उसके साथ आँख-मिचौनी खेलतीं। बेटू का घोड़ा बनकर आँगन में दौड़ती फिरतीं। बेटू के साथ-साथ उनका भी जैसे बचपन लौट आया था। देखनेवाले अम्मा के पागलपन पर हँसते, पर इसकी उन्हें जरा भी चिन्ता नहीं थीं। रामेश्वर ने टोका, "अम्मा, क्यों उसे लादे फिरती हो, यों ही तुम्हारे घुटनों में दर्द रहता है।" तो बिगड़ पड़ीं, "कैसी बातें करता है रामेसुर, इसमें भी कोई वजन है तो उठाना भारी पड़े। फूल जैसा तो हलका है, खाली-खाली दोनों बेला मिलते टोक दिया। माँ-बाप की नज़र ही सबसे ज्यादा लगती है बच्चों को, तभी तो बेटू एक दिन ठीक नहीं रहता।"

निश्चित समय पर दूध पिलाना, शीशी में दूध भरना, बाद में उसकी सफाई करना आदि सब काम अम्मा के लिए बिल्कुल नए थे। उन्होंने तो रामेश्वर को अपने ढंग से पाला था। जब बच्चा रोया, झट दूध पिला दिया। दूध के लिए भी समय देखना पड़ता है, यह बात उनके लिए एकदम नई थी। दो साल तक तो उन्होंने रामेश्वर को अपना दूध पिलाया था, उसके बाद गिलास से पिलाती थीं। यह शीशी का नखरा उस जमाने में था ही नहीं, और होगा भी तो शहरों में। पर रमा से बड़ी लगन और तत्परता से एक जिज्ञासु विद्यार्थी की तरह उन्होंने यह सब भी सीखा। पति से ज़िद करके औषधालय की दीवार-घड़ी, जो पिछले बीस वर्षों से वहीं लगी थी उतरवाकर घर में लगवाई। उनके एकाकी जीवन में समय का कोई महत्व ही नहीं था। न पति को दफ्तर जाना रहता था, न बच्चों को स्कूल, जो समय पर कोई काम करना पड़े। पर अब एकाएक ही उन्हें घड़ी की आवश्यकता महसूस होने लगी थी। यों उनकी याददाश्त बड़ी कमज़ोर थी, पर दूध के समय उन्होंने जो याद किए तो कभी नहीं भूलीं। शुरू-शुरू में यह सब उन्हें बड़ा अटपटा-सा लगा था फिर भी वे सारा काम बड़ी सतर्कता से करतीं।

शीशी से दूध भरते समय उनका बूढ़ा हाथ अक्सर काँप जाया करता था और दूध बाहर को गिर जाता था। उस समय वे एक असफल विद्यार्थी की तरह सफाई पेश करती थीं—"बहुत जल्दी सीख लूँगी बहू। जरा-सा हाथ काँप गया था, फिर शीशी का मुँह भी तो कितना छोटा है।" उनका कहने का भाव ऐसा होता मानो वे कह रही हों कि इस छोटी-सी गलती के कारण ही कहीं तुम बेटू को ले मत जाना!

बीस दिन बाद जब बहू ने अपनी माँ के घर प्रयाण किया तो बेटू ने न ज़िद की न वह रोया ही। बहू के कड़े नियन्त्रण के बाद दादी के असीम दुलार में रहना, जहाँ कोई बन्धन नहीं, अंकुश नहीं, बेटू को बड़ा अच्छा लगा। बहू चली गई, अम्मा ने निश्चिन्तता की एक साँस ली। महीना बीतते न बीतते ख़बर आई कि बहू के दूसरा भी लड़का हुआ है। अम्मा की छाती पर से जैसे एक भारी बोझ हट गया। संशय का एक काँटा जो रमा के जाने के बाद भी उनके मन में चुभा करता था, वह भी निकल गया। बेटू अब मेरा है, पूरी तरह मेरा है, यह भावना उस दिन जाकर पूरी तरह उनके मन में जम पाई।

जाने से पहले रामेश्वर ने अम्मा और पिताजी के लिए ढेर सारे कपड़े बनवाए थे। अम्मा सारे मोहल्ले की औरतों को दिखाती फिरतीं। जो कोई आता उसी से कहीं, "अम्मा के पीछे तो बस रामेसुर पागल है, न आगे की सोचता है न पीछे की। उसका बस चले तो मुझ पर ही सारा घर लुटा दे। लाख मना करती रही, पर एक बात नहीं मानी। अब बुढ़ापे में ये छपी साड़ियाँ पहनकर कहाँ जाऊँगी, पर वह क्यों सुनने लगा?" यह सब कहते समय उनके झुर्रियों-भरे चेहरे पर चमक आ जाती, और वे आँखें मूँदकर अपने बेटे के चिरायु होने की कामना करतीं। जब रामेश्वर के जाने का समय आया तो उन्होंने रो-रोकर घर भर दिया। हिचकियाँ लेते हुए बोलीं, "देख रामेसुर, यह दो-दो बरस तक घर का मुँह न देखने वाली बात अब नहीं चलेगी। साल में एक बार तो आ ही जाया कर मेरे लाल? नौकरी की जगह नौकरी है, और माँ-बाप की जगह माँ-बाप! मेरी तबियत भी ठीक नहीं रहती, किसी दिन भी आँख मुँदी रह गई तो मैं तेरी सूरत को भी तरस जाऊँगी। सो कम-से-कम अपनी इस बुढ़िया माँ को..." पर आगे वे कुछ

नहीं कह सकीं, बस फूट-फूटकर रोने लगीं। आँसू-भरी आँखों से वे रामेश्वर के ताँगे को तब तक देखती रहीं, जब तक वह आँखों से ओझल नहीं हो गया। उसके बाद उन्होंने कसकर बेटू को अपनी छाती से चिपका लिया।

दूसरे साल रामेश्वर नहीं आया, केवल रमा आई, शायद बेटू को देखने। पर बेटू को जो देखा तो उसका माथा ठनक गया। जिस बेटू को वह छोड़ गई थी, और जिसे अब वह देख रही है, दोनों में कोई सामंजस्य ही नहीं था। बात-बात में उसकी ज़िद देखकर रमा का खून खौल जाता। खाना वह दादी अम्मा के हाथ से खाता, और सारे दिन चरता रहता था। रात में सोता तो दादी अम्मा के दोनों अँगूठे पकड़कर सोता। कुछ न कुछ जब तक दादी अम्मा उसे लोरी नहीं सुनाती तब तक उसे नींद नहीं आती थी। सारे दिन दादी अम्मा की धोती का पल्ला पकड़कर उनके पीछे-पीछे घूमा करता, शाम को गली-मुहल्ले के गन्दे-गन्दे बच्चों के बीच खेलता। उसे देखकर कौन कहेगा कि यह एक पढ़ी-लिखी सभ्य लड़की का बच्चा है। घर के सामने से जो कोई भी फेरीवाला निकलता उससे बेटू को ज़रूर कुछ न कुछ खरीदना होता न दिलवाने से जमीन-आसमान एक कर देता, मचल-मचलकर सारे आँगन में लोटता!

आखिर रमा को जबान खोलनी ही पड़ी, "अम्मा, आपने तो इसे बिगाड़कर धूल कर रखा है, इस तरह कैसे चलेगा?"

दादी माँ ने हँसते हुए बड़े ही सहज भाव से कहा, "अरे बचपन में कौन ज़िद नहीं करता बहू! रामेसुर भी ऐसे ही करता था, यह तो सच हूबहू उसी पर पड़ा है। यही तो उम्र होती है ज़िद करने की, साल दो साल और कर ले, फिर अपने आप सब कुछ छूट जाएगा!" और वे मुग्ध भाव से गोद में बैठे बेटू के बालों में अँगुलियाँ चलाने लगीं। रमा खून का घूँट पीकर रह गई। रमा की इच्छा हुई बेटू को अपने साथ ले जाए, पर एक साल का पप्पू ही उसे इतना परेशान करता था कि दोनों को एक साथ रखने का साहस नहीं हुआ। मुम्बई जाते ही उसने अम्मा के पास जरा खरी-खरी भाषा में पत्र पहुँचाने आरम्भ कर दिए। जैसे ही वह चार साल का हुआ, रमा ने लिख दिया कि अम्मा अब उसे वहाँ के नर्सरी स्कूल में भर्ती करवा दें, कम-से-कम कुछ तमीज तो सीखेगा! चिट्ठियाँ पढ़ती तो अम्मा को लगता, बहू का तो

दिमाग़ बौरा गया है। रमा के पत्र आते रहे और अम्मा का ढर्रा अपने ढंग से चलता रहा।

दो साल बाद फिर रमा और रामेश्वर अपने तीन साल के पप्पू को लेकर आए। पप्पू ने अंग्रेजी की छोटी-छोटी कविताएँ याद कर रखी थीं और बड़े अदब के साथ बोलता था। अभी दो महीने पहले ही रमा ने उसे वहाँ के अंग्रेजी स्कूल में भर्ती करवाया था। पर बेटू वैसा ही था, जैसा रमा उसे छोड़ गई थी। उम्र में वह जरूर बड़ा हो गया था, बाकी सब कुछ वैसा ही था! रमा उठते-बैठते रामेश्वर से कहती, "जैसे भी हो इस बार बेटू को लेकर चलना ही होगा। यही हाल रहा तो इसकी जिन्दगी चौपट हो जाएगी। यह भी कोई ढंग है भला।"

"अम्मा को बड़ा दुःख होगा, फिर बेटू तुम्हारे पास जरा भी तो नहीं आता, वह अम्मा को छोड़कर कैसे रहेगा? ये सारी बातें सोच लो!" रामेश्वर इस प्रसंग को जैसे टालना चाहते थे।

"अम्मा के दुःख की बात मैं मानती हूँ।" रमा ने अपने आवेश को दबाते हुए कहा, "पर जब उन्हें लिखा कि स्कूल में डाल दो तो वह भी तो उनसे नहीं हुआ। जैसे बताती हूँ, वैसे तो रखती नहीं। अब इनके दो दिन के सुख के लिए बच्चे का सारा भविष्य बिगाड़कर रख दूँ?" उसका गला भर्रा आया था।

रामेश्वर बेचारा बड़े धर्म-संकट में था। उसे पत्नी की बातों में भी सार नज़र आता था और वह अम्मा की भावनाओं को भी ठेस नहीं पहुँचाना चाहता था, सो बिना कुछ निर्णय दिए सारी बात रमा पर छोड़कर वह मुम्बई लौट गया। रमा कभी मिठाई दिलाकर, कभी ताँगे में घुमाकर बेटू को अपने से हिलाने की कोशिश करने लगी। बेटू को ताँगे में घूमने का बेहद शौक था, जो कम ही पूरा होता था। अम्मा को कभी स्वप्न में भी ख़याल नहीं था कि रमा पप्पू के रहते हुए भी बेटू को ले जाने का प्रस्ताव रखेगी। जिस दिन उन्होंने सुना, उनके पैरों तले की जमीन सरक गई। जब रमा ने बेटू को उनके पास छोड़ने का प्रस्ताव रखा था तब भी एकाएक उन्हें अपने कानों पर विश्वास नहीं हुआ था, ठीक उसी प्रकार ले जाने की बात पर भी उन्हें विश्वास नहीं हो रहा था। फिर भी काँपते स्वर में कहा, "कैसी बात

करती हो बहू! मेरे बिना वह पल-भर भी तो नहीं रहता। इतना बड़ा हो गया, फिर भी जब तक मैं कौर नहीं देती तब तक खाता नहीं, सो एकाएक मुझसे दूर कैसे रहेगा?"

"नहीं रहेगा तो थोड़े दिन रो लेगा, आखिर उसकी पढ़ाई का सिलसिला भी तो जमाना है अम्मा! देखो पप्पू स्कूल जाने लगा और यह अभी तुम्हारा पल्ला पकड़े-पकड़े ही घूमता है।"

"अरे पढ़ लेगा बहू, पढ़ लेगा! उम्र आएगी तो पढ़ भी लेगा। यह मत सोचना कि मैं उसे गँवार ही रहने दूँगी। रामेसुर को भी तो मैंने ही पाला-पोसा है, उसे क्या गँवार ही रख दिया? फिर यह तो मुझे और भी प्यारा है। मूल से ब्याज ज्यादा प्यारा होता है सो इसे तो मैं खूब पढ़ाऊँगी—तू ज़रा भी चिन्ता मत करना बहू...पर इसे ले जाने की बात की तो मैं..." और वे फफक-फफककर रो पड़ीं।

रमा की आँखों में भी आँसू तो आ गए फिर भी उसने अपने पर काबू पाते हुए और स्वर को भरसक कोमल बनाकर कहा, "मैं आपका दिल नहीं दुखाना चाहती अम्मा, पर आपके इस ज़रूरत से ज्यादा प्यार ने ही तो इसे बिगाड़कर धूल कर दिया है। एक भी आदत तो इसमें अच्छी नहीं है। यदि आप सचमुच ही इसे प्यार करती हैं और इसका भला चाहती हैं तो इसे मेरे साथ भेज दीजिए, और इसके साथ दुश्मनी ही निभानी है तो रखिए इसे अपने पास।" कहने के बाद ही रमा को लगा जैसे बहुत कड़ी बात वह कह गई है।

"मैं...मैं अपने बेटू के साथ दुश्मनी निभाऊँगी—मैं उसकी दुश्मन हूँ ...मैं...मैं, तू मेरे प्यार की परीक्षा लेना चाहती है, पर ऐसी कठिन परीक्षा तो मत ले बहू, इससे तो तू मेरे प्राण ही ले ले!" उनका रोना बदस्तूर जारी था, लेकिन कुछ देर बाद उन्होंने अपने को सँभाला और स्वर संयत करके बोलीं—"ले जा बहू, ले जा। मेरा बेटू फूले-फले, पढ़-लिखकर लायक बने, इससे बढ़कर खुशी की बात मेरे लिए और क्या हो सकती है? मेरा क्या है, मेरी चार दिन की ज़िन्दगी...उसकी हँसी-खुशी के लिए मैं तेरे बच्चे की ज़िन्दगी नहीं बिगाड़ूँगी। मैं अपढ़ गँवार औरत ठहरी, इसे लायक कहाँ से बनाऊँगी, तू इसे ले जा! कुछ दिनों को मेरी ज़िन्दगी में हँसी-खुशी आ गई

इसी में तेरा बड़ा जस मानूँगी...” और रमा कुछ कहे उसके पहले ही उन्होंने रसोई घर में जाकर भीतर से किवाड़ बन्द कर लिए।

रमा को खुद इस सारी बात से बड़ा दुःख हो रहा था, पर बच्चे की बात सोचकर वह निर्णय बदलने में अपने को असमर्थ पा रही थी। यही सोच-सोचकर वह अपने मन को तसल्ली दे रही थी कि समय का मरहम अम्मा के घाव को अपने आप भर देगा।

दो दिन बाद औषधालय के एकमात्र नौकर और दोनों बच्चों को लेकर रमा अपनी माँ के यहाँ चल पड़ी। बेटू को बताया ही नहीं गया कि रमा उसे अपने साथ ले जा रही है। रोज की भाँति ताँगे में घूमने के लालच से वह चला गया। जाते समय कह गया “दादी अम्मा, मैं तेरे लिए मिठाई और गोली लेकर आऊँगा।” दादी अम्मा ने उसे कलेजे से लगा लिया। एक बार उसकी इच्छा हुई कि वह बेटू को बता दे कि रमा उसे हमेशा के लिए उनसे अलग करके ले जा रही है, लेकिन मन कड़ा करके वे चुप रहीं।

उसके बाद जो भी कोई घर आया, अपार आश्चर्य से उसने पूछा, “अरे, बहू बेटू को ले गई। तुम तो कहती थी कि बेटू अब तुम्हारे पास ही रहेगा।” अम्मा को लगा जैसे किसी ने उनके कलेजे पर गरम सलाख दाग दी हो। तिलमिलाकर जवाब देतीं—“कहती तो थी पर अब रखा नहीं जाता। गठिया के मारे मेरा तो उठना-बैठना तक हराम हो रहा है, ऐसी हालत में उसे कैसे रखती...सो मैंने ही कह दिया कि बहू अब पप्पू बड़ा हुआ सो बेटू को भी ले जाओ।”

“अरे अम्मा एक पल तो तुम उसे छोड़ती नहीं थीं, अब रह लोगी उसके बिना?”

“नहीं रह सकती तो भेजती ही क्यों? अब यह कोई बच्चे पालने की उम्र है भला! जिसकी थाती उसी को सौंपी। बुढ़ापा है, कुछ भजन-पूजन ही कर लूँ। उसके मारे तो मेरा सबकुछ छूट गया था!” बड़े ही संदिग्ध भाव से अम्मा की इस दलील को औरतें स्वीकार कर पाती थीं। आज अम्मा के पास कोई काम नहीं था करने को, सो खाली आँगन में दर्दीले स्वर से एक लोरी गुनगुना रही थीं। शाम को गुब्बारेवाला आया, बुढ़िया के बाल वाला आया, खिलौने, मिठाई बेचने वाला आया तो बुझे स्वर में अम्मा ने सबको

यही जवाब दिया "जाओ भाई जाओ! आज तुम्हारा ग्राहक नहीं है। उसे मैंने उसकी अम्मा के साथ भेज दिया। अब यहाँ मत आया करो, कभी मत आया करो, कोई तुम्हारी चीज़ नहीं खरीदेगा!" कहते ही उनका मन तो सुबक उठता पर उनकी आँखों के आँसू जैसे सूख गए थे!

तीसरे दिन औषधालय का नौकर वापस आया तो सबसे पहले ख़बर दी कि दादी अम्मा को याद करते-करते बेटू को बुखार आ गया और वह उसे भरे बुखार में छोड़कर आया है। वह रमा के हाथ से न कुछ खाता, न दवाई पीता है। अम्मा ने सुना तो ऊपर की साँस ऊपर और नीचे की साँस नीचे रह गई। वे पागलों की भाँति दौड़ती हुई औषधालय पहुँचीं, "अरे सुनते हो, बेटू रो-रोकर बीमार हो गया है। मैं तो पहले ही जानती थी कि वह मेरे बिना रहेगा नहीं, पर बहू को कौन समझाए। अब तो रात की गाड़ी से ही जाकर मुझे उसे लाना होगा वरना वह तो रो-रोकर प्राण दे देगा। हे भगवान, मेरी मति पर भी पत्थर पड़ गए थे जो बहू की बात मान गई!"

अम्मा रोती थीं और कपड़े ठीक करती जाती थीं। नर्बदा आई तो आश्चर्य से बोली, "कहाँ की तैयारी कर रही हो अम्मा?"

"अरे शिब्बू बहू को छोड़कर लौटा तो बताया कि बेटू ने तो रो-रोकर बुखार चढ़ा लिया। मैं तो भेजकर अपनी तरफ से निश्चिन्त हो गई थी, पर वह रह सकता है क्या? उसके तो प्राण मुझमें कुछ ऐसे पड़ गए थे कि क्या बताऊँ! कोई अगले जनम का संस्कार ही समझ। अब जाकर लाना पड़ेगा नहीं तो छोरा रो-रोकर प्राण दे देगा।" और गर्व और आनन्द से उनकी छाती फूल गई।

तीसरे दिन ही बेटू को लेकर वे लौट आईं। जिसने देखा उसी ने कहा—"अरे चार दिन में ही बच्चा सूख गया।"

"सूखेगा नहीं...कुछ तो खाया नहीं और एक पल को आँसू नहीं टूटा। मैं तो सोचती थी कि बहू के हवाले करके सुख से पूजा-पाठ करूँगी, पर अब यह रहता भी तो नहीं।"

एक साल उन्होंने इसी प्रकार और निकाल दिया। रमा मुम्बई से आई और फिर बेटू का वही रवैया देखा तो सोचा कि वह उसे सीधे मुम्बई ले जाती तो यह सारा कांड नहीं होता। अम्मा बम्बई तक आ नहीं सकती थीं।

सो इस बार फिर एक बार दादी माँ को रुलाकर उनके मना करने पर भी वह बेटू को लेकर मुम्बई के लिए चल पड़ी। जाने किस आशा से अम्मा ने अपनी सारी जमा-पूँजी खर्च करके शिब्बू को साथ कर दिया। रमा मना करती रही कि अब दोनों बच्चे बड़े हैं, वह सँभाल लेगी पर अम्मा ने शिब्बू को साथ भेज ही दिया।

दूसरे दिन से जो कोई भी आता अम्मा उसी के सामने यह मनौती मानतीं कि किसी प्रकार बेटू रमा के पास हिल जाए तो वह सवा रुपए का परसाद चढ़ाँएगी! उच्च स्वर से वह रात-दिन रट लगाए रहतीं कि बेटू मुझे किसी तरह भूल जाए। पर सात दिनों के बाद जब शिब्बू लौटकर आया तो वे ऐसे दौड़ पड़ीं मानो वह बेटू को लेकर ही आया हो। झपटकर उन्होंने पूछा, "मेरा बेटू कहाँ है? मेरा बेटू ठीक है शिब्बू, तुझे मैंने किसलिए भेजा था?" उनका स्वर बुरी तरह काँप रहा था।

"इस बार तो अम्मा, बहूजी ने बेटू को हिला लिया। वहाँ बहूजी के मकान में बहुत सारे बच्चे हैं, पर सबसे दोस्ती हो गई सो खूब खेलता है। ट्राम, बस, बगीचे, झूले—इन सबमें उसका मन लग गया।" शिब्बू ने बताया तो अम्मा शून्य-पथराई आँखों से उसे ऐसे देख रही थीं मानो कुछ समझ ही नहीं रही हों। शिब्बू कहे चला जा रहा था, "चलो तुम्हारी चिन्ता दूर हुई। मैं तो अम्मा दो दिन इसी मारे ज्यादा रुक गया कि कहीं रोया तो अपने साथ लेता आऊँगा, पर इस बार बहूजी ने उसे समझा दिया और वह भी समझ गया। अब वहाँ जम जाएगा। अब तो तुम परसाद चढ़ाओ अम्मा और मजे से भजन-पूजन करो।"

एकाएक जैसे अम्मा की चेतना लौट आई, "क्या कहा...बेटू मुझे भूल गया, वहाँ जम गया? सच, मेरी बड़ी चिन्ता दूर हुई। इस बार भगवान ने मेरी सुन ली। ज़रूर परसाद चढ़ाऊँगी रे, ज़री चढ़ाऊँगी। मेरे बच्चे के जी का कलेश मिटा, मैं परसाद नहीं चढ़ाऊँगी भला!" और फिर गीली आँखों और काँपते हाथों से उन्होंने जेब से सवा रुपया निकालकर शिब्बू को देते हुए कहा, "ले, पेड़े लेता आ, अब परसादी चढ़ाकर बाँट ही दूँ। कौन नर्बदा? सुना नर्बदा, बेटू मुझे भूल गया—बस भूल ही गया..." और उन्होंने आँचल से भर-भर आती आँखें पोंछी और हँस पड़ीं।

दो कलाकर

"ऐ रूनी उठ", और चादर खींचकर चित्रा ने सोती हुई अरुणा को झकझोरकर उठा दिया।

"क्या है...क्यों परेशान कर रही है?" आँख मलते हुए तनिक खिझलाहट-भरे स्वर में अरुणा ने पूछा। चित्रा उसका हाथ पकड़कर खींचती हुई ले गई और अपने नए बनाए हुए चित्र के सामने ले जाकर खड़ा करके बोली—"देख, मेरा चित्र पूरा हो गया।"

"ओह! तो इसे दिखाने के लिए तूने मेरी नींद ख़राब कर दी। बद्तमीज़ कहीं की!"

"इस चित्र को ज़रा आँख खोलकर अच्छी तरह तो देख। न पा गई पहला इनाम तो नाम बदल देना।" चित्र को चारों ओर से घुमाते हुए अरुणा बोली, 'किधर से देखूँ, यह तो बता दे? हज़ार बार तुझसे कहा कि जिसका चित्र बनाए उसका नाम लिख दिया कर जिससे ग़लतफ़हमी न हुआ करे, वरना तू बनाए हाथी और हम समझें उल्लू।" फिर तस्वीर पर आँख गड़ाते हुए बोली, "किसी तरह नहीं समझ पा रही हूँ कि चौरासी लाख योनियों में से आख़िर यह किस जीव की तस्वीर है?"

"तो आपको यह कोई जीव नज़र आ रहा है? अरे, ज़रा अच्छी तरह देख और समझने की कोशिश कर।"

"यह क्या? इसमें तो सड़क, आदमी, ट्राम, बस, मोटर, मकान—सब एक-दूसरे पर चढ़ रहे हैं, मानो सबकी खिचड़ी पकाकर रख दी हो। क्या घनचक्कर बनाया है?" और उसने वह चित्र रख दिया।

"ज़रा सोचकर बता कि यह किसका प्रतीक है?"

"तेरी बेवकूफ़ी का। आई है बड़ी प्रतीकवाली।"

"ज़रा-सा दिमाग़ लगाने की कोशिश करेगी तो समझ में आ जाएगा कि यह चित्र आज की दुनिया के कन्फ्यूज़न का प्रतीक है। बस हाँ थोड़ा दिमाग होना ज़रूरी है।" चित्रा ने चुटकी ली तो अरुणा भभक उठी–

"मुझे तो तेरे दिमाग़ के कन्फ्यूज़न का प्रतीक नज़र आ रहा है। बिना मतलब ज़िन्दगी ख़राब कर रही है।" और अरुणा मुँह धोने के लिए बाहर चली गई। लौटी तो देखा तीन-चार बच्चे उसके कमरे के दरवाज़े पर खड़े उसकी प्रतीक्षा कर रहे हैं। आते ही बोले, "दीदी! सब बच्चे आकर बैठ गए, चलिए।"

"आ गए सब बच्चे? अच्छा चलो, मैं अभी आई।" बच्चे दौड़ पड़े।

"क्या ये बन्दर पाल रखे हैं तूने भी?" फिर ज़रा हँसकर चित्रा बोली, "एक दिन तेरी पाठशाला का चित्र बनाना होगा। ज़रा लोगों को दिखाया ही करेंगे कि हमारी एक ऐसी मित्र साहिब थीं जो सारे जमादार, दाइयों और चपरासियों के बच्चों को पढ़ा-पढ़ाकर ही अपने को भारी पंडिता और समाज-सेविका समझती थीं।"

"जा-जा, समझते हैं तो समझते हैं। तू जाकर सारी दुनिया में ढिंढ़ोरा पीटना, हमें कोई शरम है क्या? तेरी तरह लकीरें खींचकर तो समय बर्बाद नहीं करते।" और पैर में चप्पल डालकर वह बाहर मैदान में चली गई, जहाँ बिना किसी आयोजन के ही एक छोटी-सी पाठशाला बनी हुई थी।

रात के दस बजे थे। सारे हॉस्टल की बत्तियाँ नियमानुसार बुझ चुकी थीं। ऊपर के एक तल्ले पर अँधेरे में ही खुसुर-फुसुर चल रही थी। रविवार के दिन तो यों ही छुट्टी का मूड रहता है। दूसरे दिन में काफ़ी नींद निकाल ली जाती थी, सो दस बजे लड़कियों को किसी तरह भी नींद नहीं आती थी। तभी हॉस्टल के फ़ाटक में जलती हुई टॉर्च लिए कोई घुसा। अपने कमरे की खिड़की में से झाँकते हुए सविता ने कहा, "ठाठ तो हॉस्टल में बस अरुणा ही के हैं, रात नौ बजे लौटो, दस बजे लौटो, कोई बन्धन नहीं। हम लोग तो दस के बाद बत्ती भी नहीं जल सकते।"

"लौट आईं अरुणा दी? आज सवेरे से ही वे बड़ी परेशान थीं। फुलिया दाई का बच्चा बड़ा बीमार था, दोपहर से वे उसी के यहाँ बैठी थीं। पता नहीं, क्या हुआ बेचारे का?" शीला ने ठंडी साँस भरते हुए कहा।

"तू बड़ी भक्त है अरुणा दी की!"

"उनके जैसे गुण अपना ले तेरी भी भक्त हो जाऊँगी।"

"मैं कहती हूँ, उन्हें यही सब करना है तो कहीं और रहें, हॉस्टल में रहकर यह जो नवाबी चलाती हैं, सो तो हमसे बर्दाश्त नहीं होती। सारी लड़कियाँ डरती हैं तो कुछ कहती नहीं, पर प्रिंसिपल और वार्डन तक रोब खाती हैं इनका, तभी तो सब प्रकार की छूट दे रखी है।"

"तू भी जिस दिन हाड़ तोड़कर दूसरों के लिए यों परिश्रम करने लग जाएगी न, उस दिन तेरा भी सब रोब खाने लगेंगे। पर तुम्हें तो सजने-सँवरने से ही फुर्सत नहीं मिलती, दूसरों के लिए क्या ख़ाक काम करोगी।"

"अच्छा-अच्छा चल, अपना लैक्चर अपने पास रख।"

अरुणा अपने कमरे में घुसी तो बहुत ही धीरे-से, जिससे चित्रा की नींद न ख़राब हो। पर चित्रा जग ही रही थी। दोपहर से अरुणा बिना खाए-पिए बाहर थी, उसे नींद कैसी आती भला? मेस से उसका खाना लाकर उसे मेज़ पर ढँककर रख दिया था। अरुणा के आते ही वह उठ बैठी और पूछा, "बड़ी देर लग गई, क्या हुआ रूनी!"

"वह बच्चा नहीं बचा चित्रा। किसी तरह उसे नहीं बचा सके।" और उसका स्वर किसी गहरे दुःख में डूब गया।

चित्रा ने माचिस लेकर लैम्प जलाया और स्टोव जलाने लगी खाना गरम करने के लिए। तभी अरुणा ने कहा, "रहने दे चित्रा, मैं खाऊँगी नहीं, मुझे ज़रा-भी भूख नहीं है।" और उसकी आँखें फिर छलछला आईं।

बहुत ही स्नेह से अरुणा की पीठ थपथपाते हुए चित्रा ने कहा, "जो होना था सो हो गया, अब भूखे रहने से क्या होगा, थोड़ा-बहुत खा ले।"

"नहीं चित्रा, अब रहने दे, बस तू लैम्प बुझा दे।"

उसके बाद दो-तीन दिन तक अरुणा बहुत ही उदास रही, लेकिन समय के साथ-साथ यह ग़म भी जाता रहा, और सब काम ज्यों-का-त्यों चलने लगा।

चार बजते ही कॉलेज से सारी लड़कियाँ लौट आईं, पर अरुणा नहीं लौटी। चित्रा चाय के लिए उसकी प्रतीक्षा कर रही थी। "पता नहीं कहाँ-कहाँ अटक जाती है, बस इसके पीछे बैठे रहा करो।

"अरे, क्यों बड़-बड़ कर रही है। ले मैं आ गई। चल, बना चाय।"

"तेरे मनोज की चिट्ठी आई है।"

"कहाँ, तूने तो पढ़ ही ली होगी फाड़कर।"

“चल हट, ऐसी बोर चिट्ठियाँ पढ़ने का फालतू समय किसके पास है? तुम्हारी चिट्ठियों में रहता ही क्या है जो कोई पढ़े। बड़े-बड़े आदर्श की बातें, मानो ख़त न हुआ लैक्चर हुआ।”

“अच्छा-अच्छा, तू लिखा करना रसभरी चिट्ठियाँ, हमें तो वह सब आता नहीं।” वह लिफ़ाफ़ा फाड़कर पत्र पढ़ने लगी। जब उसका पत्र समाप्त हो गया तो चित्रा बोली, “आज पिताजी का भी पत्र आया है, लिखा है जैसे ही यहाँ का कोर्स समाप्त हो जाए, मैं विदेश जा सकती हूँ। मैं जानती थी, पिताजी कभी मना नहीं करेंगे।”

“हाँ भाई! धनी पिता की इकलौती बिटिया ठहरी! तेरी इच्छा कभी टाली जा सकती है। पर सच कहती हूँ, मुझे तो यह सारी कला इतनी निरर्थक लगती है, इतनी बेमतलब लगती है कि बता नहीं सकती। किस काम की ऐसी कला, जो आदमी को आदमी न रहने दे।”

“तो तू मुझे आदमी नहीं समझती, क्यों?”

“तुझे दुनिया से कोई मतलब नहीं, दूसरों से कोई मतलब नहीं, बस चौबीस घंटे अपने रंग और तूलियों में डूबी रहती है। दुनिया में बड़ी-से-बड़ी घटना घट जाए, पर यदि उनमें तेरे चित्र के लिए कोई आइडिया न हो तो तेरे लिए वह घटना कोई महत्व नहीं रखती। बस, हर घड़ी, हर जगह और हर चीज़ में से तू अपने चित्रों के लिए मॉडल खोजा करती है।”

“मेरी इस लगन को देखकर ही तो गुरुजी कहते हैं कि वह समय दूर नहीं, जब हिन्दुस्तान के कोने-कोने में मेरी शोहरत गूँज उठेगी। अमृता शेरगिल की तरह मेरा भी नाम गूँज उठे, बस यही तमन्ना है।”

“कागज़ पर इन निर्जीव चित्रों को बनाने की बजाए दो-चार की ज़िन्दगी क्यों नहीं बना देती, तेरे पास सामर्थ्य है, साधन हैं।”

“वह काम तो तेरे और मनोज के लिए छोड़ दिया है। तुम दोनों ब्याह कर लो और फिर जल्दी से सारी दुनिया का कल्याण करने के लिए झंडा लेकर निकल पड़ना!” और चित्रा हँस पड़ी। फिर बोली–

“अच्छा, यह बता कि तेरे यह सब करने से ही क्या हो जाएगा? तूने अपनी अनोखी पाठशाला में दस-बीस बच्चे पढ़ा दिए, तो क्या निरक्षरता मिट जाएगी, या झोंपड़ी में दस-बीस औरतों को हुनर सिखाकर कुछ कमाने लायक बना दिया तो उससे गरीबी मिट जाएगी? अरे, यह सब काम एक के

किए होते नहीं। जब तक समाज का सारा ढाँचा नहीं बदलता तब तक कुछ होने का नहीं, और ढाँचा ही बदल गया तो तेरे-मेरे कुछ करने की ज़रूरत नहीं, सब अपने-आप ही हो जाएगी।"

फिर दोनों में कला और जीवन को लेकर लम्बी-लम्बी बहसें होतीं और चित्रा अन्त में कान पर हाथ धरकर उठ जाती, "अच्छा-अच्छा, बन्द कर यह लेक्चरबाज़ी। बोर कहीं की!" यह पिछले पाँच वर्षों से इसी प्रकार चल रहा था। हर दस-बीस दिन बाद दोनों में अपने-अपने उद्देश्यों को लेकर, अपनी-अपनी दिनचर्या को लेकर एक गरमा-गरम बहस हो ही जाती, पर न वह उसकी बात को लोहा मानती थी, न वह उसकी बात की कायल होती थी।

तीन दिन से मूसलाधार वर्षा हो रही थी। रोज़ अख़बारों में बाढ़ की ख़बरें आती थीं। बाढ़-पीड़ितों की दशा बिगड़ती जा रही थी, और वर्षा थी कि थमने का नाम ही नहीं लेती थी। अरुणा सारे दिन चन्दा इकट्ठा करने में व्यस्त रहती। एक दिन आख़िर चित्रा ने कह ही दिया, "तेरे इम्तिहान सर पर आ रहे हैं, कुछ पढ़ती-लिखती तू है नहीं, सारे दिन बस भटकती रहती है। फेल हो गई तो तेरे ससुर साहब क्य सोचेंगे कि इतना पैसा बेकार ही पानी में बहाया।"

"आज शाम को एक स्वयंसेवकों का दल जा रहा है, प्रिंसिपल से अनुमति ले ली, मैं भी उनके साथ जा रही हूँ।" चित्रा की बात को बिना सुने उसने कहा।

शाम को अरुणा चली गई। पन्द्रह दिन बाद वह लौटी तो उसकी हालत काफ़ी ख़स्ता हो रही थी। सूरत ऐसी निकल आई थी मानो छः महीने से बीमार हो। चित्रा उस समय अपने गुरुदेव के पास गई हुई थी। अरुणा नहा-धोकर, खा-पीकर लेटने लगी, तभी उसकी नज़र चित्रा के नए चित्रों की ओर गई। तीन चित्र बने रखे थे, तीनों बाढ़ के चित्र थे। जो दृश्य वह अपनी आँखों से देखकर आ रही थी, वैसे ही दृश्य यहाँ भी अंकित थे। उसका मन जाने कैसा-कैसा हो आया। वहाँ लोगों के जीने के लालते पड़ रहे हैं और उसमें भी इसे चित्रकारी ही सूझती है और न जाने कितनी बातें सोचते-सोचते वह सो गई। शाम को चित्रा तो अरुणा को देखकर बड़ी प्रसन्न हुई। "गनीमत है, तू लौट आई। मैं तो सोच रही थी कि कहीं तू बाढ़-पीड़ितों की सेवा करती ही रह जाए और मैं जाने से पहले तुझसे मिल भी न पाऊँ।"

"क्यों, तेरा जाने का तय हो गया?"

"हाँ, अगले बुध को मैं घर जाऊँगी और बस एक सप्ताह बाद हिन्दुस्तान की सीमा के बाहर पहुँच जाऊँगी।" उल्लास उसके स्वर में छलका पड़ रहा था।

"सच कह रही है, तू चली जाएगी चित्रा! छः साल से तेरे साथ रहते-रहते यह बात ही मैं तो भूल गई कि हमको अलग भी होना पड़ेगा। तू चली जाएगी तो मैं कैसे रहूँगी?"

"अरे, दो महीने बाद शादी कर लेगी, फिर याद भी न रहेगा कि कौन कम्बख़त थी चित्रा! बड़ी लालसा थी तेरी शादी में आने की, पर अब तो आ नहीं सकूँगी। अच्छी तरह शादी करना, दोनों मिलकर सारे समाज का और सारे संसार का कल्याण करना।"

पर अरुणा के कानों में उसकी कोई भी बात नहीं पड़ रही थी। चित्रा के साथ बिताए हुए पिछले छः सालों के चित्र उसकी आँखों के सामने घूम रहे थे और वह उन्हीं में खोई बैठी रही।

"क्या सोचने लगी रूनी! मनोज की याद आ गई क्या?"

"चल हट! हर समय का मज़ाक अच्छा नहीं लगता।"

उस दिन रात में भी अरुणा अपने और चित्रा के बारे में ही सोचती रही। दोनों के आचार-विचार, रहन-सहन, रुचि आदि में ज़मीन-आसमान का अन्तर था, फिर भी कितना स्नेह था दोनों में। सारा हॉस्टल उनकी मित्रता को ईर्ष्या की नज़र से देखता था। जब उसके बी.ए. के इम्तिहान थे तो चित्रा कितना ख़याल रखती थी उसका। वह अक्सर चित्रा को डाँट दिया करती थी, पर कभी उसने बुरा नहीं माना। यही चित्रा अब चली जाएगी—बहुत-बहुत दूर। ये दो महीने भी कैसे निकालेगी? और यही सब सोचते-सोचते उसे नींद आ गई।

आज चित्रा को जाना था। हॉस्टल से उसे बड़ी शानदार विदाई मिली थी। अरुणा सवेरे से ही उसका सारा सामान ठीक कर रही थी। एक-एक करके चित्रा सबसे मिल आई। बस गुरुजी के घर की तरफ़ चल पड़ी। तीन बज गए, पर वह लौटी नहीं। अरुणा उसका सारा काम समाप्त करके उसकी राह देख रही थी और भी कई लड़कियाँ वहाँ जमा थीं, कुछ बार-बार आकर पूछ जाती थीं, चित्रा लौटी या नहीं? पाँच बजे की गाड़ी से वह जाने वाली

है। अरुणा ने सोचा, वह खुद जाकर देख आए कि आख़िर बात क्या हो गई। तभी हड़बड़ाती-सी चित्रा ने प्रवेश किया, "बड़ी देर हो गई ना! अरे क्या करूँ, बस, कुछ ऐसा हो गया कि रुकना ही पड़ा।"

"आख़िर क्या हो गया ऐसा, जो रुकना ही पड़ा, सुनें तो।" दो-तीन कंठ एक साथ बोले।

"गर्ग-स्टोर के सामने पेड़ के नीचे अक्सर एक भिखारिनी बैठी रहा करती थी ना, लौटी तो देखा कि वह वहीं मरी पड़ी है और उसके दोनों बच्चे उसके सूखे शरीर से चिपककर बुरी तरह रो रहे हैं। जाने क्या था उस सारे दृश्य में कि मैं अपने को रोक नहीं सकी—एक रफ़-सा स्केच बना ही डाला। बस, इसी में इतनी देर हो गई।" चर्चा इसी पर चल पड़ी, "कैसे मर गई, कल तो उसे देखा था।" किसी ने दार्शनिक की मुद्रा में कहा, "अरे, ज़िन्दगी का क्या भरोसा, मौत कहकर थोड़े आती है।" आदि-आदि। पर इस सारी चर्चा से अरुणा कब खिसक गई, कोई जान ही नहीं पाया।

साढ़े चार बजे चित्रा हॉस्टल के फाटक पर आ गई, पर तब तक अरुणा का कहीं पता नहीं था। बहुत सारी लड़कियाँ उसे छोड़ने को स्टेशन आईं, पर चित्रा की आँखें बराबर अरुणा को ढूँढ़ रही थीं। उसे दृढ़ विश्वास था कि वह इस विदाई की बेला में उससे मिलने ज़रूर आएगी। पाँच भी बज गए, रेल चल पड़ी, अनेक रूमालों ने हिल-हिलकर चित्रा को विदाई दी, पर उसकी आँसूभरी आँखें किसी और को ही ढूँढ़ रही थीं—पर अरुणा न आई सो न आई।

विदेश जाकर चित्रा तन-मन से अपने काम में जुट गई। उसकी लगन ने उसकी कला को निखार दिया। विदेशों में उसके चित्रों की धूम मच गई। भिखमंगी और दो अनाथ बच्चों के उस चित्र की प्रशंसा में तो अख़बारों के कॉलम-के-कॉलम भर गए। शोहरत के ऊँचे कगार पर बैठ, चित्रा जैसे अपना पिछला सबकुछ भूल गई पहले वर्ष तो अरुणा से पत्र-व्यवहार बड़े नियमित रूप से चला, फिर कम होते-होते एकदम बन्द हो गया। पिछले एक साल से तो उसे यह भी नहीं मालूम कि वह कहाँ है। नई कल्पनाएँ और नए-नए विचार उसे नवीन सृजन की प्रेरणा देते और वह उन्हीं में खोई रहती। उसके चित्रों की प्रदर्शनियाँ होतीं। अनेक प्रतियोगिताओं में उसका 'अनाथ' शीर्षकवाला चित्र प्रथम पुरस्कार पा चुका था। जाने क्या था उस

चित्र में, जो देखता, वही चकित रह जाता। दुःख दारिद्रय और करुणा जैसे साकार हो उठे थे। तीन साल बाद जब वह भारत लौटी तो बड़ा स्वागत हुआ उसका। अख़बारों में उसकी कला पर, उसके जीवन पर अनेक लेख छपे। पिता अपनी इकलौती बिटिया की इस कामयाबी पर गदगद थे—समझ नहीं पा रहे थे कि उसे कहाँ उठाएँ, कहाँ बिठाएँ। दिल्ली में उसके चित्रों की प्रदर्शनी का विराट आयोजन किया गया। उद्घाटन करने के लिए उसे ही बुलाया गया था। उस प्रदर्शनी को देखने के लिए जनता उमड़ पड़ी थी, भूरि-भूरि प्रशंसा हो रही थी और चित्रा को लग रहा था, जैसे उसके सपने साकार हो गए।

उस भीड़-भाड़ में अचानक उसकी भेंट अरुणा से हो गई। "रूनी!" कहकर वह भीड़ की उपस्थिति को भूलकर अरुणा के गले से लिपट गई। "तुझे कब से चित्र देखने का शौक़ हो गया रूनी!"

"चित्रों को नहीं, चित्रा को देखने आई थी। तू तो एकदम भूल ही गई।"

"ये बच्चे किसके हैं?" दो प्यारे से बच्चे अरुणा से सटे खड़े थे। लड़के की उम्र कोई आठ साल की होगी शायद तो लड़की पाँच के आस-पास की होगी।

"मेरे बच्चे हैं, और किसके! ये तुम्हारी चित्रा मासी हैं, नमस्ते करो अपनी मासी को।" अरुणा ने आदेश दिया।

बच्चों ने बड़ी अदा से नमस्ते किया। पर चित्रा अवाक् होकर कभी उनका और कभी अरुणा का मुँह देख रही थी। वह सारी बात का कुछ तुक नहीं मिला पा रही थी। तभी अरुणा ने टोका, "कैसी मासी है, प्यार तो कर।" और चित्रा ने दोनों के सिर पर हाथ फेरा। प्यार का ज़रा-सा सहारा पाकर लड़की चित्रा की गोदी में जा चढ़ी। अरुणा ने कहा, "तुम्हारी ये मासी बहुत अच्छी तस्वीरें बनाती हैं, ये सारी तस्वीरें इन्हीं की बनाई हुई हैं।"

"सच?" आश्चर्य से बच्ची बोल पड़ी। "तब तो मासी, तुम ज़रूर ड्राइंग में फर्स्ट आती होओगी। मैं भी अपनी क्लास में फर्स्ट आती हूँ—तुम हमारे घर आओगी तो अपनी कॉपी दिखाऊँगी।" बच्ची के स्वर में मुक़ाबले की भावना थी। चित्रा और अरुणा इस बात पर हँस पड़ीं।

"आप हमें सब तस्वीरें दिखाइए मासी, समझा-समझाकर।" बच्चे ने फ़रमाइश की। चित्रा समझाती तो क्या, यों ही तस्वीरें दिखाने लगी।

घूमते-घूमते वे उसी भिखारिनी वाली तस्वीर के सामने आ पहुँचे। चित्रा ने कहा, "यही वह तस्वीर है रूनी, जिसने मुझे इतनी प्रसिद्धि दी।"

"ये बच्चे रो क्यों रहे हैं मासी?" तस्वीर को ध्यान से देखकर बालिका ने कहा।

"इनकी माँ मर गई, देखती नहीं मरी पड़ी है। इतना ही नहीं समझती!" बालक ने मौका पाते ही अपने बड़प्पन की छाप लगाई।

"ये सचमुच के बच्चे थे मासी?" बालिका का स्वर करुण-से-करुणतर होता जा रहा था।

"और क्या, सचमुच के बच्चों को देखकर ही तो बनाई थी यह तस्वीर।"

"हाय राम! इनकी माँ मर गई तो फिर इन बच्चों का क्या हुआ?" बालक ने पूछा।

"मासी, हमें ऐसी तस्वीर नहीं, अच्छी-अच्छी तस्वीरें दिखाओ, राजा, रानी की, परियों की—" उस तस्वीर को और अधिक देर तक देखना बच्ची के लिए असह्य हो उठा था। तभी अरुणा के पति आ पहुँचे। परिचय हुआ। साधारण बातचीत के पश्चात् अरुणा ने दोनों बच्चों को उनके हवाले करते हुए कहा, "आप ज़रा बच्चों को प्रदर्शनी दिखाइए, मैं चित्रा को लेकर घर चलती हूँ।"

बच्चे इच्छा न रहते हुए भी पिता के साथ विदा हुए। चित्रा को दोनों बच्चे बड़े ही प्यारे लगे। वह उन्हें एकटक देखती रही। जैसे ही वे आँखों से ओझल हुए उसने पूछा, "सच-सच बता रूनी! ये प्यारे-प्यारे बच्चे किसके हैं?"

"कहा तो, मेरे।" अरुणा ने हँसते हुए कहा।

"अरे, बताओ ना! मुझे ही बेवकूफ बनाने चली है।"

एक क्षण रुककर अरुणा ने पूछा, "बता दूँ?" और फिर उस भिखारिनीवाले चित्र के दोनों बच्चों पर अँगुली रखकर बोली, "ये ही वे दोनों बच्चे हैं।"

"क्याऽऽऽ!" विस्मय से चित्रा की आँखें फैली-की-फैली रह गईं।

"क्या सोच रही है चित्रा?"

"कुछ नहीं—"मैं...मैं सोच रही थी कि..." पर शब्द शायद उसके विचारों में ही खो गए।

'मैं हार गई' संकलन से

कील और कसक

जैसे ही कैलाश ने आकर बताया कि नया मकान मिल गया है, रानी के मन को जैसे ठेस लगी। उसने कहा, "तुम तो किसी बात के पीछे ही पड़ जाते हो। अब दूर मकान लेकर कितनी परेशानी उठानी पड़ेगी, यह भी सोचा है? रात-दिन तुम्हें प्रेस में रहना पड़ता है, यहीं थे तो जब चाहा ऊपर चढ़ आए, और मुझे भी तसल्ली रहती थी कि नीचे ही हो। दूर मकान लेकर यह काम कैसे निभेगा।"

"तुम्हीं ने तो अभी चार दिन पहले रो-रोकर घर-भर दिया था कि तुम अब एक घड़ी भी इस मकान में नहीं रहोगी। मेरा क्या है, जैसे भी होगा निभा लूँगा!"

"गुस्से में कह ही दिया तो उसका क्या? मुझे नहीं बदलना मकान। साल-भर यहाँ रहते-रहते सबसे जान-पहिचान हो गई, अब कहाँ नई जगह जाकर रहूँगी।"

"जान-पहिचान! सारे दिन तो लड़ती रहती हो, न लाज, न हया। मेरी तो नाक कटवाकर रख दी तुमने, अब तुम लाख कहो, मैं एक दिन भी तुम्हें इस घर में नहीं रहने दूँगा।"

रानी रो पड़ी, "मैं तुम्हारे हाथ जोड़ती हूँ, मुझे यहीं रहने दो। अब मुँह भी खोलूँ तो तुम्हारे सिर की क़सम।"

"मैं कह रहा हूँ, उठकर सामान बाँधना शुरू करो। कल जैसे भी हो, हमें नए मकान में चले जाना है।" और कैलाश धड़धड़ाता हुआ नीचे चला गया।

रानी का मन जाने कैसे अवसाद में डूब गया। वह पंखी लेकर चारपाई पर लेट गई। चाहकर भी सामान नहीं बाँधा गया। सामने शेखर का कमरा था। वह उसी ओर देखती रही। परसों जो कुछ कांड हो गया, उसका परिणाम

इतना भयंकर निकलेगा, यह जानती तो अपने मन को क़ाबू में कर लेती। शेखर लाख बुरा हो फिर भी...। और उसकी आँखें भीग गई। आँसू-भरी आँखों के आगे न जाने कितने धुँधले चित्र बिगड़ने लगे।

साल-भर पहले जब वह ब्याहकर इस घर में पहुँची थी तो अरमानों की आँधियाँ उसके मन में मचल रही थीं। चढ़ती जवानी और चाँद को शरमाने वाले रूप ने सुहाग-रात की कल्पना को और अधिक चटकीला रूप दे दिया था। औरतों के बीच वह घिरी बैठी थी, पर मन उसका इस सारे कोलाहल को पार कर, दोपहर की उबा देने वाली इस नीरस लम्बी घड़ियों को पीछे छोड़, रात के उस मदिर पहर की ओर दौड़-दौड़कर जाता था, जब कोई बड़े दुलार से उसका घूँघट हटाकर, अपने रोम-रोम को आँख बनकर उसके रूप को निहारेगा और प्रशंसा के पुल बाँधकर दो अपरिचित हृदयों की दूरी के अस्तित्व को ही मिटा देगा। यह कल्पना यहाँ बैठे-बैठे भी उसके गालों को सुर्ख बना देती और एक मादक-सी सिहरन उसके सारे शरीर में दौड़ जाती। उसको लगता उसक अंग-अंग जैसे बेक़ाबू हुआ जा रहा है। अपने पति की सूरत के सौ-सौ काल्पनिक नक़्शे उसकी आँखों को आगे दौड़ जाते—कैसे होंगे वे? और प्रश्न के साथ ही वह कल्पना में डूबने-उतराने लगती। जब बारात चढ़ी तो बड़ा मन हुआ था उसका कि सहेलियों के साथ वह भी छज्जे पर चढ़कर अपने प्रियतम की एक झलक तो देख ले, पर दादी-बुआ के बीच घिरी, वह वहाँ से हिल भी न सकी। उसकी उत्सुक आँखें लौटकर आई हुई सहेलियों पर टिक गई। पर वह इतना कुछ न जान पाई, जिसका सहारा लेकर मन के कौतूहल को मिटा पाती। हाँ, इतना उसने अवश्य सुना कि पति उसके काले हैं। दादी कह रही थीं, "अरे, मर्दों का क्या रूप देखना? और फिर रंग का क्या—काला य गोरा! रानी खाने-पीने की सार रखेगी तो रंग भी निखर आएगा। कमाबै तो तीन सौ है। भाग जाग गए रानी के—बस रानी बनकर ही रहेगी। फिर परिवार का टंटा नहीं, सास है तो गाँव में, बस दोनों मौज करेंगे।" और रानी बनकर मौज करने की इस कल्पना पर ही तो रह-रहकर उसका मन थिरक रहा था।

धीरे-धीरे रस्म-रिवाज, देखना-दिखाना, खाना-पीना, निन्दा-आलोचना का दौर समाप्त हुआ और घड़ी ने दस बजा दिए। अपने कमरे में सजी-सँवरी रानी के मन का बिखरा-बिखरा उल्लास प्रतीक्षा में बदल गया। हल्की-से-हल्की

आहट पर भी उसका मन गुदगुदा उठता और नेत्र घूँघट के झीने आवरण को चीरकर कुछ खोजने लगते। क़रीब ग्यारह बजे सास आई, "अरे, अभी तक नहीं आया कैलाश! हद्द करे है ये भी। आज के दिन तो प्रेस का काम छोड़ दिया होता। बिचित्तर आदमी है, बड़ा ही साधू। अपने सुख-आराम की तो इसे रत्ती-भर भी परवाह नहीं। लाओ, मैं ही बुला लाऊँ।" और वे धीरे-धीरे ज़ीना उतरने लगीं। इस विचित्र आदमी के साधुत्व ने रानी के आक्रोश को इस हद तक बढ़ा दिया था कि उसकी इच्छा हो रही थी कि वह रो ले, पर तभी किसी ने कमरे में प्रवेश किया। रानी की पलकें झपक गईं, इस आशा से कि जल्दी ही कोई हौले से आकर उसका घूँघट हटा देगा और फिर वह अपने लाज भरे चेहरे को छिपाने के लिए बेसुध-सी किसी के सीने का आश्रय ले लेगी। पर तभी एक रूखी कर्कश-सी ध्वनि ने उसकी कल्पना के आवरण को बुरी तरह चीर डाला, "इतनी देर जागने की कोई ज़रूरत नहीं थी, तुम्हें सो जाना चाहिए था। मेरा तो काम ही ऐसा है। आज भी माँ ज़बर्दस्ती बुला लाईं, अब सवेरे तक सारा काम ख़त्म न हुआ तो मुसीबत हो जाएगी।" और वह रानी के अस्तित्व को भूलकर सो गया। रानी को लगा, वह अपने पास सोए इस आदमी का मुँह नोच ले, अपने बाल नोच ले, फूट-फूटकर रो पड़े और आँसुओं से सारे घर को और नीचे ही निरन्तर धड़धड़ करने वाले इस प्रेस को डुबो दे। पर ऐसा कुछ भी नहीं हुआ और ख़ामोशी से आँसू बहाते और सर्द आहें भरते-भरते रानी सो गई।

दूसरे दिन ही घर अपनी असली स्थिति में आ गया। बड़ा कमरा—जो उस घर का सबसे शानदार कमरा था—पड़ोसियों को लौटा दिया गया। विवाह के लिए वह माँग लिया गया था। दो नौकर और एक महाराज जो कल दौड़-दौड़कर काम कर रहे थे, अपना-अपना हिसाब लेकर चलते बने। रह गए घर में तीन प्राणी, एक कमरा, एक छोटी-सी कोठरी और एक छोटी-सी रसोई। घर के नीचे प्रेस थी, और ऊपर के तल्ले में मकान मालिक रहते थे। बीच के तल्ले में तीन किराएदार रहते थे। सारा वातावरण काफ़ी घुटा-घुटा था और प्रेस की लगातार धड़धड़ की आवाज़ एक अच्छे-भले आदमी के सिर में दर्द पैदा करने के लिए पर्याप्त थी। सास खाना बनाने बैठी तो मजबूरन उस धुएँ से घुटी रसोई में रानी को भी जाना पड़ा, एक बार के आग्रह से ही सास चूल्हा छोड़कर दरवाज़े पर बैठकर बहू को घर के

रंग-ढंग से परिचित कराने लगीं, सारा काम-काज समझाने लगीं। उस अँधेरे चौक में देखने की सुविधा के विचार से रानी ने घूँघट कम कर दिया था। सास ने सबसे पहले उसी को लेकर आदेश दिया–

"सिर का पल्ला ज़रा नीचे रखा करो बहू–पचास तरह के लोग यहाँ आवै-जावै हैं। फिर कैलाश को बेशर्मी पसन्द भी नहीं।"

"अब तुमसे घर का क्या छिपाना–कैलाश पर बारह हज़ार का कर्जा है। जाने कैसी मनहूस घड़ी में यह कुकर्म हुए उससे। अब तो बेचारा रात-दिन एक करके पैसा कमा रहा है। न खाने की सुध, न पीने की। किसी तरह शादी करने को राज़ी नहीं होवै था, कौन एक प्राणी का खर्च बढ़ाए, पर मैंने ही ज़ोर-ज़बर्दस्ती करके शादी करवा दी। आख़िर कोई खाने-पीने का ख़याल रखने वाला भी तो हो। मैं तो..."

"खाना बन गया, अम्माजी?" अम्मा की बात का स्रोत टूट गया। एक अपरिचित को सामने देखकर रानी ने घूँघट और खींच लिया।

"हाँ-हाँ बन गया, आओ, बेटा, बैठो। अब मैं तो दो-तीन दिन में गाँव चली जाऊँगी, तुम और तुम्हारी ये भाभी मिलकर कैलाश का ख़याल रखना बेटा! बड़ा विचित्तर आदमी है। बहू, एक थाली तो लगा दो। ये सामने वाले कमरे में रहें और यहीं खावैं हैं।"

रानी ने घूँघट में ही झाँककर देखा, एक सुन्दर आकृति उसी की ओर देख रही है। वह अन्दर-ही-अन्दर सकुचा गई। उसे लगा, सामने वाले पुरुष की आँखें जैसे उस घूँघट को चीरकर उसके चेहरे को निरख रही हैं। उसने थाली लगाकर सरका दी।

"अम्मा, भाभी से कह दो मुझसे पर्दा न करें। तुम भी नहीं रहोगी और ये यों जाल की छुई-मुई बनी रहेंगी तो मुझसे खाते नहीं बनेगा। तुमने बेटा माना तो ये क्या देवर न मानेंगी?" रानी को लगा, कोई है–जो उसका चेहरा देखने को व्याकुल है, और एक अव्यक्त-सी इच्छा उसकी रग-रग में समा गई कि वह घूँघट उलटकर अपना चाँद-सा मुखड़ा उसके सामने कर दे। लेकिन वह वैसे ही रोटी बेलती रही। उसके सामने मुँहासों और चेचक के दाग से भरा एक काला-सा चेहरा उभर आया। उसके हाथ फिर शिथिल पड़ गए।

खाना खाकर वह चला गया।

अम्मा बोलीं, "25 रुपया महीना देवै है और दोनों समय खाना खावै

है। अकेला जीव है, बड़ा भला। इसे ठीक से खिला दिया करो। कैलास तो सदा ही काम में रहे है सो यह कभी-कदास काम भी कर दिया करेगा!"

दो दिन बाद अम्मा चली गईं। रानी के लिए ज़िन्दगी पहाड़ हो गई। वह अपने कमरे के दरवाज़े पर पड़ी चिक पर खड़ी होकर देखा करती। ठीक सामने शेखर का कमरा था, ढेर किताबें, सब अस्त-व्यस्त। शेखर को देखकर उसका मन कैसा-कैसा होने लगता। खाना खाने जब वह आता तो बड़ा आग्रह करता घूँघट खोलने का, बड़ी प्रशंसा करता उसके खाने की। धीरे-धीरे कब रानी का घूँघट खुल गया और खाने की प्रशंसा, रूप की प्रशंसा में बदलकर उसके अतृप्त मन को तृप्त करने लगी, वह स्वयं नहीं जान पाई। कैलाश के स्वभाव की रुखाई को वह शेखर की सरसता के सहारे ही बर्दाश्त करने लगी। सवेरे-शाम शेखर बाहर रहता और सारे दिन घर। धीरे-धीरे वह अपने कमरे की अपेक्षा, रानी के कमरे में रहने लगा। वह उसको अपनी कविताएँ सुनाता, कहानियाँ सुनाता। रानी चाहे कुछ समझती या नहीं, पर शेखर की हर बात में बड़ा रस लेती।

उस दिन सवेरे बड़ा शोर मच गया। अचानक नल बन्द हो गए। सब लोग नीचे के नल पर पानी लेने को दौड़ पड़े, क्योंकि नीचे पानी दस बजे तक ही आता था। रानी भी बाल्टी लेकर पानी भरने पहुँची। भरी बाल्टी लिए वह ऊपर चढ़ आई, पर जाने कैसे साड़ी पैर में उलझ गई और वह गिर पड़ी। बाल्टी से उसकी अँगुली कट गई, खून बहने लगा। कैलाश प्रेस जाने के लिए नीचे उतर रहा था। एक तो उसे यों ही देर हो गई थी, दूसरे रानी को इस प्रकार सबके बीच गिर पड़ना देखकर उसे क्रोध आ गया। झल्ला पड़ा वह, "देखकर क्यों नहीं चलती हो। अब जाकर कपड़े बदलो, गीले कपड़े पहिने यहाँ सबके सामने क्यों बैठी हो?" और वह धड़धड़ाता हुआ उतर गया। उसके जाते ही शेखर आया—हाथ पकड़कर उठाया। खून देखते ही बोला, "अरे, यह क्या? तुमने तो अँगुली काट ली।" और झट जेब से रूमाल निकाल उसने बड़े दुलार से उसके हाथ में बाँध दिया। प्रेम से बाँधी गई उस गाँठ में अनायास ही रानी का हृदय भी बँध गया।

चौबीसों घंटे प्रेस की मशीनों के बीच काम करते-करते कैलाश स्वयं एक मशीन बन गया था, भावनाहीन, रसहीन। उसे न रानी में दिलचस्पी थी, न घर में। क़र्ज़ का भूत कोड़े लगा-लगाकर उससे काम करवाता था।

शहर में प्रदर्शनी हो रही थी, रानी ने कितनी ही बार कैलाश से कहा, “एक दिन मुझे प्रदर्शनी ही दिखा लाओ। देखो ना, पड़ोस की सारी औरतें देख आई है।” “तुम भी किसी के साथ चली जातीं! मुझे तो समय नहीं है सैर-सपाटों के लिए।”

“वे कोई अकेली जाती हैं, जो चली जाती! सब अपने-अपने मर्दों के साथ जाती हैं।” फिर कुछ रुककर बोली, “तुम कहो तो शेखर के साथ चली जाऊँ?”

“दूसरी औरतों के मर्दों के साथ जाते तो तुम्हें अजीब लगता है और शेखर के साथ अकेले जाते शर्म नहीं लगती?” स्वर में कुछ तीखापन और आँखों में कुछ सन्देह का भाव था, जिसने रानी के हृदय को मथ डाला।

कैलाश के जाते ही वह फूट-फूटकर रोने लगी। विवाह से लेकर आज तक वह अनेक प्रकार से अपने मन को समझाती आई है, पर आज उसका मन बुद्धि और तर्कों के जाल को तोड़कर पूरी शक्ति के साथ विद्रोह कर उठा। तभी उसने बालों पर किसी के स्नेहिल स्पर्श का अनुभव किया, “क्या बात हुई भाभी, रो क्यों रही हो?”

पर रानी कुछ बता नहीं सकी, बस फूट-फूटकर रोती रही। अपने अपमान, अपनी उपेक्षा की बात किस मुँह से वह कहती। शेखर ने अपनी जेब से अख़बार में लिपटा हुआ कुछ निकाला और बोला, “कल रात प्रदर्शनी देखने गया था—तुम्हारे लिए वहाँ से ये चूड़ियाँ और बिन्दियाँ खरीद लाया हूँ।” पर रानी थी कि रोती रही, आँसू जैसे थम ही नहीं रहे थे। गर्मी बढ़ चली थी। चूल्हे के पास बैठने से रानी के दोनों गाल लाल सुर्ख हो गए थे। वह कमरे में बैठकर, पंखी लेकर पसीना सुखा रही थी। तभी शेखर आया तो उसके गालों की सुर्खी देखकर वह एकटक उधर ही देखता रह गया। दिलोजान से इस दृष्टि का स्वागत करते हुए भी रानी ने कहा, “यों क्या घूर रहे हो मुझे?”

शेखर मुस्करा दिया, “जाने क्यों तुम्हारे गालों को देखकर मुझे गुलाब के उन फूलों की याद आ गई जो रोज़ सवेरे बगीचे में देखता हूँ। जब उन गुलाबों को देखता हूँ, तब भी मुझे अक्सर तुम्हारे गालों की याद आ जाया करती है।”

“चलो, बड़े बेहूदे हो तुम। भले आदमी ऐसी बात नहीं करते, समझे? लो,

अब खाना खा लो।" और रानी फिर चूल्हे के पास बैठकर रोटी सेंकने लगी।

"भाभी, तुम मेरे लिए रोटी बनाकर रख दिया करो। मेरे खाने का कोई समय ठीक नहीं, नाहक तुम चौका लिए बैठी रहती हो।"

"कौन मेरे पास बड़ा काम है? यों ही तुम तीन रोटी खाते हो, ठंडी होगी तो शायद एक खाकर ही उठ जाया करोगे।"

दोपहर में जब रानी अपनी पड़ोसिनों के पास बैठती तो उस बिल्डिंग के लोगों की टीका-टिप्पणी ही उनका विषय होता। उस समय शेखर की प्रशंसा के पुल बाँधते-बाँधते रानी अक्सर उस सीमा तक पहुँच जाती थी, जहाँ पहुँचकर वह स्त्रियों के सन्देह का कारण बन जाया करती थी। कैलाश को तो कुछ भी ख़बर नहीं रहती कि ऊपर क्या होता है, पर छोटी-से-छोटी बात में भी किसी बड़े रहस्य का उद्घाटन कर डालने को आतुर रहने वाला स्त्रियों का मन, रानी और शेखर की घनिष्ठता से उदासीन न रह सका। पर बात अभी कानाफूसी तक ही सीमित थी, आम आलोचना का विषय नहीं बन पाई थी। तभी शेखर ने एक दिन आकर बताया, "मेरी जीजी आ रही हैं। जब तक वे रहेंगी तब तक तो मैं तुम्हें खाना बनाने के कष्ट से मुक्ति दे दूँगा।"

"अरे, अपनों को खिलाने में भी कोई कष्ट होता है? जीजी बेचारी थोड़े से दिनों के लिए आ रही होंगी और तुम उनसे रोटी सिंकवाओगे? जीजी भी यहीं खा लेंगी।"

पर शेखर ने बात मानी नहीं, कैलाश इस अतिरिक्त खर्चे को बर्दाश्त न करता और जीजी किसी के घर खाना पसन्द नहीं करतीं। जीजी आईं तो शेखर ने बड़ी तारीफ़ करके, अपनापन दिखाकर रानी का परिचय करवाया। रानी ने बड़े प्रेम और आदर से उनके पैर छुए, स्वागत किया। दोपहर को दोनों बातें करने बैठीं जो जीजी बोलीं, "इस बार तो मैंने ऐसी लड़की ढूँढ़ी है कि शेखर को हाँ करनी हो होगी। बड़ा परेशान कर डाला हमें तो इस शेखर ने। सत्तर गुण तो एक लड़की में मिलने से रहे, फिर आदमी अपनी औकात भी देखे। पढ़ी-लिखी होगी तो वह तुम्हारे घर क्यों आएगी भला! वह भी किसी अफ़सर-ओहदेवाले को ढूँढ़ेगी और रूप की बात कहो तो ऐसी है कि चाँद भी लजा जाए।"

"तो इन्होंने पसन्द कर ली लड़की?" रानी के स्वर का उत्साह कुछ उतार पर आ गया था।

"अभी देखी ही कहाँ है? वह तो बस एक ही रट लगाए है कि मुझे शादी करनी ही नहीं। पर तुम्हीं बताओ, बिना ब्याह और औरत के भी कोई ज़िन्दगी है?"

"सच पूछो तो जीजी, क्या रखा है ब्याह में भी? एक बन्धन ही तो है, जी का जंजाल बिना ब्याह के तो कैसी मस्ती रहती है, नहीं तो पचास झंझट।"

"तुम भी कैसी बातें करो बहू! खुला बैल सत्तर जगह मुँह मारे है। आदमी अपने खूँटे से बँध जाए तो चित्त भी ठिकाने रहे।"

और शेखर के लिए मनोनीत पत्नी के रूप की, गुणों की प्रशंसा करते-करते जीजी ने सारी दोपहर ही ढाल दी। इधर दिन का प्रकाश साँझ के धुँधलके में डूबता जा रहा था, उधर एक अव्यक्त से विषाद से रानी का मन भारी होता जा रहा था।

दूसरे दिन शेखर अपनी जीजी के साथ लड़की देखने चला गया। तीन दिन बाद लौटा तो जीजी ने आनन्द से गद्‌गद होकर शेखर की स्वीकृति का समाचार सब लोगों को सुना दिया। साथ ही यह भी बताया कि अब तो वे आते महीने में ब्याह करके ही लौटेंगी। शेखर जब रानी के सामने पड़ा तो रानी ने कहा, "अब तो मुँह मीठा कराओ।"

"क्या बताएँ भाभी, हम तो बस बुरी तरह घायल हो गए। लगता है, ईश्वर ने बड़ी फुर्सत में गढ़ा है उसे। यों बिल्कुल देहातन है, पढ़ी-लिखी भी बिल्कुल नहीं, पर बस, उसने रूप से ही मार डाला।" उसके स्वर में उल्लास छलका पड़ रहा था।

रानी तरकारी काटने बैठी तो अँगुली पर ही चाकू चल गया। चूल्हा जलाया तो जाने कैसे हाथ जल गया, पर जैसे उसे जलन महसूस ही नहीं हुई। कैलाश आया तो वह खाना परोसने बैठी। शिथिल हाथों से उसने थाली परोसी और चकले पर रोटी बेलने लगी। तवा चढ़ाना भूल ही गई और रोटी बेलकर एकदम चूल्हे में ही डाल दी। कैलाश रानी के इस अनमनेपन को कभी से लक्ष्य कर रहा था, "कहाँ ध्यान है तुम्हारा?" रानी ने अपने-आपको संयत किया। कैलाश खाकर चला गया तो उसने चौका उठा दिया। उस दिन उससे खाना न खाया गया। फिर बिना कारण ही वह पलंग पर गिरकर फूट-फूटकर रोने लगी तो अनजाने ही उसका मन किसी के स्नेहिल स्पर्श

की आशा के लिए छटपटाता रहा, पर कोई न आया और रोते-रोते ही रानी न जाने कब सो गई।

शेखर ब्याह करके आ गया। जीजी सिर-दर्द का बहाना करके अपने कमरे में ही पड़ी रही। यों अपने कमरे में से वह झाँककर जितना देख सकती थी उसने जरूर देख लिया था। सारी औरतों में नई बहू के रूप की चर्चा हो रही थी। रानी अनमनी-सी लेटी थी, तभी जीजी बहू को लिए हुए वहीं पहुँच गईं। "ये तुम्हारी जिठानी हैं, इनके पैर छुओ!" और बहू ने पैर छू लिए।

"अब तुम्हारी तबियत कैसी है रानी?"

"ठीक है, बैठो।" और रानी ने बहू का घूँघट उठाकर उसका मुँह देख...सगुन भी दिया पर उसके मुँह से प्रशंसा का एक शब्द भी नहीं निकला।

इधर-उधर की बातें करके, अत्यधिक व्यस्तता का बहाना बनाकर जीजी बहू को लेकर चली गईं। उनके जाते ही रानी अनमनी-सी फिर लेट गई। न जाने क्या था, जो रह-रहकर टीस रहा था, कसक रहा था। थोड़ी देर बाद वह उठी, शीशा उठाकर उसने अपना चेहरा देखा। एक निःश्वास छोड़कर वह फिर लेट गई।

घर-गृहस्थी की बातें समझाकर जीजी चली गईं। नई बहू ने रानी से मित्रता गाँठने की बड़ी चेष्टा की, पर रानी का रुख देखकर साहस न हुआ। उसने पति से कहा, "तुम तो इतनी तारीफ़ करते थे, बड़े मिज़ाज हैं तुम्हारी इन भाभी के तो, जाओ तो सीधे मुँह बात ही नहीं करतीं।"

"कौन, भाभी? नहीं-नहीं, बड़ा अच्छा स्वभाव है उनका।"

"क्या जाने भाई! हम से तो ठीक से नहीं बोलतीं और उनके आदमी को तो मैं कभी ऊपर देखूँ ही नहीं, कैसे हैं?"

शेखर नहाकर आया था, तैयार हो चुका तो सीधा रानी के कमरे में पहुँचा, "भाभी, क्या बात है, तुम्हें बहू पसन्द नहीं आई? कहती थी, तुम उससे ठीक से बोलती नहीं।"

"नहीं बोलती तो क्या फाँसी पर चढ़ा दोगे? आए चार दिन नहीं हुए और तिरिया चरित्तर शुरू कर दिया!"

"अरे, तुम्हारी क्या शिकायत करेगी, मैंने ही उससे कहा था कि भाभी के पास आया-जाया करो तो मन लगा रहेगा।"

"मैं कोई किसी का मन बहलाने के लिए लौंडी-बाँदी हूँ?"

"तुम नाहक ही बिगड़ रही हो। सच बोलो, तुम्हें पसन्द नहीं आई?"

"मुझे क्या करना पसन्द-नापसन्द करके। रूपवती है तो सिर पर बिठाकर रखो, मुझे क्यों सुना रहे हो बार-बार।"

निहायत ही बदतमीज़ी की बातों से इस बार शेखर झल्ला गया। वह रानी के आक्रोश को समझता था, पर किसी तरह उसे उचित नहीं ठहरा पाता था।

रोज़ शाम को शेखर अपनी बीवी को घुमाने ले जाता। उसने घूँघट काढ़ना छोड़ दिया था, और वह बड़े नखरे से सजकर निकला करती थी। रानी खुलेआम उसकी बेशर्मी की आलोचना करती। कभी छत गन्दी करने के अपराध में, तो कभी पानी ज्यादा बहाने की शिकायत लेकर वह अक्सर बहू से लड़ लिया करती थी। शुरू में तो बहू संकोचवश चुप रह जाया करती थी, पर आख़िर वह भी देहात की थी, लड़ने-झगड़ने में माहिर। रानी कुछ सुनाती तो सवाया उत्तर पाती। ज्यों-ज्यों नई बहू की शोखियाँ और रूप निखरता जा रहा थ, दोनों का झगड़ा और अधिक तूल पकड़ता जा रहा था। अब तो आए दिन दोनों में झगड़ा होता, आस-पास की औरतों को समझाना पड़ता। उस समय रानी बड़े तैश में कहती, "एक साल से इस घर में रह रही हूँ। क्या मजाल जो किसी से भी कहा-सुनी हुई हो। लड़ना-झगड़ना मेरी तो आदत में ही नहीं है, पर नीचों के बीच रहकर नीच ही बनना पड़ता है" 'नीच' शब्द के आते ही फिर जो वाक् युद्ध होता तो आँसुओं की अजस्त्र धाराओं में ही उसकी समाप्ति होती। कितनी ही बार शेखर घर में होता, पर न तो वह एक शब्द ही बोलता, न बाहर आता। ऐसी स्थिति में रानी स्वर को सप्तम पर ले जाकर कहती, "भला करने का जमाना नहीं रहा। अरे साल-भर तक रोटियाँ ठोंक-ठोंक कर खिलाईं, उसकी कौन कहे? चार दिन इसे आए नहीं हुए कि सब किए-कराए पर पानी फिर गया। ऐसे नमकहराम भी नहीं देखे होंगे कहीं?" पर शेखर फिर भी खामोश रहता।

एक दिन कैलाश ने कहा, "यह रोज़-रोज़ क्या महाभारत मचा रहता है घर में? कुछ लाज-शरम भी है या नहीं?"

"तो मैं क्या करूँ, कब तक किसी की सहूँ! वह चार दिन की ब्याही, उसे ही शरम नहीं तो मुझे ही क्या पड़ी है? तुम्हें तो सारा दोष मेरा ही दिखता है।"

"दोष किसी का भी हो, तुम्हें मुँह खोलने की ज़रूरत नहीं है।"

पर इस चेतावनी के बाद भी रोज़ के महाभारत में कोई अन्तर न

आया। पड़ोस की औरतों का पक्ष अपनी ओर करने के लिए उसके पास एक ही दलील थी कि उसने शेखर को इतने दिन रोटियाँ खिलाईं और जब पक्ष का बहुमत उसकी ओर हो जाता और सब एकमत होकर कह देती कि शेखर जैसे स्वार्थी आदमी इस दुनिया में ढूँढ़े से भी शायद ही मिले तो रानी तत्काल ही कह देती, "अरे, शेखर तो ऐसा बुरा आदमी नहीं, यह तो जब से इस चुड़ैल का पैर घर में पड़ा है, उसकी भी मति भ्रष्ट हो गई नहीं तो साल-भर मेरे साथ रहा, क्या मजाल कि कभी ज़रा-भी बेअदबी की हो, पर अब देखो, कैसा बदल गया। बाहर बहू गालियाँ बके तो अन्दर बैठा गटर-गटर सुनता रहे, यह नहीं होवे कि झौंटा पकड़ के दो धौल जमा दे।" इस प्रकार की चख-चख बहू से रोज़ ही हुआ करती, पर परसों वह शेखर से भी उलझ गई। उस दिन हवा प्रायः बन्द थी और उमस ऐसी कि दम घुटा जा रहा था रानी छत पर खटिया डालकर पंखे से हवा करते हुए जैसे-तैसे अपने झुलसते हुए शरीर को शान्त करने का असफल-सा प्रयास कर रही थीं। तभी शेखर अपने पीछे एक कोयलेवाले को लेकर ऊपर आया और छत के एक कोने की ओर इंगित करके कोयला रखने को कहा। यह सुनते ही रानी भभक उठी।

"छत साझे की है, यहाँ किसी का कोयला गोबर-मिट्टी नहीं रहेगा, मैं अभी से कहे देती हूँ।"

शेखर ख़ामोश रहा। उसने कोयलेवाले का हिसाब साफ़ करने के लिए पैसे निकाले और गिनने लगा।

"कान नहीं हैं क्या? मैं कह रही हूँ कि छत पर कोयले नहीं रहेंगे। गर्मी के दिन हैं, सब सोते-बैठते हैं। यह कोई कोयले रखने की जगह है भला!"

"छत साझे की है, हम अपने हिस्से में चाहे जो करें, किसी को इससे मतलब?" और उसने कोयलेवाले का हिसाब साफ़ किया।

रानी का क्रोध जो गर्मी के कारण कब से ही उबल रहा था, इस बात को सुनते ही फट पड़ा।

"मैं कहती हूँ, कोयले यहाँ नहीं रहेंगे।" और उसने जाते हुए कोयलेवाले को आदेश दिया कि बोरी हटा दे। कोयलेवाला बेचारा असमंजस में पड़ गया।

"मेरा मुँह क्या देख रहा है, जाकर बोरी को रसोई में पटक आ। कोयले यहाँ नहीं रहेंगे।"

शेख़र इस प्रकार के झगड़ों में शायद कभी भाग नहीं लेता, पर जब रानी ने बोरी में से कोयले निकाल-निकालकर फेंकने आरम्भ किए और अनाप-शनाप बकना शुरू किया तो उसे मजबूरन बोलना पड़ा—

"हट जाओ यहाँ से, अपने हिस्से की छत पर रहो, नहीं तो हाथ पकड़कर निकाल दूँगा।"

अब तो ग़जब हो गया। रानी गले की पूरी ताक़त के साथ चिल्लाने लगी। उसने अपना हाथ शेखर के शरीर से एक प्रकार से सटा-सा दिया, "ले पकड़, पकड़ तो हाथ। ये हाथ पकड़कर हटावेंगे। अब पकड़ता क्यों नहीं, असल मरद का बच्चा है तो पकड़कर ही दिखा दे।" और वह हाथ को उसके शरीर से सटाए चली जा रही थी। शेखर अन्दर चला गया, पर रानी की चीख़-पुकारों ने सारा अड़ोस-पड़ोस इकट्ठा कर लिया।

"अब क्या भले आदमी इस घर में रह सकेंगे! अपने घर में एक छिन्नाल बिठा रखी है तो सबको छिन्नाल ही समझ रखा है। पराई औरतों का हाथ पकड़ेंगे!" और वह फूट-फूटकर रोने लगी।

"किसने हाथ पकड़ लिया?"

"हाथ पकड़ लिया? किसने हाथ पकड़ लिया?"

"बड़े आए हाथ पकड़नेवाले, ज़रा पकड़कर तो देखें। अब औरतों की तरह मुँह छिपाकर अन्दर बैठ गए। ज़रा निकलकर हाथ पकड़ें तो सही।" आँसुओं से भीगा होने पर भी स्वर काफ़ी तेज़ था।

ऊपर खड़ी मालकिन भी यह तमाशा देख रही थी। उन्होंने रानी को बुलावाया। रानी रोती-चीख़ती ऊपर चली गई। "क्या शेखर ने तुम्हारा हाथ पकड़ लिया?"

"नहीं हाथ पकड़ तो कैसे ले...कोई तमाशा है?" और वह फूट-फूटकर रोने लगी।

"तब फिर क्यों ऐसे रो रही हो—कहा-सुनी तो हो ही जाया करती है।'

पर रानी थी कि रोए चली जा रही थी। उसने हाथ शेखर के शरीर से सटा दिया था, फिर भी उसने नहीं पकड़ा, नामर्द कहीं का!

बात कुछ भी न थी, फिर भी सारे घर में यों फैली कि शेखर ने रानी

का हाथ पकड़ लिया। कैलाश ने सुना तो आगबबूला हो गया। काम छोड़कर ऊपर आया। रानी को कमरे से खींचकर उसने दो-तीन लात जमा दीं। "एक दिन शान्ति से नहीं रहने देगी यह चुड़ैल। सारे दिन चखचख...मैं कल ही सब काम छोड़कर नया मकान ढूँढ़ लूँगा। इस घर में रहना हराम कर दिया!"

रानी रोती रही। दोष उसका नहीं, फिर भी पिट रही है। उधर शेखर की बहू चाहे कुछ भी करे, शेखर उसे पान-फूल की तरह ही फेरता रहता है। अपने इस दुर्भाग्य पर उसका हृदय बुरी तरह मथा जा रहा था। तभी उसने सुना, शेखर के कमरे से रोने की आवाज़ आ रही थी। स्वर बहू का था—तो आज पड़ गई बहू पर। परम सन्तोष से उसका मन-भर गया और वह पूरी तरह सतर्क होकर उधर की आहट लेने लगी।

"ख़बरदार जो तुम कभी भी भाभी से लड़ीं। दोष चाहे किसी का भी हो, पर तुम बोलीं तो ठीक नहीं होगा, यह मैं अभी से कहे देता हूँ।"

बहू ने भी कुछ कहा पर स्वर सिसकियों में ही खो गए। रानी कुछ समय के लिए गर्मी की तकलीफ़ को भी भूल गई। थोड़ी देर में उसने बहू को कमरे के बाहर देखा। अधिक रोने के कारण आँखें सूज आई थीं। रानी ने मन में सोचा, दो-एक धौल भी पड़े दिखते हैं। अब अक्ल ठिकाने आ जाएगी, सारा गरूर झड़ जाएगा रानी साहिबा का। सारे दिन रानी का मन प्रसन्न रहा। आख़िर कुछ भी हो, शेखर का मन वह जानती है पर तभी कैलाश ने आकर बताया कि मकान ठीक हो गया है।

और उसकी विचार-धारा ने पलटा खाया। अब उसे यहाँ से जाना ही पड़ेगा। कैसे झटकी आदमी से पाला पड़ा है। खुद तो सारे दिन मशीनों में जुते रहते हैं, मैं यहाँ चार आदमियों में रहती थी सो भी इन्हें नहीं सुहाया। मैं नहीं जाऊँगी, वह मन-ही-मन बुदबुदा रही थी कि कैलाश ने आकर फटकार दिया—

"यह क्या...तुम यों ही पड़ी हो—उठकर सामान क्यों नहीं बाँधतीं?" रानी से कुछ न कहा गया। मन मारकर उठी और सामान बाँधने लगी। सब कपड़े बक्सों में बन्द किए। शाम को खाना बनाने के दो-चार बर्तनों को छोड़कर बर्तन बन्द किए और तो घर में सामान ही क्या था। कपड़े जमाते समय एकाएक उसके हाथ में अख़बार में लिपटा एक पुलिन्दा आ गया। उसमें लिपटी चूड़ियाँ और चमचमाती बिन्दियों को देखकर अनायास ही

उसकी आँखें-भर आईं। एक गहरी निःश्वास छोड़कर वह फिर काम करने लगी। शाम को ही सारा सामान ठेले में लदवाकर कैलाश चला गया। सब सामान जमवाकर रात में वह लौटेगा और दूसरे दिन सवेरे इस घर से वे लोग चले जाएँगे। घर छोड़ने की बात से ही रानी का कलेजा मुँह को आ रहा था। वह रो-रोकर सबसे मिल आई थी। बस, शेखर के यहाँ नहीं गई। वहाँ जाएगी भी नहीं, पर मन उसका बड़ा कर रहा था कि चली जाए।

सवेरा हुआ, ताँगा आया। भीगी आँखों से उसने सबसे विदा ली। सामने बहू खड़ी थी। उसकी आँखें शेखर को ढूँढ़ रही थीं। पर वह दिखा नहीं। बहू को देखते ही उसे लगा, यह कम्बख्त ही सब अनर्थों की जड़ है—उसका क्रोध भभक गया। जाते-जाते भी उसको लक्ष्य करके बरस पड़ी, "अब खूब फैल-फैलकर रहना—सारे दिन नहान-घर में घुसी रहना, सारी छत पर कोयले फैलाकर रखना, कोई तुम्हें कुछ कहने नहीं आएगा। एक दिन चैन से नही रहने दिया।" कह वह बहू से रही थी पर बराबर उसकी आँखें कमरे पर पड़ी चिक के पार लगी थीं, जाने वह क्या चाह रही थी। तभी कैलाश का स्वर सुनाई पड़ा, "अरे जल्दी करो, ताँगेवाला चिल्ला रहा है।"

तकसते मन को लेकर रानी उतर पड़ी। आँखें इस समय भी उसकी भरी थीं, और उससे भी ज्यादा भरा था उसका मन। ताँगे में एक कील निकल रही थी। रानी ने देखा नहीं और जाने कैसे पकड़ा कि कील अँगुली में। हाथ खींचते ही खून बह आया। कैलाश ने देखा तो झल्ला उठा, "कोई काम देखकर नहीं करतीं, और कुछ नहीं तो हाथ काट लिया?" रानी एकटक अँगुली से बहते खून को देख रही थी और एक स्पष्ट-सी तस्वीर उसकी आँखों के आगे उभर आई, "अरे, यह क्या, तुमने तो अँगुली काट ली भाभी!" और चट से एक रूमाल बँध गया।

मन का गुब्बार कहीं भयकर उच्छ्वास में न फूट पड़े, इसलिए उसने ज़ोर से अपनी खून से सनी अँगुली को दाँतों में दबा लिया।

"अब ज़रा-सी लग ही गई तो यों रास्ते में रो क्यों रही हो? घर चलकर पट्टी बाँध लेना।"

पर रानी रोती ही रही, रोती ही रही...

'मैं हार गई' संकलन से

जीती बाज़ी की हार

कॉलेज में तीन लड़कियाँ आईं। नाम थे आशा, नलिनी और मुरला। अन्य लड़कियों से दूर, तीनों ने अपनी अलग ही दुनिया बना ली। फुर्सत के समय या तो तीनों पुस्तकालय में बैठी रहतीं या पढ़ी हुई पुस्तकों पर बहस करतीं। कवि, लेखक, उपन्यासकार सभी उनकी आलोचना का शिकार बनते और आलोचना भी ऐसी-वैसी नहीं, उसमें मौलिकता रहती थी, उनका अपना-अपना दृष्टिकोण रहता था—जो सुनता, दाद दिए बना नहीं रहता। वैसे तो सभी विषयों की ओर उनकी रुचि थी, फिर भी साहित्य की ओर कुछ अधिक झुकाव था। पढ़ना-लिखना और बहस करना इसके अतिरिक्त इन बुद्धिजीवी लड़कियों की रुचि का मुख्य विषय रहता है—ये तीनों कितनी उदासीन थीं, इसका अनुमान उनके बिखरे बालों और कपड़ों से सहज ही लगाया जा सकता था। सिलाई, बुनाई और कढ़ाई—जो लड़कियों का अवकाश बिताने का मुख्य साधन रहा करते, कभी भी उन्हें अपनी ओर आकर्षित नहीं कर सके थे। शादी, सिनेमा, कपड़ों का लेटेस्ट फैशन—जो लड़कियों की चर्चा का मुख्य विषय रहा करते थे, उनसे कोसों दूर थे। कॉलेज में कुछ लड़कियाँ विवाहित भी थीं। वे सदैव अपने-अपने पतियों की रुचि-अरुचि का बखान करती रहती थीं और ग्रामोफोन-रेकॉर्ड की तरह उनके विचारों को ही उगला करती थीं। ऐसी लड़कियों पर इन तीनों को बेहद तरस आता था—ऐसा तरस जिसमें उनके प्रति सहानुभूति की अपेक्षा अपने अहम् की भावना ही अधिक रहती थी। एक पढ़ी-लिखी लड़की किस प्रकार अपने विचारों और व्यक्तित्व को शून्य में बदलकर इस प्रकार पति के रंग-में-रंग सकती है, यह बात इन बुद्धिजीवी और अपने ही व्यक्तित्व के भार से दबी लड़कियों के लिए कल्पनातीत थी। अन्य लड़कियों के हीनता की भावना से भरे जीवन पर सदा ही ये तरस खाया करतीं। शायद शिक्षा का ऐसा दुरुपयोग उन्हें तरस खाने पर मज़बूर कर देता था।

पूरा एक वर्ष व्यतीत हो गया। कॉलेज के जीवन में ये लोग बहुत घुल-मिल तो नहीं पाईं पर इन्होंने ख्याति बहुत प्राप्त कर ली—कुछ अपने असाधारण व्यक्तित्व के कारण, कुछ अपनी विद्वता के कारण। गर्मियों की छुट्टियों में तीनों घूमने चली गईं। तीनों में पत्र-व्यवहार चलता रहा। पत्रों का मुख्य विषय रहता—पढ़ी हुई पुस्तकों की समालोचना। छुट्टियाँ व्यतीत करके तीनों लौट आईं, पर इस बार आशा और मुरला ने देखा कि नलिनी कुछ बदल गई है। बात करते-करते वह शून्य की ओर देखने लगती है तो देखती ही रहती है। अगर किताब खोलकर बैठती है तो बैठी ही रहती है। एक घंटे बाद भी जाकर देखो तो उसकी पृष्ठ संख्या नहीं बदलती। पढ़ने में उसकी तबीयत ही नहीं लगती, मन बस उचटा-उचटा रहता है और अन्त में एक दिन उसने बताया कि उसका सम्बन्ध पक्का हो गया है और जल्दी ही उसे शादी भी करनी पड़ेगी। उसके कहने के ढंग से लग रहा था कि उसमें उत्साह की अपेक्षा विवशता अधिक है। मुरला तो मानो आसमान से गिर पड़ी, प्रश्नों की बौछार-सी कर दी। सब उत्तरों का सारांश यही था कि घर का वातावरण देखते हुए वह जानती थी कि शादी उसे करनी ही पड़ेगी और इसीलिए जब उसे अपने अनुकूल पात्र नज़र आया तो स्वीकृति दे दी। अपने अनुकूल पात्र के विषय में उसने बताया कि वह विश्वविद्यालय में प्रोफ़ेसर हैं, स्वतन्त्र प्रकृति के व्यक्ति हैं, और सभी कुछ बस अच्छा ही है।

मुरला को नलिनी का विवश भाव से यह सब मान लेना पसन्द नहीं आया। वातावरण क्या ख़ाक करेगा, अपनी इच्छा न हो तो घर का वातावरण क्या, वह तो दुनिया को बदल दे। नलिनी बिना बी.ए. की परीक्षा दिए ही विवाह करके चली गई। पुस्तकें सब साथ ढोकर ले गई कि पढ़ाई करके वह मार्च में परीक्षा देने ज़रूर आएगी। पर मार्च में उसके स्थान पर उसका एक भूला-भटका-सा पत्र आया कि अवकाश के अभाव में वह तैयारी नहीं कर सकी। अतः वह इस साल परीक्षा नहीं देगी। मुरला और आशा को उसके अमूल्य एक वर्ष की बर्बादी पर बेहद दुःख हुआ और आश्चर्य भी कि ऐसी क्या समय की कमी आ पड़ी थी जो वह पढ़ाई नहीं कर सकी। उनके विचार से तो पढ़ाई के लिए सब काम छोड़े जा सकते थे।

पूरे डेढ़ वर्ष बाद नलिनी अपनी पाँच महीने की कन्या को लेकर आई। मुरला और आशा ख़बर मिलते ही उससे मिलने गईं। उस समय वह शायद

कहीं बाहर जाने को तैयार खड़ी थी। वेश-भूषा देखकर एक बार तो उन्हें अपनी आँखों पर विश्वास नहीं हुआ, पर अविश्वास करने का कोई कारण भी नहीं था। वह ऊपर से नीचे तक सजी-सँवरी, लिपी-पुती बिल्कुल गुड़िया लग रही थी। नलिनी तो देखते ही दोनों से लिपट गई पर मुरला तो आश्चर्य के मारे अपनी स्वाभाविकता को ही खो बैठी थी। वह सोच रही थी कि जिस नलिनी ने कभी भूलकर भी अच्छी साड़ी नहीं पहनी, अपने को सजाया नहीं, वही यह सजना-सजाना कैसे सीख गई और शायद मन-ही-मन वह अनुमान भी लगा रही थी उस समय का, जो इस प्रसाधन में उसने व्यर्थ गँवाया होगा।

नलिनी ने उनके हाल-चाल पूछे, कॉलेज के हाल-चाल पूछे, और फिर अपने हाल-चाल का ब्यौरा आरम्भ किया। कितना समय वह घर सँभालती है, कितना समय बच्ची पर देती है, फिर शाम को क्लब जाती है। क्लब के जीवन पर भी उसने प्रकाश डाला। फिर बताया कि वह आजकल केवल किताबी कीड़ा ही नहीं रही, काफ़ी काम की लड़की हो गई है। उसने सिलाई सीख ली है और घर पर ही सिलाई करके काफ़ी किफ़ायत कर लेती है। घर के बाद पति का नम्बर आया तो विद्यार्थियों की समस्याओं पर, आधुनिक शिक्षा-प्रणाली के दोषों पर, अनुशासन की कमी पर एक सधा-सधाया भाषण ठोंक दिया—कुछ इस भाव से मानो उसके पति नहीं, वह स्वयं ही प्रोफ़ेसर हो और रोज़ ही इन समस्याओं का सामना करती हो। साथ ही यह बताने में भी नहीं चूकी कि विद्यार्थियों में उसके पति कितने लोकप्रिय हैं।

पति के बाद बच्ची का नम्बर आया। बच्ची को गोदी में लेकर उसने उसकी अदाओं की, उसकी समझदारी की बातों का जो सिलसिला आरम्भ किया तो वह यह भूल ही गई कि ज़रा यह भी तो देख कि सामने वाले भी उसमें रुचि ले रहे हैं या नहीं। परिणाम यह हुआ कि आशा और मुरला ने उकताहट भरे स्वर में कहा, "अब चलेंगे?" और दोनों उसे घर आने का निमन्त्रण देकर चल दीं।

बाहर निकलते ही आशा ने कहा, "मेरा घर, मेरा पति, मेरी बच्ची! मानो इसके अतिरिक्त और कुछ है ही नहीं दुनिया में। उस पाँच महीने के मांस के लोथड़े में उसे जाने कहाँ की समझ और होशियारी दिखाई दे रही थी। बुरी तरह 'बोर' कर दिया।" नलिनी जैसी लड़की भी इस तरह बदल सकती है, पुस्तकों से नाता तोड़ परिवार की सीमा में बँध सकती है, यह उनके लिए आश्चर्य ही नहीं, घोर दुःख का कारण भी था।

दोनों ने एम.ए. का प्रथम वर्ष समाप्त किया। अब द्वितीय वर्ष की तैयारी थी। इस बार दोनों ने निश्चय किया कि वे यूनिवर्सिटी का प्रथम और द्वितीय स्थान अपने हाथ से नहीं जाने देंगी और इसीलिए वे गर्मियों में बाहर भी नहीं गईं। पर दीवाली की छुट्टियों में आशा ने बताया कि उसे एक सप्ताह के लिए मामा के यहाँ जाना ही है। माँ का आग्रह और मामा की मनुहार वह टाल नहीं सकती।

सप्ताह-भर पढ़ने लायक पुस्तकें लेकर वह मामा के यहाँ चली गई। पहुँचने के दूसरे दिन ही मामा ने उसका परिचय वहाँ के एक कवि से करवाया। साहित्यिक रुचि होने का कारण दोनों में जल्दी ही बातों का सिलसिला जम गया। आशा ने महसूस किया कि व्यक्ति प्रभावशाली है, प्रतिभा सम्पन्न है, उसकी बातों में सत्य है, और कहने का ढंग ऐसा कि वह अपनी बात मनवा ही लेता है। कवि महाशय रोज़ संध्या को आते, घंटों बैठते, साहित्य पर लम्बी-लम्बी बहस होती। कविता पाठ होता। उस समय आशा एक-दूसरे ही लोक में होती। आशा ने महसूस किया कि वह कवि की प्रतीक्षा बड़ी उत्सुकता से करती है, देरी होने से कुछ बेचैनी-सी भी महसूस करती है। साथ ही उसने यह भी महसूस किया कि कवि की बातों में, उसके व्यक्तित्व में पुस्तकों की अपेक्षा कुछ अधिक आकर्षण है। वह स्वयम् अपने मनोभाव में भारी परिवर्तन महसूस करने लगी। अब चाहकर भी बिखरे बालों और अस्त-व्यस्त कपड़ों में कवि के सामने नहीं आ पाती। कभी उमंग में वह बालों में फूल भी लगा लिया करती थी। मामा ने लक्ष्य किया तो समझ गए कि लक्षण शुभ हैं। दोनों को काफ़ी निकट लाकर, अपना उद्देश्य पूरा करके उन्होंने आशा को रवाना कर दिया!

एम.ए. की परीक्षा समाप्त करते ही आशा विवाह करके चली गई। मुरला अकेली रह गई। मुरला के जीवन में ऐसा कोई परिवर्तन नहीं आया था। वही घर, वही यूनिवर्सिटी, वही पुस्तकालय। फिर वह जीवन से सन्तुष्ट ही नहीं, पूर्ण रूप से सन्तुष्ट थी। उसे ऐसे परिवर्तन की आवश्यकता भी नहीं थी।

एम.ए. में मुरला सारी यूनिवर्सिटी में प्रथम आई। बधाइयों और प्रशंसाओं का समा बँध गया। अखबारों में उसका नाम छपा, साथ ही यह भी छपा कि देश को ऐसी लड़कियों पर नाज़ है। कुछ युवकों ने विवाह की इच्छा भी प्रकट की, पर उसने साफ़ इन्कार कर दिया। माँ-बाप ने बहुत समझाया कि वह

जिससे भी चाहे विवाह कर ले पर उसने साफ़ कह दिया कि वह विवाह को बन्धन समझती है, विवाह के परिणाम बच्चों को उन्नति का बाधक समझती है। सचमुच ही उसके मन में इन सबके लिए कभी लालसा नहीं जागी।

अपनी प्रशंसा से उत्साहित होकर उसने विश्वविद्यालय में शोधकार्य आरम्भ कर दिया। सारे समय वह पुस्तकालय में पुस्तकों से उलझी रहती। पुस्तकें ही उसका सर्वस्व थीं। एक वर्ष में उसने अपनी थीसिस के दो अध्याय पूरे कर लिए। आजकल वह तीसरे अध्याय की तैयारी में थी। एक दिन हाथ में पुस्तकों का ढेर सँभाले वह पुस्तकालय से घर की ओर जा रही थी कि अचानक आशा का छोटा भाई मिला। उसने बताया कि सामने वाले अस्पताल में ही आशा के एक लड़का हुआ है। यों आए तो उसे एक महीना हो गया था पर शर्म के मारे उसने किसी को बताया नहीं। मुरला सीधी अस्पताल में पहुँची। इतनी ढेर किताबों के साथ मुरला को देख आशा ने हँसते हुए पूछा, "आओ पंडिता! और कितने मीर मार लिए?" मुरला ने कहा, "अरे मीर तो तुम मारो, हम क्या करेंगे!"

इसके बाद बहुत-सी बातें हुईं। मुरला ने अपनी थीसिस के बारे में एक विस्तृत वक्तृता झाड़ी तो आशा ने खेद प्रकट करते हुए कहा कि उसकी पढ़ाई करीब-करीब छूट ही गई थी, अब बच्चे की वजह से शायद एकदम ही छूट जाए। उसके बाद उसने बताया कि उसके पति के कितने काव्य-संग्रह छप चुके और कितनी-कितनी प्रशंसा हुई। प्रकाशकों को कोसने से भी बाज़ न आई। कागज़ न मिलने से कितना काम रुका पड़ा है, यह भी बताया।

तब उसकी नज़र पालने में पड़े बच्चे की ओर गई। उसकी आँखों से वात्सल्य टपक रहा था। उसने कहा कि ज्योतिषी ने बताया कि उसका बेटा बड़ा होनहार है। उस पाँच दिन के बच्चे को लेकर वह जितना कुछ कह सकती थी, उसने कहा। तभी मुरला को याद आया कि नलिनी की पाँच महीने की बच्ची जिस आशा को मांस का लोथड़ा प्रतीत हो रही थी, उसी आशा को अपना केवल पाँच दिन का बच्चा भी कितना चंचल और होनहार दिखाई दे रहा है।

अन्त में आशा ने कहा—"अच्छा, अब यह बता कि तू शादी कब कर रही है?"

"वह सब तुम लोगों को ही मुबारक हो। शादी करके मैं अपने व्यक्तित्व को नहीं बेच सकती।"-मुरला ने कहा।

"एक समय मैं भी ऐसा ही सोचती थी, पर अब नहीं। यदि तू शादी को व्यक्तित्व बेचना ही समझती है तो इतना मैं भी अवश्य कहूँगी कि जिस क़ीमत पर हम व्यक्तित्व बेचते हैं वह इतनी अवश्य होती है कि सौदा घाटे का नहीं रहता। फिर बच्चे! अब सोचती हूँ, शायद बच्चों के बिना जीवन अधूरा ही रहता है!" आशा का विभोर कथन था।

मुरला ठठाकर हँस पड़ी–"वाह रे अम्माजी! तू तो ऐसे बोल रही है जैसे दस-पाँच बच्चों की माँ हो। पाँच दिन से माँ बनी है और मुझे जीवन की पूर्णता-अपूर्णत समझा रही है!"

आशा मुस्कराई, "तू लाख बातें बघार, यह मैं शर्त बदकर कह सकती हूँ कि शादी तुझे करनी ही पड़ेगी और तू करेगी भी। अभी ज़रा बहुत तारीफ़ हो गई है न। उसी जोश में फूली फिर रही है। यह उबाल ठंडा होते ही शादी के लिए जान निकलने लगेगी, समझी!"

"क्यों क़यामत आई है तेरी। जानती है, किससे शर्त लगा रही है? यह मुरला है मुरला!"–बड़े चुनौती भरे स्वर में कहा मुरला ने।

"मुरला हो चाहे कोई, इतना जानती हूँ कि जिससे शर्त लगा रही हूँ वह सबकुछ होकर भी नारी है और नारी को एक साथी चाहिए, एक सहारा चाहिए, परिवार चाहिए और चाहिए बच्चे। उच्च-से उच्च शिक्षा भी उसकी इस भावना को नहीं कुचल सकती।" बड़े निर्णायक से स्वर में बोली आशा।

मुरला खीझ गई–"क्या दक़ियानूसी लोगों जैसी बातें करती है। सहारा उसे चाहिए जो अपने को अबला समझे! मैं सबला हूँ, मुझे किसी का सहारा नहीं चाहिए बच्चों को तो मैं अपनी उन्नति का बाधक समझती हूँ। अच्छा छोड़ यह बात–जीत गई तो क्या देगी?"

आशा ने कहा–"तू जीत नहीं सकेगी मुरला! और जीत गई तो जो माँगेगा सो दूँगी। तू कुछ भी माँग लेना।"

इसके बाद इधर-उधर की बातें करके मुरला निकली तो उसे जाने कैसा-कैसा लग रहा था। कहने को वह बहुत कुछ कह आई थी, पर वह स्वयम् महसूस कर रही थी कि एक अजीब-सा सूनापन उसके हृदय में भर रहा है। पहली बार उसे पुस्तकों का बोझ कुछ असह्य-सा प्रतीत हुआ। एक अजीब-सी कल्पना उसके मस्तिष्क में दौड़ गई कि उन किताबों के स्थान पर उसके हाथ में भी आशा के बच्चे की तरह एक कोमल गुदगुदा-सा बच्चा हो

तो! पर दूसरे ही क्षण उसने अपनी मूर्खता-पूर्ण भावना को कमज़ोरी कहकर अपने बुद्धि के अंकुश से दबा दिया। घर जाकर उसने देखा कि पड़ोसी की बच्ची उसके कमरे में कागज़ इधर-उधर कर रही है। उसने बिना मतलब उसके एक चाँटा जमा दिया और हाथ पकड़कर कमरे से निकाल बाहर किया। बच्ची इस अप्रत्याशित मार से इतनी सहम गई कि रो भी नहीं पाई, भयभीत-सी भाग गई। मुरला उसे देखती रही–उसे मारकर ही उसे लग रहा था जैसे उसने आशा से शर्त जीत ली।

पन्द्रह वसन्तों ने आँख-मिचौनी की ...

मुरला आज भी अविवाहित थी और शिक्षा-विभाग के एक ऊँचे पद पर पहुँच गई थी। वह एक सभा का सभापतित्व करने इलाहाबाद गई कि अचानक उसकी भेंट आशा से हो गई। आशा उसे मय समान के अपने घर घसीट ले गई। दो दिन मुरला उसके यहाँ रही। उसे आशा का घर, उसके तीनों बच्चे–सभी कुछ बहुत अच्छा लगा। आशा की पाँच वर्ष की छोटी बच्ची दो दिन में ही मुरला से हिल-मिल गई। इन दो दिनों में दुनिया-भर की बातें हुईं पर किसी ने भी उस शर्तवाली बात को नहीं चलाया। तीसरे दिन मुरला जाने वाली थी। उस दिन आशा ने कहा–"मुरला, शर्त की बात तुझे शायद याद होगी। मैं हार गई, अब तू जो चाहे माँग ले, मैं दूँगी। सच पूछे तो अपनी इस हार में भी मुझे प्रसन्नता है।"

मुरला ने हँसते हुए कहा–"देख हार गई ना!" पर उसके स्वर में विजय का उल्लास न था। "अच्छा जा, छोड़–मुझे कुछ नहीं चाहिए।"

आशा ने कहा–"नहीं, नहीं! तुझे माँगना ही होगा। जो चाहे सो माँग ले।" मुरला एक क्षण को खामोश रही, फिर बोली–"अच्छा माँग लूँ, इनकार तो नहीं करेगी?"

आशा हँसी–"अरे माँग ले ना। बहुत बड़ा दिल पाया है, फिर तू तो यों भी कुछ माँग ले तो मना न करूँ, और अभी तो हारकर बैठी हूँ, किस मुँह से मना करूँगी।"

मुरला ने पास बैठी हुई आशा की सबसे छोटी लड़की को पास खींचकर प्यार करते हुए कहा–"तो अपनी यह बिटिया मुझे दे दे।"

'मैं हार गई' संकलन से

तीन निगाहों की एक तस्वीर

नैना

सहमे-से हाथ से मैंने दरवाजे की कुंडी खटखटाई। एक-बार भयभीत-सी नज़र आस-पास के घरों पर डाली। गली में उस समय अन्धकार के साथ-साथ नीरवता भी छाई हुई थी। सामने के घर की खिड़की पर गोदी में बच्चा लिए एक औरत खड़ी थी। वेश-भूषा से वह एकदम गृहस्थिन लग रही थी।... नहीं-नहीं, यह मोहल्ला ऐसा-वैसा नहीं हो सकता! कुछ अधिक विश्वास के साथ एक बार ज़ोर से फिर मैंने कुंडी खटखटाई। गली के लैम्प-पोस्ट का धीमा प्रकाश मकान के 23/8 नम्बर पर सीधा पड़ रहा था। मकान तो यही है, पता नहीं, अन्दर क्या देखने को मिले? यही सोच रही थी कि दरवाजा खुला और एक बुढ़िया को सामने खड़ा पाया। उसके पान खाए होंठों ने मन को यों आक्रान्त कर दिया कि मैं कुछ पूछना भूल अवाक्-सी उसका मुँह ही देखती रह गई। दीवारों पर भी पान की पीक के दाग नज़र आए। तो क्या माँ ठीक ही कह रही थीं।

"किसको चाहती हो?" तभी कानों से यह प्रश्न टकराया।

मेरे होश लौटे, "दर्शना देवी यहीं रहती हैं?—मैं कानपुर से आई हूँ।" मैंने हकलाते हुए कहा।

"नैना हो क्या? आओ-आओ, ऊपर आओ! बीबीजी तो बस कल से तुम्हारा ही नाम रट रही हैं, उनके प्राण शायद तुममें ही अटकें हैं! तुम आ गईं, बहुत अच्छा किया!"

वह और भी जाने क्या-क्या बोले चली जा रही थी, पर मैं बिना कुछ सुने

यन्त्रवत् उसके पीछे खिंची चली जा रही थी। मेरे कान ऊपर की आहट लेने को सतर्क थे और नज़र इधर-उधर कुछ ढूँढ़ रही थी, पर न मुझे कुछ सुनाई दे रहा था न दिखाई। मुझे पूरी तरह इस बात का भी होश नहीं कि कब मैं छोटे-से कमरे में एक मृत-प्रायः रोगिणी की शय्या के समीप जा खड़ी हुई।

बुढ़िया ने कहा—"बीबीजी, नैना आ गई है!"

और जब पलंग पर लेटी उस कृशकाय नारी की निस्तेज़ आँखें मेरे शरीर पर ऊपर से नीचे घूमने लगीं, तो मेरा रोम-रोम काँप उठा।

तो ये हैं मेरी दर्शना मासी! और तभी मेरी आँखों के सामने आज से कोई सात साल पहले मेरे घर के ड्राइंग-रूम में लटकी, मासी की वह तस्वीर घूम गई, जिसमें मासी नवविवाहिता वधू के रूप में शरमाई-सी मासाजी से सटकर बैठी थीं। पर उस रूप में और इस रूप में तो कोई साम्य नहीं है। यह कैसे हालत हो गई मासी की?

जाऊँ, उनके पास जाकर बैठूँ, यह सोचकर जैसे-ही क़दम बढ़ाया कि मासी का क्षीण स्वर सुनाई दिया। शून्य आँखों से देखते हुए वह बोलीं—"मैं जानती थी, जीजी कभी नैना को मेरे पास नहीं भेजेंगी। भेज देतीं, तो एक बार उसे प्यार करके मन की निकाल लेती। नैना की जगह यह न जाने किसे भेज दिया है! अन्त समय में मुझे यों न छलतीं तो उनका क्या बिगड़ जाता?"

उनकी आँखों से आँसू टपक पड़े और उन्होंने करवट लेकर मेरी ओर पीठ कर ली। मैं जड़वत् जहाँ-की-तहाँ खड़ी रह गई।

बुढ़िया ने मुझे समझाया—"अभी होश में नहीं हैं, तुम उधर चलकर खाओ-पीओ। सवेरे होश आने पर पहचान लेंगी। कल से तुम्हारा ही नाम रट रही थीं।"

पर मेरे पाँव तो जैसे वहीं जम गए थे। बार-बार एक ही बात दिमाग़ में गूँज रही थी, क्या सबने इन्हें छला ही है? मैंने एक बार कमरे में चारों ओर नज़र डाली। कमरे के धीमे प्रकाश में वहाँ की उदासी और भी बढ़ गई थी। कमरे की अस्त-व्यस्त चीजों की आड़ी-टेढ़ी बेडौल छायाएँ दीवार पर पड़ रही थीं, देखकर ही मन भय से भर उठा। उस समय मासी की हालत पर तरस़ कम और सबको नाराज़ करके यहाँ चले आने की अपनी ज़िद पर पश्चाताप अधिक हो रहा था।

बुढ़िया मुझे दूसरे कमरे में छोड़कर चली गई। जाने कितने-कितने प्रश्न

आँधी की तरह मेरे मन में उमड़-घुमड़ रहे थे। माँ की बातें, मासी की हालत, घर का वातावरण, सब मेरे सामने एक अनबूझ पहेली की तरह खड़े थे। मैंने अपनी सतर्क नज़रों से इधर-उधर देखना शुरू किया। एकाएक ही कोने में रखे सितार, तानपूरे और तबले में मेरी दृष्टि उलझ गई। ये चीज़ें कभी देखी न हों, सो बात नहीं, पर यहाँ देखकर मेरे रोएँ खड़े हो गए। जबर्दस्ती दबाई हुई मन की आशंका पूरे वेग से उभर आई। देखते-ही-देखते कमरे के कोने में रखे वे वाद्य-यन्त्र झनझना उठे, तबला ठनकने लगा, घुँघरू झनकने लगे और कहकहों की गूँज से कमरा भर गया। मुझे लगा, मेरा सिर चकरा जाएगा। इस सबके बीच माँ की क्रोध-भरी मूर्ति दिखाई देने लगी, "देख नैना, उस छिन्नाल के घर तू मत जा! वह मर रही तो मरने दे। मैंने तो सात साल पहले ही उसे मरा समझ लिया था। ज़िद करके तू वहाँ चली गई तो समझ लेना, माँ तेरे लिए मर गई।"

मैं पसीने से तर-बतर हो गई। मैंने अपने को ही समझाते हुए कहा, नहीं-नहीं, मेरी दर्शना मासी ऐसी नहीं हो सकतीं। यह सब गलत है और मैंने उस अदृश्य नाचती नारी के स्थान पर मासी की वही छवि ला बिठाई, जिसमें वह नवविवाहिता वधू बनकर बैठी थीं।

"नैना बेटी, कुछ खा लो", बुढ़िया थाली लिए मेरे सामने खड़ी थी।

"यहाँ अब कोई आएगा तो नहीं? रात में क्या यहाँ बहुत लोग आते-जाते हैं?" एक साँस में ही मैं पूछ बैठी।

"रात दिन क्या, यहाँ तो कभी कोई नहीं आता। जब बीबीजी की तबीयत ज्यादा ख़राब होती है, तो मैं ही वैद्यजी को बुला लाती हूँ।"

मैंने निश्चिन्तता की एक लम्बी साँस ली। इच्छा हुई, इस बुढ़िया से ही सबकुछ पूछ डालूँ, सबकुछ जान लूँ, पर भय के मारे जाने कैसी जड़ता मन में व्याप गई थी कि मैं कुछ पूछ ही नहीं पाई। खाया मुझसे कुछ नहीं गया, चुपचाप लेट गई।

अजनबी घर में अजनबी लोगों के बीच पड़े-पड़े जाने कैसा लग रहा था। सोचा, मैं क्यों चली आई? घर में सबसे लड़कर, सबको नाराज़ करके यहाँ आने की अपनी ज़िद को जैसे मैं स्वयं ही नहीं समझ पा रही थी। मासी, जिन्हें मैंने अपनी ज़िन्दगी में पहली और आखिरी बार चार वर्ष की उम्र में देखा था और जिनकी मुझे लेशमात्र भी याद नहीं थी, उनका प्रेम मुझे यहाँ

खींच लाया, यह बात मन में किसी प्रकार भी टिक नहीं पा रही थी। तब? शायद यह महज कौतूहल था, जो मुझे यहाँ खींच लाया था।

जब से होश सँभाला, अपनी इस मासी के रूप-गुण का बहुत बखान सुनती आ रही थी मैं। अपने जन्म-दिन पर उपहार पाकर मेरे मन में यह धारणा बहुत दृढ़ हो गई थी कि वह मुझे बहुत प्यार करती हैं। माँ भी बराबर यह कहा करती थीं कि नैना ने दर्शना का मन मोह रखा है। जब मैं छः वर्ष की हुई, तो मासी का विवाह हुआ। पर माँ बताती है कि मैं ऐसी बीमार पड़ी कि कोई भी उनके विवाह में सम्मिलित नहीं हो सका। उसके बाद मासी के विषय में बाते तो मैं बहुत सुनती, पर न माँ मुझे कभी वहाँ भेजती, न मासी को ही कभी बुलातीं। जब बात समझने की अक्ल आई, तो जाना मासाजी को ऐसा रोग है कि माँ मुझे वहाँ भेज ही नहीं सकती, और मासी, मासाजी को बीमारी की हालत में छोड़कर आ नहीं सकतीं और धीरे-धीरे यह रोग भी जैसे जीवन के दैनिक कार्यक्रम की तरह बन गया जिसे हमने मासी का दुर्भाग्य समझकर उस पर सोचना भी छोड़ दिया।

आज से क़रीब सात साल पहले का वह दिन मुझे अच्छी तरह याद है, जब मासीजी का एक पत्र पाकर घर में अजीब-सी दहशत छा गई थी। माँ बहुत रोई थी, पिताजी के समझाने पर उसने कहा था—इससे तो दर्शन मर जाती तो अच्छा था! कुल को कलंक तो नहीं लगता।

इसके बाद करीब पन्द्रह दिनों तक कभी मासाजी का पत्र आता तो कभी बड़ी मासी का, और कुछ पूछने पर घर में क्रोध-भरी फटकार के सिवाए मुझे कुछ नहीं मिलता। एक दिन गुस्से में आकर माँ ने ड्राइंगरूम से मासी की तस्वीर भी उठाकर फेंक दी और उसके बाद से तो मासी का नाम तक लेना वर्जित हो गया। मैं उस समय उम्र के उस दौर से गुजर रही थी, जब छोटी-से-छोटी बात भी मन पर बड़ा रहस्य बनकर छा जाती है। पर किसी तरह भी नहीं जान पाई कि आखिर मासी ने ऐसा क्या अपराध कर डाला कि एकाएक ही वह सबके लिए घृणा की पात्री बन गई? जानती भी कैसे? माँ तो मुझे उनके नाम से ही इस प्रकार बचा-बचाकर रखती, मानों उनकी छाया भी मुझपर पड़ गई तो मेरे लोक-परलोक, दोनों ही भ्रष्ट हो जाएँगे! मैं माँ की इकलौती बिटिया जो थी।

इसके बाद जब मेरे जन्म-दिन पर मासी का उपहार आया तो माँ ने

साफ मना कर दिया कि उसके घर की रत्ती-भर चीज़ भी नहीं ली जाएगी। पर मैं अड़ गई तो माँ को झुकना ही पड़ा। जाने क्यों माँ के मुँह से जब-तब 'छिन्नाल' शब्द सुनकर मेरे मन की ममता मासी के प्रति और भी बढ़ गई थी। कभी-कभी घंटों उनकी उस तस्वीर को (जिसे मैंने अपने पास सँभालकर रख लिया था) देखकर मैं यही सोचा करती थी कि सामने बैठी यह सीधी-सादी, भोली-भाली युवती आखिर छिन्नाल कैसे बनी?

अतीत के इन्हीं बनते-बिगड़ते चित्रों में खोए-खोए कितनी रात मैंने बिता दी, मैं स्वयं नहीं जानती। उसके बाद एकाएक ही जाने कैसा आकर्षण मासी के प्रति जागा कि उठी और दबे पाँव उनके कमरे में चली गई। सोचा, यदि जग रही होंगी तो उनसे बात करूँगी, कुछ इस तरह कि वह मुझे पहचान जाएँ। मैं उन्हें यह बता देने को व्याकुल हो उठी कि मैं उन्हें बहुत प्यारी करती हूँ। सारी दुनिया चाहे उन्हें घृणा करे, पर अन्जान रहकर भी मैं सदा से ही उन्हें बड़ा प्यार करती आई हूँ। मैंने ढूँढ़कर जैसे-तैसे स्विच ऑन किया पर जैसे-ही रोशनी में उनका चेहरा देखा, मुझे लगा जैसे बिजली मेरे शरीर में दौड़ गई हो! उनकी फटी आँखें और खुला मुँह देखकर मेरी चीख भी जैसे घुटकर अन्दर ही रह गई। उलटे पैरों दौड़कर कैसे मैंने बुढ़िया को जगाया, यह सब मैं स्वयं नहीं जानती। बुढ़िया के रोने के साथ मेरी संज्ञा लौटी तो मैं भी रो पड़ी। वह दुःख का रोना था या भय का, सो मैं नहीं जानती। मृत्यु को इतने पास से देखने का मेरा पहला ही मौका था। कैसे दूसरा दिन हुआ और कुछ लोगों ने जुटकर मासी का क्रिया-कर्म किया, मुझे कुछ मालूम नहीं। हाँ, इतना याद है कि निकटतम सम्बन्धी होने के नाते मुझसे भी कुछ-कुछ करवाया गया था और मैं यन्त्रवत किए चली जा रही थी। मासी का शव जब चला गया तो मैं आतंकित-सी दूसरे कमरे में बैठी रही। कैसी विचित्र मौत थी! अजीब-सा सन्नाटा घर में छाया हुआ था और उससे भी अधिक शून्य थें मेरे दिल-दिमाग। बाहर के बरामदे में बैठी बुढ़िया धीरे-धीरे रो रही थी। जाने कैसी विरक्ति मेरे मन में छा गई कि कुछ भी जानने-पूछने की इच्छा नहीं रही। जो अब इस संसार में है ही नहीं, जो अपनी लज्जा और दूसरों की घृणा अपने में ही समेटकर सदा के लिए चली गई, उसके कर्मों का लेखा-जोखा करना किसी तरह भी उचित नहीं लगा।

संध्या को जब मैंने चलने की अनुमति माँगी तो बुढ़िया ने पूछा कि घर

के सामान का क्या होगा? मैं भला क्या बताती? मेरे सामने चाभियों का गुच्छा फेंकते हुए उसने कहा 'वह बस तुम्हीं को याद करती थीं, इसलिए उनके सामान की अधिकारिणी तुम्हीं हो।' मन का सोया कौतूहल फिर जाग उठा और जाने क्या सोचकर मैंने गुच्छा उठा लिया और उनके तीनों बक्से टटोल मारे। एक बक्से में किताबों, कॉपियों और कागजों के बीच दबी एक फाइल निकली। जाने क्यों, उसे देखते ही मुझे लगा कि इसे खोलते ही नीले-पीले गुलाबी सेंट में महकते वे पत्र निकल पड़ेंगे, जो उनके किसी प्रेमी ने उन्हें लिखे होंगे और जिनके कारण उन्हें इतनी लाँछना सहनी पड़ी! पर जब उसे खोला, तो उसमें किसी पत्रिका में से फाड़े हुए तीन पन्ने थे, एक संगीत का डिप्लोमा था और कुछ पन्ने किसी डायरी से फाड़े हुए लगते थे। उन पन्नों में कहीं दवाइयों के नुस्खे लिखे थे, कहीं धोबी के पकड़े, कहीं घर का हिसाब तो कहीं मासी के अलग-अलग तारीखों के नोट थे। पत्रिका के फटे हुए पन्नों के अन्तिम पृष्ठ पर चारों ओर एक मार्जिन में छोटे-छोटे अक्षरों में लिखे नोट थे। मैंने ध्यान से पढ़ा, एक जगह लिखा था :

"यहाँ तक यह मेरी ही कहानी है। मैं जानती थी कि तुम कहानीकार हो तो अवश्य ही किसी दिन मुझे अपनी कलम से हलाल करोगे, पर इसके बाद का सारा किस्सा ग़लत है, इसलिए मैं उसे फाड़े दे रही हूँ। तुम मनोवैज्ञानिक विश्लेषण देकर, मेरे कुकृत्य पर परदा डालकर सारी दुनिया को धोखा दे रहे हो, पर मैं अच्छी तरह जानती हूँ कि तुम झूठ बोल रहे हो। अपनी कलम के करिश्मे दिखाकर वाह-वाही लूटने की लालसा ने ही तुमसे यह सब लिखवाया है। तुम सोचते हो, तुम्हारी इस दया से मैं कृत-कृत्य हो जाऊँगी। नहीं, मुझे किसी की दया नहीं चाहिए..."

ओह, तो यह मासी के जीवन की कहानी है। हरीश नाम के किसी लेखक की थी वह कहानी। मैं उसे एक सपाटे में पढ़ गई।

हरीश

अविवाहित होना इतना बड़ा अभिशाप है यह मकान खोजने के सिलसिले में ही महसूस हुआ। आखिर तीन कमरों के फ्लैट में एक कमरा मिला। यह पूरा फ्लैट एक दम्पति के पास था। जब आर्थिक संकट में फँसकर उन्होंने

एक कमरा किराए पर उठाया था। तीन-चार दिन में ही मैं वहाँ जम गया। भाभी (मकान-मालकिन को मैं भाभी ही कहता था) बड़े अच्छे स्वभाव की महिला थीं। वह मेरा काफी ख़याल रखती थीं। बच्चा उनके कोई था नहीं और पति बीमार थे इसलिए एक कमरे में पड़े रहते थे। क्या रोग था सो तो मैं बहुत दिनों तक नहीं जान पाया।

भाभी का सारा समय अपने बीमार पति की सेवा करने में बीतता था। बड़ी लगन, बड़ी तत्परता से वह उनकी देख-भाल करती थीं। मुझे कभी खाली बैठा देखतीं तो इजाजत लेकर मेरे पास आ बैठतीं। वह जो बातें करतीं उनमें अधिक उनके पति से ही सम्बन्धित होतीं। क्या इलाज चल रहा है, कैसे सब डॉक्टर फेल होते जा रहे हैं, आदि-आदि। उस समय उनके चेहरे पर दुःख की घनी छाया उतर आती थी और आँखें अनायास ही भर-भर आती थीं। फिर एकाएक ही वह अपने को सँभालकर कहतीं—दो मिनिट को आई तो अपना दुखड़ा ही ले बैठी, कैसी पागल हूँ!—और बिना बात ही धीमी-सी हँसी उनके होंठों पर फैल जाती।

एक दिन इसी तरह बातें करते-करते मैंने देखा कि वह बार-बार मेरे कुरते के बटनों की ओर देख रही हैं। मैंने अपने सीने की ओर देखा, बटन खुले हुए थे और मेरे सीने के घने काले बाल दिखाई पड़ रहे थे। एक महिला के सामने यों सीना उघारकर बैठने की लज्जा को ढँकते हुए मैंने कहा "ये धोबी बटनों का तो कचूमर निकाल देते हैं।"

"मुझे दे दिया होता, मैं लगा देती! मुझे इतना पराया क्यों समझते हैं आप? देखिए, मैं तो बिना किसी संकोच के आपसे बाहर के अनेक काम करवा लिया करती हूँ। सच, आपके आ जाने से बड़ी राहत मिली। मन ऊबता है तो घड़ी-दो-घड़ी बैठकर हँस-बोल लेती हूँ मन बहल जाता है"

उसके बाद से मैंने देखा कि कभी मेरी अनुपस्थिति में भाभी धोबी से कपड़े लेतीं, बटन हमेशा नदारद। एक बार तो मुझे ऐसा भ्रम हुआ किसी ने बड़ी सफाई से बटन काट दिए हैं पर फिर अपनी इस कल्पना पर आप ही हँसी आई, बटन कौन काटेगा भला? लापरवाह आदमी, मैं बटन लगवाना भूल जाता और बाहर जाते समय जाकेट चढ़ा लेता। पर भाभी आतीं तो बहुत ढँकने पर भी मेरे सीने के बाल इधर-उधर से झाँका करते और वह उन्हें घूर-घूरकर मुझे संकुचित करती रहतीं।

उस दिन तो मेरी लज्जा का कोई ठिकाना ही नहीं रहा जिस दिन उन्होंने अपने नौकर को इसी बात के लिए बुरी तरह डाँटा कि वह क्यों धोती को मोड़कर घुटने तक चढ़ा लेता है और कमीज के सारे बटन खोलकर, बाँहें उलटकर नंगा सीना और नंगी बाँहें दिखाता फिरता है? मैंने उस दिन ही भाभी को क्रोध करते देखा था। वह गुस्से से लाल होकर काँप रही थीं और चिल्लाए जा रही थीं–'औरतों वाले घर में काम किया है कभी या नहीं? बदतमीज कहीं के! रहना है तो तमीज से रहो!"

मुझे उनका यह अत्यधिक क्रोध समझ में नहीं आ रहा था। साथ ही यह भी लगा रहा था कि वह नौकर की आड़ में मुझको ही तो नहीं डाँट रही हैं। उसी दिन मैंने दर्जी के पास सारे कुर्ते ले जाकर सीप की जगह कपड़े के बटन लगवा लिए।

यों भाभी मेरा बहुत ख़याल रखती थीं पर उन्हें मेरे मित्रों का बहुत आना-जाना पसन्द नहीं था। एक-दो बार तो मैंने यह भी देखा कि मुझे बिना सूचना दिए ही उन्होंने मेरी एक परिचिता को यह कहकर लौटा दिया कि मैं घर पर नहीं हूँ। मुझे बुरा लगा। फिर सोचा, शायद यहाँ लोगों के आने से इनके पति को परेशानी होती होगी। दूसरे दिन जब मेरी एक मित्र आईं तो मैंने अपने कमरे का दरवाजा बन्द कर लिया, ताकि बाहर किसी प्रकार की आवाज न जाए। करीब घंटे-भर बाद वापस जाने के लिए जैसे ही मैंने दरवाजा खोला, देखा भाभी दरवाजे पर ही खड़ी थीं। मेरी मित्र की ओर देखती हुई वह ज़ोर-ज़ोर से रोकर चिल्लाने लगीं, "तुम लोगों की इतनी भी लज्जा नहीं कि बगल में एक बीमार आदमी है तो ज़रा हँसी-ठिठोली कम करें? दरवाजा बन्द करने से ही क्या हो जाता है..."

उस लड़की से क्षमा-याचना करता हुआ मैं उसे नीचे ले गया। लौटा तो सोचा, भाभी से साफ़-साफ़ बात कर लूँगा। भाभी का इस प्रकार दरवाजे पर खड़े होना भी मुझे अच्छा नहीं लगा। लेकिन जैसे ही मैं लौटा, भाभी ने मुझे देखते ही ज़ोर से अपने कमरे का दरवाजा बन्द कर लिया। यह भी एक नई बात थी। यहाँ आने के बाद मैंने कभी उन्हें दरवाजा बन्द करके रहते नहीं देखा था, यहाँ तक कि रात को भी वह दरवाजा खुला ही रखती थीं।

शाम को मैं बाहर चला गया। मन का आक्रोश धुला नहीं था।

रात नौ बजे लौटा तो देखा, भाभी का कमरा वैसे ही बन्द था। मैं उन्हीं के बारे में सोचता-सोचता जाने कब सो गया।

इसके बाद दो दिन तक हमारी कोई बात नहीं हुई। उनके कमरे का दरवाजा भी बन्द ही रहता। जब कभी बाहर निकलतीं तो देखता कि दो दिन में ही चेहरा बड़ा उतर गया है। आँखों से लगता था जैसे बराबर रोती ही रही हैं। तीसरे दिन रात नो बजे के करीब मैं अपने कमरे में बैठा एक कहानी लिख रहा था कि दरवाजा धकेलकर भाभी भीतर आ घुसीं। उनके लम्बे-लम्बे बाल बिखरे हुए थे और आँखें सुर्ख थीं। उनकी यह करुण और दयनीय स्थिति देखकर मन जाने कैसा हो गया। मैं कुछ कहूँ उसके पहले ही वह हाथों में मुँह छिपा फूट-फूटकर रो पड़ीं, “अब मैं क्या करूँ? आज डॉक्टरों ने साफ-साफ कह दिया है कि इन्हें पहाड़ पर नहीं ले जाया गया तो बचना मुश्किल है।”

“आज तो मैंने उन्हें टहलते हुए देखा था और मुझे लगता था कि उनकी तबीयत सुधर रही है। किस डॉक्टर ने कहा? सब ग़लत है, आप हिम्मत से काम लीजिए।”

“नहीं-नहीं, यह सब झूठी तसल्लियाँ हैं! आज तो एकाएक ही जैसे मेरा हौसला टूट गया, हिम्मत पस्त हो गई। जिस दिन ब्याह कर आई, उसी दिन से इनकी सेवा कर रही हूँ पर इन्हें अच्छा नहीं कर पाई और अब तो कोई उम्मीद भी नहीं है।” और वह फिर फूट-फूटकर रोने लगीं। रात ग्यारह बजे तक उन्हें तरह-तरह से आश्वासन देता रहा, स्नेहपूर्ण बातों से उनका मन भरमाता रहा। एक बार तो आवेग में आकर उन्होंने अपना सिर मेरे सीने पर टिका दिया, मैंने धीरे-से हटाकर उन्हें हौसला बँधाया। थोड़ी देर बाद उठकर जब वह गईं तो ऐसी निराशा उनके चेहरे पर छाई थी मानो जुआरी अपना सबकुछ हार गया हो। उस दिन सच ही वे बड़ी उद्विग्न थीं, बेहद परेशान। मुझे कुछ भी समझ में नहीं आ रहा था कि मैं क्या करूँ? लेटा तो नींद नहीं आई। बार-बार भाभी का बेबस, मायूस चेहरा आँखों के आगे उभर आता।

आखिर जब कमरे में दम घुटने लगा तो मैं चुप-चाप ऊपर छत पर चला गया, पर दरवाजे पर पहुँचकर ही ठिठक गया। देखा, छत की मुँडेर पर देनों कुहनियाँ टिकाए, भाभी शून्य भाव के सामने देख रही थीं। मन बुरी तरह

अकुला उठा। एक बार उचित-अनुचित का ज्ञान भूलकर बड़ी ज़ोर से इच्छा हुई कि इस रोती, बेबस नारी को जाकर अपनी बाँहों में भर लूँ; अपने लिए नहीं, उसके सन्तोष के लिए, उसकी सान्त्वना के लिए, लेकिन फिर ख़याल आया, इस आग को भड़काने से लाभ? मैं चुपचाप नीचे उतर आया और उन्हीं की बात सोचते-सोचते जाने कब सो गया।

रात शायद आधी से ज्यादा बीत चुकी थी कि अचानक किसी के स्पर्श से चौंक उठा। आँखें खोलीं तो देखा, भाभी मुझ पर झुकी हुई थीं। पहली बात जो दिमाग में आई वह यही कि इनके पति चल बसे। फिर एकाएक अज्ञात भय से काँप उठा। पर भाभी की आँखों में जाने क्या था कि...

कहानी यहीं से फाड़ दी गई थी और चारों तरफ़ नोट लिखे थे।

दर्शना

7-3-47

इनकी हालत दिन-पर-दिन गिरती जा रही है। इनके चिपके हुए गाल, निस्तेज आँखें, कुम्हलाया पीला चेहरा और धँसा सीना देखती हूँ तो लगता है खूब रोऊँ। इन्हें कैसे अच्छा करूँ कि ये हृष्ट-पुष्ट और स्वस्थ हो जाएँ...?

20-8-47

मेरी सारी कोशिशें बेकार जा रही हैं। जब कभी सोचती हूँ कि अब क्या होगा तो आँखों के आगे ऐसा अभेद्य अन्धकार छा जाता है, जिसके परे कुछ दिखाई नहीं देता। मन बड़ा टूटा-सा रहता है। सब ओर निराशा, उदासी! न दिन को चैन, न रात को नींद! विचित्र-विचित्र सपने आते हैं। कल के सपने का ही क्या अर्थ हुआ भला? देखा, छोटी-छोटी पहाड़ियों की चोटियों से जल के झरनें-झर रहे हैं पर फिर भी आस-पास कहीं हरियाली नहीं, रेगिस्तान-ही-रेगिस्तान है। कोई उस जल को पीने वाला नहीं, कोई फल-फूल उस जल से खिलनेवाला नहीं। विचित्र संयोग था, जल के किनारे निर्जन रेगिस्तान! जल की इससे बढ़कर और क्या निरर्थकता हो सकती है? पर यह भी कोई सपना हुआ भला?...

13-5-48

आज मेडिकल कॉलेज गई थी। मैंने वहाँ हड्डियों का ढाँचा देखा। देखकर ही जाने कैसा विचित्र भय मेरे मन में समा गया। एक दहशत-सी छा गई। मुझे लगा, उस कंकाल ने अपने दोनों हाथ फैलाना शुरू किया और मुझे दबोच लिया! उसकी पकड़ कसती जा रही थी और मुझे लग रहा था जैसे कोई मेरे शरीर का रक्त सोखे जा रहा है। उसके बाद शायद मुझे गश आ गया था, क्योंकि मुझे कुछ मालूम नहीं कि उसके बाद क्या हुआ?...डॉक्टर कहते हैं कि मैं इतना परिश्रम न करूँ; नहीं तो मेरी भी हालत ख़राब हो जाएगी। सच ही तो है, मैं बीमार हो गई तो इन्हें कौन देखेगा? पर इस भय से कैसे मुक्ति पाऊँ! घर के जिस कोने में भी जाती हूँ, वह कंकाल मुझे दबोचने को चला आता है, जैसे मुझे वह मारकर ही छोड़ेगा!...।

6-4-50

इस नौकर को बदलना ही होगा। कितनी बार इससे कहा कि ठीक से कपड़े पहनकर रहा करो, यह सुनता ही नहीं! सोचती हूँ नौकरानी रख लूँ, पर बाहर के काम की वजह से इसे ही रखना पड़ता है। यों हरीश जी के आने से कुछ सुविधा ज़रूर हो गई है पर उनका क्या, लेखक आदमी हैं। फिर छाती के बटन तो उनके भी टूटे ही रहते हैं। जाने क्यों यह निर्लज्जता मुझसे बर्दाश्त नहीं होती। किसी की उघड़ी छाती देखकर सारे बदन में जैसे काँटे चुभने लगते हैं।

11-10-50

सामने वाली मेम का यह काला-झबरा कुत्ता कितना प्यारा है! इसके काले, बड़े-बड़े बाल कैसे सुहावने हैं! जी चाहता है, अपना मुंह उसके काले बालों में छिपा लूँ। शाम को जब वह घूमकर आता है तो कितने प्यार से मेम का हाथ चाटता है, दोनों टाँगे उनके कन्धें पर रखकर अपना सिर उसकी छाती से लगा लेता है। मेम उसके मुलायम केशों में उँगलियाँ डालकर सहलाया करती है। ये कुत्ते भी कितने स्नेही और ममतामय होते हैं! कहते हैं, यह मेम इस कुत्ते को अपने बच्चों से भी ज्यादा प्यार करती है। मन करता है मैं भी एक कुत्ता पाल लूँ, काले-झबरे बालोंवाला। उसके बालों में उँगलियाँ

डालकर सहलाऊँ, उसे प्यार करूँ। पर कौन देख-रेख करेगा उसकी? अभी तो इनके कामों से ही फुर्सत नहीं मिलती।

कितना मन करता है कि नैना को अपने पास बुलाऊँ। पर कैसे लिखूँ? दीदी भेजेंगी नहीं, भेजें भी कैसे? इनको टी.बी. है, और उनकी वह अकेली लड़की है। सब कुछ जानती हूँ, उसे बुलाना ठीक नहीं है, फिर भी बड़ी इच्छा होती है कि वह मेरे पास हो, मैं उसे प्यार करूँ, उसके साथ खेलूँ, उसे अपने पास सुलाऊँ। कितनी प्यारी बच्ची है!

8-5-51

आज ऊपर गई तो विचित्र ही दृश्य देखा। सामने वाली मेम के कुत्ते को जाने क्या रोग हो गया है कि उसके सारे बाल झड़ गए और चमड़ी खाज से भर गई है। सुनते हैं, मेम ने बहुत इलाज करवाया, पर अब डॉक्टरों ने जवाब दे दिया है। मेम एक जमाने में उसे कितना प्यार किया करती थी पर अब उसे अन्दर भी नहीं आने देती। आज मैंने सुना, रोते-रोत उसने अपने नौकर को हुक्म दिया कि उसे बाहर ले जाकर शूट कर दो। कुत्ता निरीह भाव से खड़ा था, मानों वह भी समझता हो कि इस निरर्थक जीवन को ढोने से कोई लाभ नहीं। वह आगे भी नहीं बढ़ा, इस गन्दी बीमारी को लेकर मेम तक जाने का उसे अधिकार नहीं है, यह बात भी जैसे वह समझता है। ओह! कुत्ते भी कितने समझदार होते हैं!

पर जो बात कुत्ता समझ रहा है, वह जाने क्यों मेरे गले नहीं उतर पा रही है। जिस कुत्ते को मेम इतना प्यार करती थी, उसे अब शूट करवा दिया जाएगा। क्या यह ठीक है? कभी लगता है ठीक है, कभी लगता है ग़लत है।

13-5-58

चार दिन से कुत्ते की इस घटना ने मुझे पागल बना रखा है। लगता है, मैं सच ही पागल न हो जाऊँ।

हरीश जी के पास यह लड़की आती है तो जाने क्यों मुझे ज़रा नहीं सुहाती। खैर, मुझे क्या, कोई भी आए-जाए। मैं तो भगवान से यही प्रार्थना करती हूँ कि मुझे सद्बुद्धि दे, बल दे! पर अब तो इतनी थक गई हूँ कि प्रार्थना करने की शक्ति भी जाती रही!

14-5-28

आज इन्होंने मुझे मारा। शादी के बाद आज पहली बार मैंने जाना कि इनके शरीर में अब भी इतना ज़ोर है! इनकी बीमार लातों ने भी मेरी कमर तोड़ दी तो जब ये टाँगें पुष्ट रही होंगी, कितना ज़ोर रहा होगा इनमें! हजारों बार ही मैंने गलतियाँ कीं, कितना अच्छा होता उस समय भी ये मुझे मारते, कम-से-कम फिर इतनी बड़ी गलती तो नहीं करती। मुझे मार खाने का ज़रा भी ग़म नहीं। काश, इन्होंने पहले मारा होता!

हरीश जी के लिए बहुत दुःख है, मेरे पीछे उन्हें भी व्यर्थ ही अपमानित होना पड़ा।

15-5-58

आज इन्होंने घर से निकल जाने को भी कह दिया। आज सब जगह इन्होंने पत्र भी लिखे हैं—माँ, भैया और दीदी को। जाने क्या-क्या लिखा होगा। जो मौखिक सहानुभूति आज तक मिलती आई थी, वह भी बन्द हो जाएगी। शायद सब मुझसे नफरत ही करने लगें। फिर भी जाने क्यों, मुझे न अपने किए का दुःख है, न इस दंड का! इस सबके बाद मैं स्वयं ही घर छोड़कर निकल जाती। दो दिन आगे या पीछे विधाता जिस दंड का विधान करने वाला था, वह आज ही हो गया! पर इनका क्या होगा? कोई सम्बन्धी यहाँ झाँकना भी पसन्द नहीं करता! पर जो मनुष्य बिना क्षमता के केवल चाहना-ही-चाहना करता हैं, उसका अन्त इसके अतिरिक्त और हो ही क्या सकता है?

20-7-51

आज उनकी मृत्यु का समाचार सुना। समझ नहीं पा रही हूँ, क्या करूँ? मेरी तो सारी भावनाएँ ही जैसे मर गई हैं। मैं ही जाने क्यों जिन्दा हूँ?

13-7-51

भाग्य से मुझे संगीत के पंडित जी अच्छे मिल गए। एक जमाने में मुझे गाने-बजाने का कितना शौक था पर सब छूट गया था। उस समय जो मात्र शौक था, उसे अब जीविका का साधन बनाना पड़ेगा।...यहाँ एक स्कूल में

नौकरी मिल गई है। लगता है, जीवन को एक राह मिल गई। सब ओर से बेसहारा होकर भी अब जी लूँगी।

23-11-51

आज नैना का जन्म-दिन है। डरते-डरते मैंने उपहार भेजा था। कौन जाने रखें, न रखें। पर उन्होंने रख लिया। तो क्या समझूँ कि दीदी आज भी मुझे प्यार करती हैं? यह भावना ही कितनी सुखदाई है कि कोई हमें भी प्यार करता है!

2-6-52

हरीश ने मुझ पर कहानी लिखी। पर लिखकर इतना मनोवैज्ञानिक बनाने की क्या आवश्यकता थी? यों भी कह देता तो मैं उसे दोष नहीं देती। मूर्ख कहीं का!

'तीन निगाहों की एक तस्वीर' संकलन से

यही सच है

कानपुर

सामने आंगन में फैली धूप सिमटकर दीवारों पर चढ़ गई और कंधे पर बस्ता लटकाए नन्हे-नन्हे बच्चों के झुंड-के-झुंड दिखाई दिए, तो एकाएक ही मुझे समय का आभास हुआ।...घंटा-भर हो गया यहां खड़े-खड़े और संजय का अभी तक पता नहीं! झुंझलाती-सी मैं कमरे में आती हूं। कोने में रखी मेज पर किताबें बिखरी पड़ी हैं, कुछ खुली, कुछ बंद। एक क्षण मैं उन्हें देखती रहती हूं, फिर निरुद्देश्य-सी कपड़ों की अलमारी खोलकर सरसरी-सी नजर से कपड़े देखती हूं। सब बिखरे पड़े हैं। इतनी देर यों ही व्यर्थ खड़ी रही, इन्हें ही ठीक कर लेती।...पर मन नहीं करता और फिर बंद कर देती हूं।

नहीं आना था तो व्यर्थ ही मुझे समय क्यों दिया ? फिर यह कोई आज ही की बात है? हमेशा संजय अपने बताए हुए समय से घंटे-दो घंटे देरी करके आता है, और मैं हूं कि उसी क्षण से प्रतीक्षा करने लगती हूं। उसके बाद लाख कोशिश करके भी तो किसी काम में अपना मन नहीं लगा पाती। वह क्यों नहीं समझता कि मेरा समय बहुत अमूल्य है; थीसिस पूरी करने के लिए अब मुझे अपना सारा समय पढ़ाई में ही लगाना चाहिए। पर यह बात उसे कैसे समझाऊं।

मेज पर बैठकर मैं फिर पढ़ने का उपक्रम करने लगती हूं, पर मन है कि लगता ही नहीं। पर्दे के जरा-से हिलने से दिल की धड़कन बढ़ जाती है और बार-बार नजर घड़ी के सरकते हुए कांटों पर दौड़ जाती है। हर समय यही लगता है, वह आया....वह आया!...

तभी मेहता साहब की पांच साल की छोटी बच्ची झिझकती-सी कमरे में आती है : "आंटी, हमें कहानी सुनाओगी?"

"नहीं, अभी नहीं, पीछे आना!" मैं रुखाई से जवाब देती हूं। वह भाग जाती है।

ये मिसेज मेहता भी एक ही हैं! यों तो महीनों शायद मेरी सूरत नहीं देखतीं, पर बच्ची को जब-तब मेरा सिर खाने को भेज देती हैं। मेहता साहब तो फिर भी कभी-कभी आठ-दस दिन में खैरियत पूछ ही लेते हैं, पर वे तो बेहद अकड़ू मालूम होती हैं। अच्छा ही है, ज्यादा दिलचस्पी दिखातीं तो क्या मैं इतनी आजादी से घूम-फिर सकती थी?

खट-खट-खट...वही परिचित पद-ध्वनि! तो आ गया संजय। मैं बरबस ही अपना सारा ध्यान पुस्तक में केंद्रित कर लेती हूं। रजनीगंधा के ढेर-सारे फूल लिए संजय मुस्कराता-सा दरवाजे पर खड़ा है। मैं देखती हूं, पर मुस्कराकर स्वागत नहीं करती। हंसता हुआ वह आगे बढ़ता है और फूलों को मेज पर पटककर, पीछे से मेरे दोनों कंधे दबाता हुआ पूछता है : "बहुत नाराज हो?"

रजनीगंधा की महक से जैसे सारा कमरा महकने लगता है।

"मुझे क्या करना है नाराज होकर" रुखाई से मैं कहती हूं।

वह कुर्सी सहित मुझे घुमाकर अपने सामने कर लेता है और बड़े दुलार के साथ ठोड़ी उठाकर कहता है : "तुम्हीं बताओ, क्या करता? क्वालिटी में दोस्तों के बीच फंसा था। बहुत कोशिश करके भी उठ नहीं पाया। सबको नाराज करके आना अच्छा भी नहीं लगता।"

इच्छा होती है, कह दूं–'तुम्हें दोस्तों का ख़याल है, उनके बुरा मानने की चिंता है, बस मेरी ही नहीं!' पर कुछ कह नहीं पाती, एकटक उसके चेहरे की ओर देखती रहती हूं... उसके सांवले चेहरे पर पसीने की बूंदें चमक रही हैं। कोई और समय होता तो मैंने अपने आंचल से इन्हें पोंछ दिया होता, पर आज नहीं। वह मंद-मंद मुस्करा रहा है, उसकी आंखें क्षमा-याचना कर रही हैं, पर मैं क्या करूं?...तभी वह अपनी आदत के अनुसार कुर्सी के हत्थे पर बैठकर मेरे गाल सहलाने लगता है। मुझे उसकी इसी बात पर गुस्सा आता है। हमेशा इसी तरह करेगा और फिर दुनिया-भर का लाड़-दुलार दिखलाएगा। वह जानता जो है कि इसके आगे मेरा क्रोध टिक नहीं पाता।

..फिर उठकर वह फूलदान के पुराने फूल फेंक देता है, और नए फूल लगाता है। फूल सजाने में वह कितना कुशल है! एक बार मैंने यों ही कह दिया था कि मुझे रजनीगंधा के फूल बड़े पसंद हैं, तो उसने नियम ही बना लिया कि हर चौथे दिन ढेर-सारे फूल लाकर मेरे कमरे में लगा देता है और अब तो मुझे भी ऐसी आदत हो गई है कि एक दिन भी कमरे में फूल न रहें तो न पढ़ने में मन लगता है, न सोने में। ये फूल जैसे संजय की उपस्थिति का आभास देते रहते हैं।

थोड़ी देर बाद हम घूमने निकल जाते हैं। एकाएक ही मुझे इरा के पत्र की बात याद आती है। जो बात सुनाने के लिए मैं सवेरे से ही आतुर थी, इस गुस्सेबाजी में जाने कैसे उसे ही भूल गई!

"सुनो, इरा ने लिखा है कि किसी दिन भी मेरे पास इंटरव्यू का बुलावा आ सकता है, मुझे तैयार रहना चाहिए।"

"कहां, कलकत्ता से?" कुछ याद करते हुए संजय पूछता है, और फिर एकाएक ही उछल पड़ता है, "यदि तुम्हें वह जॉब मिल जाए तो मजा आ जाए दीपा, मजा आ जाए!"

हम सड़क पर हैं, नहीं तो अवश्य ही उसने आवेश में आकर कोई हरकत कर डाली होती। जाने क्यों मुझे उसका इस प्रकार प्रसन्न होना अच्छा नहीं लगता। क्या वह चाहता है कि मैं कलकत्ता चली जाऊं, उससे दूर...?

तभी सुनाई देता है : "तुम्हें यह जॉब मिल जाए तो मैं भी अपना तबादला कलकत्ता ही करवा लूं, हेड ऑफिस में। यहां की रोज की किच-किच से तो मेरा मन ऊब गया है। कितनी ही बार सोचा कि तबादले की कोशिश करूं, पर तुम्हारे ख़याल ने हमेशा मुझे बांध लिया। ऑफ़िस में शांति हो जाएगी, पर मेरी शामें कितनी वीरान हो जाएंगी!"

उसके स्वर की आर्द्रता ने मुझे छू लिया। एकाएक ही मुझे लगने लगा कि रात बड़ी सुहावनी हो चली है।

हम दूर निकलकर अपनी प्रिय टेकरी पर जाकर बैठ जाते हैं। दूर-दूर तक हल्की-सी चांदनी फैली हुई है और शहर की तरह यहां का वातावरण धुएं से भरा हुआ नहीं है। वह दोनों पैर फैलाकर बैठ जाता है और घंटों मुझे अपने ऑफ़िस के झगड़े की बात सुनाता है और फिर कलकत्ता जाकर साथ

जीवन बिताने की योजनाएं बनाता है। मैं कुछ नहीं बोलती, बस एकटक उसे देखती हूं, देखती रहती हूं।

जब वह चुप हो जाता है तो बोलती हूं : "मुझे तो इंटरव्यू में जाते हुए बड़ा डर लगता है। पता नहीं, कैसे-क्या पूछते होंगे! मेरे लिए तो यह पहला ही मौका है।"

वह खिलखिलाकर हंस पड़ता है।

"तुम भी एक ही मूर्ख हो! घर से दूर, यहां कमरा लेकर अकेली रहती हो, रिसर्च कर रही हो, दुनिया-भर में घूमती-फिरती हो और इंटरव्यू के नाम से डर लगता है। क्यों?" और गाल पर हल्की-सी चपत जमा देता है। फिर समझाता हुआ कहता है : "और देखो, आजकल ये इंटरव्यू आदि तो सब दिखावा-मात्र होते हैं। वहां किसी जान-पहचान वाले से इन्फ्लुएंस डलवाना जाकर!"

"पर कलकत्ता तो मेरे लिए एकदम नई जगह है। वहां इरा को छोड़कर मैं किसी को जानती भी नहीं। अब उन लोगों की कोई जान-पहचान हो तो बात दूसरी है," असहाय-सी मैं कहती हूं।

"और किसी को नहीं जानतीं?" फिर मेरे चेहरे पर नजरें गड़ाकर पूछता है: "निशीथ भी तो वहीं है?"

"होगा, मुझे क्या करना है उससे?" मैं एकदम ही भन्नाकर जवाब देती हूं। पता नहीं क्यों, मुझे लग ही रहा था कि अब वह यही बात कहेगा।

"कुछ नहीं करना?" वह छेड़ने के लहजे में कहता है।

और मैं भभक पड़ती हूं : "देखो संजय, मैं हजार बार तुमसे कह चुकी हूं कि उसे लेकर मुझसे मज़ाक मत किया करो! मुझे इस तरह का मज़ाक जरा भी पसंद नहीं है!"

वह खिलखिलाकर हंस पड़ता है, पर मेरा तो मूड ही खराब हो जाता है।

हम लौट पड़ते हैं। वह मुझे खुश करने के इरादे से मेरे कंधे पर हाथ रख देता है। मैं झटककर हाथ हटा देती हूं : "क्या कर रहे हो? कोई देख लेगा तो क्या कहेगा?"

"कौन है यहां जो देख लेगा? और देख लेगा तो देख ले, आप ही कुढ़ेगा।"

"नहीं, हमें पसंद नहीं है यह बेशर्मी!" और सच ही मुझे रास्ते में ऐसी

हरकतें पसंद नहीं हैं। चाहे रास्ता निर्जन ही क्यों न हो, पर है तो रास्ता ही; फिर कानपुर जैसी जगह।

कमरे में लौटकर मैं उसे बैठने को कहती हूं, पर वह बैठता नहीं, बस, बांहों में भरकर एक बार चूम लेता है। यह भी जैसे उसका रोज का नियम है।

वह चला जाता है। मैं बाहर बालकनी में निकलकर उसे देखती रहती हूं। ...उसका आकार छोटा होते-होते सड़क के मोड़ पर जाकर लुप्त हो जाता है। मैं उधर ही देखती रहती हूं—निरुद्देश्य-सी खोई-खोई-सी। फिर आकर पढ़ने बैठ जाती हूं।

रात में सोती हूं तो देर तक मेरी आंखें मेज पर लगे रजनीगंधा के फूलों को ही निहारती रहती हैं। जाने क्यों, अक्सर मुझे भ्रम हो जाता है कि ये फूल नहीं हैं, मानो संजय की अनेकानेक आंखें हैं, जो मुझे देख रही हैं, सहला रही हैं, दुलरा रही हैं और अपने को यों असंख्य आंखों से निरंतर देखे जाने की कल्पना से ही मैं लजा जाती हूं।

मैंने संजय को भी एक बार यह बात बताई थी, तो वह खूब हंसा था और फिर मेरे गालों को सहलाते हुए उसने कहा था कि मैं पागल हूं, निरी मूर्खा हूं!

कौन जाने, शायद उसका कहना ही ठीक हो, शायद मैं पागल ही होऊं!

कानपुर

मैं जानती हूं, संजय का मन निशीथ को लेकर जब-तब सशंकित हो उठता है; पर मैं उसे कैसे विश्वास दिलाऊं कि मैं निशीथ से नफरत करती हूं, उसकी याद-मात्र से मेरा मन घृणा से भर उठता है।...फिर अठारह वर्ष की आयु में किया हुआ प्यार भी कोई प्यार होता है भला! निरा बचपना होता है, महज पागलपन! उसमें आवेश रहता है पर स्थायित्व नहीं, गति रहती है पर गहराई नहीं। जिस वेग से वह आरंभ होता है, जरा-सा झटका लगने पर उसी वेग से टूट भी जाता है।...और उसके बाद आहों, आंसुओं और सिसकियों का एक दौर, सारी दुनिया की निस्सारता और आत्महत्या करने के अनेकानेक संकल्प और फिर एक तीखी घृणा। जैसे ही जीवन को दूसरा आधार मिल जाता है, उन सबको भूलने में एक दिन भी नहीं लगता। फिर तो वह सब ऐसी बेवकूफी लगती है, जिस पर बैठकर घंटों हंसने की तबीयत

होती है। तब एकाएक ही इस बात का एहसास होता है कि ये सारे आंसू, ये सारी आहें उस प्रेमी के लिए नहीं थीं, वरन् जीवन की उस रिक्तता और शून्यता के लिए थीं, जिसने जीवन को नीरस बनाकर बोझिल कर दिया था।

तभी तो संजय को पाते ही मैं निशीथ को भूल गई। मेरे आंसू हंसी में बदल गए और आहों की जगह किलकारियां गूंजने लगीं। पर संजय है कि जब-तब निशीथ की बात को लेकर व्यर्थ ही खिन्न-सा हो उठता है। मेरे कुछ कहने पर वह खिलखिला अवश्य पड़ता है, पर मैं जानती हूं, वह पूर्ण रूप से आश्वस्त नहीं है।

उसे कैसे बताऊं कि मेरे प्यार का, मेरी कोमल भावनाओं का, भविष्य की मेरी अनेकानेक योजनाओं का एकमात्र केंद्र संजय ही है। यह बात दूसरी है कि चांदनी रात में, किसी निर्जन स्थान में पेड़-तले बैठकर भी मैं अपनी थीसिस की बात करती हूं या वह अपने ऑफ़िस की, मित्रों की बातें करता है, या हम किसी और विषय पर बात करने लगते हैं...पर इस सबका यह मतलब तो नहीं कि हम प्रेम नहीं करते! वह क्यों नहीं समझता कि आज हमारी भावुकता यथार्थ में बदल गयी है; सपनों की जगह हम वास्तविकता में जीते हैं! हमारे प्रेम को परिपक्वता मिल गई है, जिसका आधार पाकर वह अधिक गहरा हो गया है, स्थायी हो गया है।

पर संजय को कैसे समझाऊं यह सब? कैसे उसे समझाऊं कि निशीथ ने मेरा अपमान किया है, ऐसा अपमान, जिसकी कचोट से मैं आज भी तिलमिला जाती हूं। संबंध तोड़ने से पहले एक बार तो उसने मुझे बताया होता कि आखिर मैंने ऐसा कौन-सा अपराध कर डाला था, जिसके कारण उसने मुझे इतना कठोर दंड दे डाला? सारी दुनिया की भर्त्सना, तिरस्कार, परिहास और दया का विष मुझे पीना पड़ा।... विश्वासघाती! नीच कहीं का!...और संजय सोचता है कि आज भी मेरे मन में उसके लिए कोई कोमल स्थान है! छिः! मैं उससे नफरत करती हूं! और सच पूछो तो अपने को भाग्यशालिनी समझती हूं कि मैं एक ऐसे व्यक्ति के चंगुल में फंसने से बच गई, जिसके लिए प्रेम महज एक खिलवाड़ है।

संजय, यह तो सोचो कि यदि ऐसी कोई भी बात होती, तो क्या मैं तुम्हारे आगे, तुम्हारी हर उचित-अनुचित चेष्टा के आगे, यों आत्मसमर्पण करती? तुम्हारे चुंबनों और आलिंगनों में अपने को यों बिखरने देती? जानते

हो, विवाह से पहले कोई भी लड़की किसी को इन सबका अधिकार नहीं देती। पर मैंने दिया। क्या केवल इसीलिए नहीं कि मैं तुम्हें प्यार करती हूं, बहुत-बहुत प्यार करती हूं? विश्वास करो संजय, तुम्हारा-मेरा प्यार ही सच है, निशीथ का प्यार तो मात्र छल था, भ्रम था, झूठ था।

कानपुर

परसों मुझे कलकत्ता जाना है। बड़ा डर लग रहा है। कैसे क्या होगा? मान लो इंटरव्यू में बहुत नर्वस हो गई तो? संजय को कह रही हूं कि वह भी साथ चले, पर उसे ऑफ़िस से छुट्टी नहीं मिल सकती। एक तो नया शहर, फिर इंटरव्यू! अपना कोई साथ होता तो बड़ा सहारा मिल जाता। मैं कमरा लेकर अकेली रहती हूं, यों अकेली घूम-फिर भी लेती हूं तो संजय सोचता है, मुझमें बड़ी हिम्मत है, पर सच, बड़ा डर लग रहा है।

बार-बार मैं यह मान लेती हूं कि मुझे नौकरी मिल गई है और मैं संजय के साथ वहां रहने लगी हूं। कितनी सुंदर कल्पना है, कितनी मादक! पर इंटरव्यू का भय मादकता में भरे इस स्वप्नजाल को छिन्न-भिन्न कर देता है...।

काश, संजय भी किसी तरह मेरे साथ चल पाता!

कलकत्ता

गाड़ी जब हावड़ा स्टेशन के प्लेटफॉर्म पर प्रवेश करती है तो जाने कैसी विचित्र आशंका, विचित्र-से भय से मेरा मन भर जाता है। प्लेटफॉर्म पर खड़े असंख्य नर-नारियों में मैं इरा को ढूंढ़ती हूं। वह कहीं दिखाई नहीं देती। नीचे उतरने की बजाय खिड़की में से ही दूर-दूर तक नजरें दौड़ाती हूं।...आखिर एक कुली को बुलाकर, अपना छोटा-सा सूटकेस और बिस्तर उतारने का आदेश दे, मैं नीचे उतर पड़ती हूं। उस भीड़ को देखकर मेरी दहशत जैसे और बढ़ जाती है। तभी किसी के हाथ के स्पर्श से मैं बुरी तरह चौंक जाती हूं, पीछे देखती हूं तो इरा खड़ी है।

रूमाल से चेहरे का पसीना पोंछते हुए कहती हूं : "ओफ! तुझे न देखकर मैं घबरा रही थी कि तुम्हारे घर भी कैसे पहुंचूंगी!"

बाहर आकर हम टैक्सी में बैठते हैं। अभी तक मैं स्वस्थ नहीं हो पाई हूं। जैसे ही हावड़ा-पुल पर गाड़ी पहुंचती है, हुगली के जल को स्पर्श करती

हुई ठंडी हवाएं तन-मन को एक ताजगी से भर देती हैं। इरा मुझे इस पुल की विशेषता बताती है और मैं विस्मित-सी उस पुल को देखती हूं, दूर-दूर तक फैले हुगली के विस्तार को देखती हूं, उसकी छाती पर खड़ी और विहार करती अनेक नौकाओं को देखती हूं, बड़े-बड़े जहाजों को देखती हूं...

उसके बाद बहुत ही भीड़-भरी सड़कों पर हमारी टैक्सी रुकती-रुकती चलती है। ऊंची-ऊंची इमारतों और चारों ओर के वातावरण से कुछ विचित्र-सी विराटता का आभास होता है, और इस सबके बीच जैसे मैं अपने को बड़ा खोया-खोया-सा महसूस करती हूं। कहां पटना और कानपुर और कहां यह कलकत्ता! मैंने तो आज तक कभी बहुत बड़े शहर देखे ही नहीं!

सारी भीड़ को चीरकर हम रैड-रोड पर आ जाते हैं। चौड़ी शांत सड़क। दोनों ओर लंबे-चौड़े खुले मैदान।

"क्यों इरा, कौन-कौन लोग होंगे इंटरव्यू में? मुझे तो बड़ा डर लग रहा है।"

"अरे, सब ठीक हो जाएगा! तू और डर? हम जैसे डरें तो कोई बात भी है। जिसने अपना सारा कैरियर अपने-आप बनाया, वह भला इंटरव्यू में डरे!" फिर कुछ देर ठहरकर कहती है : "अच्छा, भैया-भाभी तो पटना ही होंगे? जाती है कभी उनके पास भी या नहीं?"

"कानपुर आने के बाद एक बार गई थी। कभी-कभी यों ही पत्र लिख देती हूं।"

"भई कमाल के लोग हैं! बहन को भी नहीं निभा सके!"

मुझे यह प्रसंग कतई पसंद नहीं। मैं नहीं चाहती कि कोई इस विषय पर बात करे। मैं मौन ही रहती हूं।

इरा का छोटा-सा घर है, सुंदर ढंग से सजाया हुआ। उसके पति के दौरे पर जाने की बात सुनकर पहले तो मुझे अफसोस हुआ था; वे होते तो कुछ मदद ही करते! पर फिर एकाएक लगा कि उनकी अनुपस्थिति में मैं शायद अधिक स्वतंत्रता का अनुभव कर सकूं। उनका बच्चा भी बड़ा प्यारा है।

शाम को इरा मुझे कॉफी-हाऊस ले जाती है। अचानक मुझे वहां निशीथ दिखाई देता है। मैं सकपकाकर नजर घुमा लेती हूं। पर वह हमारी मेज पर ही आ पहुंचता है। विवश होकर मुझे उधर देखना पड़ता है, नमस्कार भी

करना पड़ता है, इरा का परिचय भी करवाना पड़ता है। इरा पास की कुर्सी पर बैठने का निमंत्रण दे देती है। मुझे लगता है, मेरी सांस रुक जाएगी।

"कब आईं?"

"आज सवेरे ही।"

"अभी ठहरोगी? ठहरी कहां हो?"

जवाब इरा देती है। मैं देख रही हूं, निशीथ बहुत बदल गया है। उसने कवियों की तरह बाल बढ़ा लिए हैं। यह क्या शौक चर्राया? उसका रंग स्याह पड़ गया है। वह दुबला भी हो गया है।

विशेष बातचीत नहीं होती और हम लोग उठ पड़ते हैं। इरा को मुन्नू की चिंता सता रही थी, और मैं स्वयं घर पहुंचने को उतावली हो रही थी। कॉफी-हाऊस से धर्मतल्ला तक वह पैदल चलता हुआ हमारे साथ आता है। इरा उससे बात कर रही है, मानो वह इरा का ही मित्र हो! इरा अपना पता समझा देती है और वह दूसरे दिन नौ बजे आने का वायदा करके चला जाता है।

पूरे तीन साल बाद निशीथ का यों मिलना! न चाहकर भी जैसे सारा अतीत आंखों के सामने खुल जाता है। बहुत दुबला हो गया है निशीथ!... लगता है, जैसे मन में कहीं कोई गहरी पीड़ा छिपाए बैठा है।

मुझसे अलग होने का दुःख तो नहीं साल रहा है इसे?

कल्पना चाहे कितनी भी मधुर क्यों न हो, एक तृप्ति-युक्त आनंद देनेवाली क्यों न हो, पर मैं जानती हूं, यह झूठ है। यदि ऐसा ही था तो कौन उसे कहने गया था कि तुम इस संबंध को तोड़ दो? उसने अपनी इच्छा से ही तो यह सब किया था।

एकाएक ही मेरा मन कटु हो उठता है। यही तो है वह व्यक्ति जिसने मुझे अपमानित करके सारी दुनिया के सामने छोड़ दिया था, महज उपहास का पात्र बनाकर! ओह, क्यों नहीं मैंने उसे पहचानने से इंकार कर दिया?

जब वह मेज के पास आकर खड़ा हुआ, तो क्यों नहीं मैंने कह दिया कि माफ कीजिए, मैं आपको पहचानती नहीं? जरा उसका खिसियाना तो देखती। वह कल भी आएगा। मुझे उसे साफ-साफ मना कर देना चाहिए था कि मैं उसकी सूरत भी नहीं देखना चाहती, मैं उससे नफ़रत करती हूं...!

अच्छा है, आए कल! मैं उसे बता दूंगी कि जल्दी ही मैं संजय से विवाह करनेवाली हूं। यह भी बता दूंगी कि मैं पिछला सब कुछ भूल चुकी हूं। यह भी बता दूंगी कि मैं उससे घृणा करती हूं और उसे जिंदगी में कभी माफ नहीं कर सकती...

यह सब सोचने के साथ-साथ जाने क्यों, मेरे मन में यह बात भी उठ रही थी कि तीन साल हो गए, अभी तक निशीथ ने विवाह क्यों नहीं किया? करे न करे, मुझे क्या...?

क्या वह आज भी मुझसे कुछ उम्मीद रखता है? हूं! मूर्ख कहीं का!

संजय! मैंने तुमसे कितना कहा था कि तुम मेरे साथ चलो, पर तुम नहीं आए।...इस समय जबकि मुझे तुम्हारी इतनी-इतनी याद आ रही है, बताओ, मैं क्या करूं?

कलकत्ता

नौकरी पाना इतना मुश्किल है, इसका मुझे गुमान तक नहीं था। इरा कहती है कि डेढ़ सौ की नौकरी के लिए खुद मिनिस्टर तक सिफारिश करने पहुंच जाते हैं, फिर यह तो तीन सौ का जॉब है।...निशीथ सवेरे से शाम तक इसी चक्कर में भटका है, यहां तक कि उसने अपने ऑफ़िस से भी छुट्टी ले ली है। वह क्यों मेरे काम में इतनी दिलचस्पी ले रहा है? उसका परिचय बड़े-बड़े लोगों में है और वह कहता है कि जैसे भी होगा, वह काम मुझे दिलाकर ही मानेगा। पर आखिर क्यों?

कल मैंने सोचा था कि अपने व्यवहार की रुखाई से मैं स्पष्ट कर दूंगी कि अब वह मेरे पास न आए। पौने नौ बजे के करीब, जब मैं अपने टूटे हुए बाल फेंकने खिड़की पर गई, तो देखा, घर से थोड़ी दूर पर निशीथ टहल रहा है। वही लंबे बाल, कुर्ता-पाजामा। तो वह समय के पहले ही आ गया! संजय होता तो ग्यारह के पहले नहीं पहुंचता, समय पर पहुंचना तो वह जानता ही नहीं।

उसे यों चक्कर काटते देख मेरा मन जाने कैसा हो आया!...और जब वह आया तो मैं चाहकर भी कटु नहीं हो सकी। मैंने उसे कलकत्ता आने का मकसद बताया, तो लगा कि वह बड़ा प्रसन्न हुआ। वहीं बैठे-बैठे फोन करके उसने इस नौकरी के संबंध में सारी जानकारी प्राप्त कर ली, कैसे

क्या करना होगा, उसकी योजना भी बना डाली; बैठे-बैठे फोन से ऑफ़िस की सूचना भी दे दी कि आज वह ऑफ़िस नहीं आएगा।

विचित्र स्थिति मेरी हो रही थी। उसके इस अपनत्व-भरे व्यवहार को मैं स्वीकार भी नहीं कर पाती थी, नकार भी नहीं पाती थी। सारा दिन मैं उसके साथ घूमती रही; पर काम की बात के अतिरिक्त उसने एक भी बात नहीं की। मैंने कई बार चाहा कि संजय की बात बता दूं, पर बता नहीं सकी। सोचा, कहीं यह सुनकर वह दिलचस्पी लेना कम न कर दे। उसके आज-भर के प्रयत्नों से ही मुझे काफी उम्मीद हो चली थी। यह नौकरी मेरे लिए कितनी आवश्यक है, मिल जाए तो संजय कितना प्रसन्न होगा, हमारे विवाहित जीवन के आरंभिक दिन कितने सुख में बीतेंगे।

शाम को हम घर लौटते हैं। मैं उसे बैठने को कहती हूं, पर वह बैठता नहीं, बस खड़ा ही रहता है। उसके चौड़े ललाट पर पसीने की बूंदें चमक रही हैं। एकाएक ही मुझे लगता है, इस समय संजय होता तो? मैं अपने आंचल से उसका पसीना पोंछ देती, और वह...क्या बिना बांहों में भरे, बिना प्यार किए यों ही चला जाता?

"अच्छा, तो चलता हूं।"

यंत्रचलित-से मेरे हाथ जुड़ जाते हैं, वह लौट पड़ता है और मैं ठगी-सी देखती रहती हूं।

सोते समय मेरी आदत है कि मैं संजय के लाए हुए फूलों को निहारती रहती हूं। यहां वे फूल नहीं हैं तो बड़ा सूना-सूना-सा लग रहा है।

पता नहीं संजय, तुम इस समय क्या कर रहे हो! तीन दिन हो गए, किसी ने बांहों में भरकर प्यार तक नहीं किया...

कलकत्ता

आज सवेरे मेरा इंटरव्यू हो गया। मैं शायद बहुत नर्वस हो गई थी और जैसे उत्तर मुझे देने चाहिए, वैसे नहीं दे पाई। पर निशीथ ने आकर बताया कि मेरा चुना जाना करीब-करीब तय हो गया है। मैं जानती हूं, यह सब निशीथ की वजह से ही हुआ।

ढलते सूरज की धूप निशीथ के बाएं गाल पर पड़ रही थी और सामने बैठा निशीथ इतने दिन बाद एक बार फिर मुझे बड़ा प्यारा-सा लगा।

मैंने देखा, मुझसे ज्यादा वह प्रसन्न है। वह कभी किसी का एहसान नहीं लेता; पर मेरी खातिर उसने न जाने कितने लोगों का एहसान लिया। आखिर क्यों? क्या वह चाहता है कि मैं कलकत्ता आकर रहूं, उसके साथ, उसके पास? एक अजीब-सी पुलक से मेरा तन-मन सिहर उठता है। वह ऐसा क्यों चाहता है? उसका ऐसा चाहना बहुत गलत है, बहुत अनुचित है! ...मैं अपने मन को समझाती हूं, ऐसी कोई बात नहीं है। शायद वह केवल मेरे प्रति किए गए अन्याय का प्रतिकार करने के लिए यह सब कर रहा है। पर क्या वह समझता है कि उसकी मदद से नौकरी पाकर मैं उसे क्षमा कर दूंगी, या जो कुछ उसने किया है, उसे भूल जाऊंगी? असंभव! मैं कल ही उसे संजय की बात बता दूंगी।

"आज, तो इस ख़ुशी में पार्टी हो जाए!"

काम की बात के अलावा यह पहला वाक्य मैं उसके मुंह से सुनती हूं, मैं इरा की ओर देखती हूं। वह प्रस्ताव का समर्थन करके भी मुन्नू की तबीयत का बहाना लेकर अपने को काट लेती है। अकेले जाना मुझे कुछ अटपटा-सा लगता है। अभी तक तो काम का बहाना लेकर घूम रही थी, पर अब? फिर भी मैं मना नहीं कर पाती। अंदर जाकर तैयार होती हूं। मुझे याद आता है, निशीथ को नीला रंग बहुत पसंद था, मैं नीली साड़ी ही पहनती हूं। बड़े चाव और सतर्कता से अपना प्रसाधन करती हूं, और बार-बार अपने को टोकती जाती हूं—किसको रिझाने के लिए यह सब हो रहा है? क्या यह निरा पागलपन नहीं है?

सीढ़ियों पर निशीथ हल्की-सी मुस्कुराहट के साथ कहता है : "इस साड़ी में तुम बहुत सुंदर लग रही हो।"

मेरा चेहरा तमतमा जाता है; कनपटियां सुर्ख हो जाती हैं। मैं सचमुच ही इस वाक्य के लिए तैयार नहीं थी। यह सदा चुप रहनेवाला निशीथ बोला भी तो ऐसी बात।

मुझे ऐसी बातें सुनने की जरा भी आदत नहीं है। संजय न कभी मेरे कपड़ों पर ध्यान देता है, न ऐसी बातें करता है, जब कि उसे पूरा अधिकार है और यह बिना अधिकार ऐसी बातें करे?...

पर जाने क्या है कि मैं उस पर नाराज नहीं हो पाती हूं; बल्कि एक पुलकमय सिहरन महसूस करती हूं। सच, संजय के मुंह से ऐसा वाक्य सुनने

को मेरा मन तरसता रहता है, पर उसने कभी ऐसी बात नहीं की। पिछले ढाई साल से मैं संजय के साथ रह रही हूं। रोज ही शाम को हम घूमने जाते हैं। कितनी ही बार मैंने शृंगार किया, अच्छे कपड़े पहने, पर प्रशंसा का एक शब्द भी उसके मुंह से नहीं सुना। इन बातों पर उसका ध्यान ही नहीं जाता; वह देखकर भी जैसे यह सब नहीं देख पाता। इस वाक्य को सुनने के लिए तरसता हुआ मेरा मन जैसे रस से नहा जाता है। पर निशीथ ने यह बात क्यों कहीं? उसे क्या अधिकार है?

क्या सचमुच ही उसे अधिकार नहीं है?...नहीं है?

जाने कैसी मजबूरी है, कैसी विवशता है कि मैं इस बात का जवाब नहीं दे पाती हूं। निश्चयात्मक दृढ़ता से नहीं कह पाती कि साथ चलते इस व्यक्ति को सचमुच ही मेरे विषय में ऐसी अवांछित बात कहने का कोई अधिकार नहीं है।

हम दोनों टैक्सी में बैठते हैं। मैं सोचती हूं, आज मैं इसे संजय की बात बता दूंगी।

"स्काई-रूम?" निशीथ टैक्सीवाले को आदेश देता है।

'टुन' की घंटी के साथ मीटर डाउन होता है और टैक्सी हवा से बातें करने लगती है। निशीथ बहुत सतर्कता से कोने में बैठा है, बीच में इतनी जगह छोड़कर कि यदि हिचकोला खाकर भी टैक्सी रुके, तो हमारा स्पर्श न हो। हवा के झोंके से मेरी रेशमी साड़ी का पल्लू उसके समूचे बदन को स्पर्श करता हुआ उसकी गोदी में पड़कर फरफराता है। वह उसे हटाता नहीं है। मुझे लगता है, यह रेशमी, सुवासित पल्लू उसके तन-मन को रस से भिगो रहा है, यह स्पर्श उसे पुलकित कर रहा है, मैं विजय के अकथनीय आह्लाद से भर जाती हूं।

आज भी मैं संजय की बात नहीं कह पाती। चाहकर भी नहीं कह पाती। अपनी इस विवशता पर मुझे खीज भी आती है, पर मेरा मुंह है कि खुलता ही नहीं। मुझे लगता है कि मैं जैसे कोई बहुत बड़ा अपराध कर रही होऊं; पर फिर भी मैं कुछ नहीं कह सकी।

यह निशीथ कुछ बोलता क्यों नहीं? उसका यों कोने में दुबककर निर्विकार भाव से बैठे रहना मुझे कतई अच्छा नहीं लगता। एकाएक ही मुझे संजय की याद आने लगती है। इस समय वह यहां होता तो उसका हाथ

मेरी कमर में लिपटा होता! यों सड़क पर ऐसी हरकतें मुझे स्वयं पसंद नहीं, पर आज जाने क्यों, किसी की बांहों की लपेट के लिए मेरा मन ललक उठता है। मैं जानती हूं कि जब निशीथ बगल में बैठा हो, उस समय ऐसी इच्छा करना, या ऐसी बात सोचना भी कितना अनुचित है पर मैं क्या करूं? जितनी द्रुतगति से टैक्सी चली जा रही है, मुझे लगता है उतनी ही द्रुतगति से मैं भी बही जा रही हूं, अनुचित, अवांछित दिशाओं की ओर।

टैक्सी झटका खाकर रुकती है तो मेरी चेतना लौटती है। मैं जल्दी से दाहिनी ओर का फाटक खोलकर कुछ इस हड़बड़ी से नीचे उतर पड़ती हूं, मानों अंदर निशीथ मेरे साथ कोई बदतमीजी कर रहा हो।

"अजी, इधर से नहीं उतरना चाहिए कभी?" टैक्सीवाला कहता है तो अपनी ग़लती का भान होता है। उधर निशीथ खड़ा है, इधर मैं, बीच में टैक्सी!

पैसे लेकर टैक्सी चली जाती है तो हम दोनों एक-दूसरे के आमने-सामने हो जाते हैं। एकाएक ही मुझे ख़याल आता है कि टैक्सी के पैसे आज तो मुझे ही देने चाहिए थे। पर अब क्या हो सकता था! चुपचाप हम दोनों अंदर जाते हैं। आस-पास बहुत कुछ है, चहल-पहल, रोशनी, रौनक। पर मेरे लिए जैसे सबका अस्तित्व ही मिट जाता है। मैं अपने को सबकी नजरों से ऐसे बचाकर चलती हूं, मानो मैंने कोई अपराध कर डाला हो, और कोई मुझे पकड़ न ले।

क्या सचमुच ही मुझसे कोई अपराध हो गया है?

आमने-सामने हम दोनों बैठ जाते हैं। मैं होस्ट हूं, फिर भी उसका पार्ट वही अदा कर रहा है। वही ऑर्डर देता है। बाहर की हलचल और उससे अधिक मन की हलचल में मैं अपने को खोया-खोया-सा महसूस करती हूं।

हम दोनों के सामने बैरा कोल्ड-कॉफी के गिलास और खाने का कुछ सामान रख जाता है। मुझे बार-बार लगता है कि निशीथ कुछ कहना चाह रहा है। मैं उसके होंठों की धड़कन तक महसूस करती हूं। वह जल्दी से कॉफी का स्ट्रॉ मुंह से लगा लेता है।

मूर्ख कहीं का! वह सोचता है, मैं बेवकूफ हूं। मैं अच्छी तरह जानती हूं कि इस समय वह क्या सोच रहा है।

तीन दिन साथ रहकर भी हमने उस प्रसंग को नहीं छेड़ा। शायद नौकरी की बात ही हमारे दिमागों पर छाई हुई थी। पर आज...आज अवश्य ही वह बात आएगी! न आए, यह कितना अस्वाभाविक है! पर नहीं, स्वाभाविक शायद यही है। तीन साल पहले जो अध्याय सदा के लिए बंद हो गया, उसे उलटकर देखने का साहस शायद हम दोनों में से किसी में नहीं है। जो संबंध टूट गए, टूट गए। अब उन पर कौन बात करे?

मैं तो कभी नहीं करूंगी। पर उसे तो करना चाहिए। तोड़ा उसने था, बात भी वही आरंभ करे। मैं क्यों करूं, और मुझे क्या पड़ी है? मैं तो जल्दी ही संजय से विवाह करनेवाली हूं। क्यों नहीं मैं इसे अभी संजय की बात बता देती? पर जाने कैसी विवशता है, जाने कैसा मोह है कि मैं मुंह नहीं खोल पाती। एकाएक मुझे लगता है जैसे उसने कुछ कहा...

"आपने कुछ कहा?"

"नहीं तो!"

मैं खिसिया जाती हूं।

फिर वही मौन! खाने में मेरा जरा भी मन नहीं लग रहा है; पर यंत्रचालित-सी मैं खा रही हूं। शायद वह भी ऐसे ही खा रहा है। मुझे फिर लगता है कि उसके होंठ फड़क रहे हैं, और स्ट्रॉ पकड़े हुए उंगलियां कांप रही हैं। मैं जानती हूं, वह पूछना चाहता है : दीपा, तुमने मुझे माफ तो कर दिया न?

वह पूछ ही क्यों नहीं लेता? मान लो, यदि पूछ ही ले, तो क्या मैं कह सकूंगी कि मैं तुम्हें जिंदगी-भर माफ नहीं कर सकती, मैं तुमसे नफ़रत करती हूं, मैं तुम्हारे साथ घूम-फिर ली, या कॉफी पी ली, तो यह मत समझो कि मैं तुम्हारे विश्वासघात की बात को भूल गई हूं?

और एकाएक ही पिछला सब कुछ मेरी आंखों के आगे तैरने लगता है। पर यह क्या? असह्य अपमानजनित पीड़ा, क्रोध और कटुता क्यों नहीं याद आती? मेरे सामने तो पटना में गुजारी सुहानी संध्याओं और चांदनी रातों के वे चित्र उभरकर आते हैं, जब घंटों समीप बैठ, मौन भाव से हम एक-दूसरे को निहारा करते थे। बिना स्पर्श किए भी जाने कैसी मादकता तन-मन को विभोर किये रहती थी, जाने कैसी तन्मयता में हम डूबे रहते

थे...एक विचित्र-सी, स्वप्निल दुनिया में!...मैं कुछ बोलना भी चाहती तो वह मेरे मुंह पर उंगली रखकर कहता : 'आत्मीयता के ये क्षण अनकहे ही रहने दो, दीपा!'

आज भी तो हम मौन ही हैं, एक दूसरे के निकट ही हैं। क्या आज भी हम आत्मीयता के उन्हीं क्षणों में गुजर रहे हैं? मैं अपनी सारी शक्ति लगाकर चीख पड़ना चाहती हूं, नहीं!...नहीं!...नहीं!...पर कॉफी सिप करने के अतिरिक्त मैं कुछ नहीं कर पाती। मेरा यह विरोध हृदय की न जाने कौन-सी अतल गहराइयों में डूब जाता है!

निशीथ मुझे बिल नहीं देने देता। एक विचित्र-सी भावना मेरे मन में उठती है कि छीना-झपटी में किसी तरह मेरा हाथ इसके हाथ से छू जाए! मैं अपने स्पर्श से उसके मन के तारों को झनझना देना चाहती हूं। पर वैसा अवसर नहीं आता। बिल वही देता है, मुझसे तो विरोध भी नहीं किया जाता।

मन में प्रचंड तूफान! पर फिर भी निर्विकार भाव से मैं टैक्सी में आकर बैठती हूं...फिर वही मौन, वही दूरी। पर जाने क्या है कि मुझे लगता है कि निशीथ मेरे बहुत निकट आ गया है, बहुत ही निकट! बार-बार मेरा मन करता है कि क्यों नहीं निशीथ मेरा हाथ पकड़ लेता, क्यों नहीं मेरे कंधे पर हाथ रख देता? मैं जरा भी बुरा नहीं मानूंगी, जरा भी नहीं! पर वह कुछ भी नहीं करता।

सोते समय रोज की तरह मैं आज भी संजय का ध्यान करते हुए ही सोना चाहती हूं, पर निशीथ है कि बार-बार संजय की आकृति को हटाकर स्वयं आ खड़ा होता है...

कलकत्ता

अपनी मजबूरी पर खीज-खीज जाती हूं। आज कितना अच्छा मौका था सारी बात बता देने का! पर मैं जाने कहां भटकी थी कि कुछ भी नहीं बता पाई।

शाम को मुझे निशीथ अपने साथ 'लेक' ले गया। पानी के किनारे हम घास पर बैठ गए। कुछ दूर पर काफी भीड़-भाड़ और चहल-पहल थी, पर यह स्थान अपेक्षाकृत शांत था। सामने लेक के पानी में छोटी-छोटी लहरें उठ रही हैं। चारों ओर के वातावरण का कुछ विचित्र-सा भाव मन पर पड़ रहा था।

"अब तो तुम यहां आ जाओगी!" मेरी ओर देखकर उसने कहा।

"हां!"

"नौकरी के बाद क्या इरादा है?"

मैंने देखा, उसकी आंखों में कुछ जानने की आतुरता फैलती जा रही है, शायद कुछ कहने की भी। मुझसे कुछ जानकर वह अपनी बात कहेगा।

"कुछ नहीं!" जाने क्यों मैं यह कह गई। कोई है जो मुझे कचोटे डाल रहा है। क्यों नहीं मैं बता देती कि नौकरी के बाद मैं संजय से विवाह करूंगी, मैं संजय से प्रेम करती हूं, वह मुझसे प्रेम करता है? वह बहुत अच्छा है, बहुत ही! वह मुझे तुम्हारी तरह धोखा नहीं देगा, पर मैं कुछ भी तो नहीं कह पाती। अपनी इस बेबसी पर मेरी आंखें छलछला आती हैं। मैं दूसरी ओर मुंह फेर लेती हूं।

"तुम्हारे यहां आने से मैं बहुत खुश हूं!"

मेरी सांस जहां-की-तहां रुक जाती है आगे के शब्द सुनने के लिए; पर शब्द नहीं आते। बड़ी कातर, करुण और याचना-भरी दृष्टि से मैं उसे देखती हूं, मानों कह रही होऊं कि तुम कह क्यों नहीं देते निशीथ, कि आज भी तुम मुझे प्यार करते हो, तुम मुझे सदा अपने पास रखना चाहते हो, जो कुछ हो गया है, उसे भूलकर तुम मुझसे विवाह करना चाहते हो? कह दो निशीथ, कह दो!...यह सुनने के लिए मेरा मन अकुला रहा है, छट-पटा रहा है! मैं बुरा नहीं मानूंगी, जरा भी बुरा नहीं मानूंगी। मान ही कैसे सकती हूं निशीथ! इतना सब हो जाने के बाद भी शायद मैं तुम्हें प्यार करती हूं—शायद नहीं, सचमुच ही मैं तुम्हें प्यार करती हूं!

मैं जानती हूं—तुम कुछ नहीं कहोगे, सदा के ही मितभाषी जो हो। फिर भी कुछ सुनने की आतुरता लिए मैं तुम्हारी तरफ देखती रहती हूं। पर तुम्हारी नजर तो लेक के पानी पर जमी हुई है...शांत, मौन!

आत्मीयता के ये क्षण अनकहे भले ही रह जाएं पर अनबूझे नहीं रह सकते। तुम चाहे न कहो, पर मैं जानती हूं, तुम आज भी मुझे प्यार करते हो, बहुत प्यार करते हो! मेरे कलकत्ता आ जाने के बाद इस टूटे संबंध को फिर से जोड़ने की बात ही तुम इस समय सोच रहे हो। तुम आज भी मुझे अपना ही समझते हो, तुम जानते हो, आज भी दीपा तुम्हारी है!...और मैं?

लगता है, इस प्रश्न का उत्तर देने का साहस मुझमें नहीं है। मुझे डर

है कि जिस आधार पर मैं तुमसे नफ़रत करती थी, उसी आधार पर कहीं मुझे अपने से नफ़रत न करनी पड़े।

लगता है, रात आधी से भी अधिक ढल गई है।

कानपुर

मन में उत्कट अभिलाषा होते हुए भी निशीथ की आवश्यक मीटिंग की बात सुनकर मैंने कह दिया था कि तुम स्टेशन मत आना। इरा आई थी; पर गाड़ी पर बिठाकर ही चली गई, या कहूं कि मैंने जबर्दस्ती उसे भेज दिया। मैं जानती थी कि लाख मना करने पर भी निशीथ आएगा और विदा के उन अंतिम क्षणों में मैं उसके साथ अकेली ही रहना चाहती थी। मन में एक दबी-सी आशा थी कि चलते समय ही शायद वह कुछ कह दे।

गाड़ी चलने में जब दस मिनट रह गए तो देखा : बड़ी व्यग्रता से डिब्बों में झांकता-झांकता निशीथ आ रहा था।...पागल! उसे इतना तो समझना चाहिए कि उसकी प्रतीक्षा में मैं यहां बाहर खड़ी हूं।

मैं दौड़कर उसके पास जाती हूं : "आप क्यों आए?" पर मुझे उसका आना बड़ा अच्छा लगता है! वह बहुत थका हुआ लग रहा है। शायद सारा दिन बहुत व्यस्त रहा और दौड़ता-दौड़ता मुझे सी-ऑफ करने यहां आ पहुंचा। मन करता है कुछ ऐसा करूं, जिससे इसकी सारी थकान दूर हो जाए। पर क्या करूं? हम डिब्बे के पास आ जाते हैं।

"जगह अच्छी मिल गई?" वह अंदर झांकते हुए पूछता है।

"हां!"

"पानी-वानी तो है?"

"है।"

"बिस्तर फैला लिया?"

मैं खीज पड़ती हूं। वह शायद समझ जाता है, सो चुप हो जाता है। हम दोनों एक क्षण को एक-दूसरे की ओर देखते हैं। मैं उसकी आंखों में विचित्र-सी छायाएं देखती हूं; मानों कुछ है, जो उसके मन में घुट रहा है, उसे मथ रहा है, पर वह कह नहीं पा रहा है। वह क्यों नहीं कह देता? क्यों नहीं अपने मन की इस घुटन को हल्का कर लेता?

"आज भीड़ विशेष नहीं है," चारों ओर नजर डालकर वह कहता है।

मैं भी एक बार चारों ओर देख लेती हूं, पर नजर मेरी बार-बार घड़ी पर ही जा रही है। जैसे-जैसे समय सरक रहा है, मेरा मन किसी गहरे अवसाद में डूब रहा है। मुझे कभी उस पर दया आती है तो कभी खीज। गाड़ी चलने में केवल तीन मिनट बाकी रह गए हैं। एक बार फिर हमारी नजरें मिलती हैं।

"ऊपर चढ़ जाओ, अब गाड़ी चलनेवाली है।"

बड़ी असहाय-सी नजर से मैं उसे देखती हूं; मानो कह रही होऊं, तुम्हीं चढ़ा दो। ...और फिर धीरे-धीरे चढ़ जाती हूं। दरवाजे पर मैं खड़ी हूं और वह नीचे प्लेटफार्म पर।

"जाकर पहुंचने की खबर देना। जैसे ही मुझे इधर कुछ निश्चित रूप से मालूम होगा, तुम्हें सूचना दूंगा।"

मैं कुछ बोलती नहीं, बस उसे देखती रहती हूं...

सीटी...हरी झंडी...फिर सीटी। मेरी आंखें छलछला आती हैं।

गाड़ी एक हल्के-से झटके के साथ सरकने लगती है। वह गाड़ी के साथ कदम आगे बढ़ाता है और मेरे हाथ पर धीरे से अपना हाथ रख देता है। मेरा रोम-रोम सिहर उठता है। मन करता है चिल्ला पड़ूं—मैं सब समझ गई निशीथ सब समझ गई! जो कुछ तुम इन चार दिनों में नहीं कह पाए, वह तुम्हारे इस क्षणिक स्पर्श ने कह दिया। विश्वास करो, यदि तुम मेरे हो तो मैं भी तुम्हारी हूं; केवल तुम्हारी, एकमात्र तुम्हारी!...पर मैं कुछ कह नहीं पाती। बस, साथ चलते निशीथ को देखती-भर रहती हूं। गाड़ी के गति पकड़ते ही वह हाथ को जरा-सा दबाकर छोड़ देता है। मेरी छल-छलाई आंखें मुंद जाती हैं। मुझे लगता है, यह स्पर्श, यह सुख, यह क्षण ही सत्य है, बाकी सब झूठ है; अपने को भूलने का, भरमाने का, छलने का असफल प्रयास है।

आंसू-भरी आंखों से मैं प्लेटफॉर्म को पीछे छूटता हुआ देखती हूं। सारी आकृतियां धुंधली-सी दिखाई देती हैं। असंख्य हिलते हुए हाथों के बीच निशीथ के हाथ को, उस हाथ को, जिसने मेरा हाथ पकड़ा था, ढूंढ़ने का असफल-सा प्रयास करती हूं। गाड़ी प्लेटफॉर्म को पार कर जाती है, और दूर-दूर तक कलकत्ता की जगमगाती बत्तियां दिखाई देती हैं। धीरे-धीरे वे सब दूर हो जाती हैं, पीछे छूटती जाती हैं। मुझे लगता है, यह दैत्याकार ट्रेन मुझे मेरे घर से कहीं दूर ले जा रही है—अनदेखी, अनजानी राहों में गुमराह करने के लिए, भटकाने के लिए!

बोझिल मन से मैं अपने फैलाए हुए बिस्तर पर लेट जाती हूं। आंखें बंद करते ही सबसे पहले मेरे सामने संजय का चित्र उभरता है...कानपुर जाकर मैं उसे क्या कहूंगी? इतने दिनों तक उसे छलती आई, अपने को छलती आई, पर अब नहीं।...मैं उसे सारी बात समझा दूंगी। कहूंगी, संजय जिस संबंध को टूटा हुआ जानकर मैं भूल चुकी थी, उसकी जड़ें हृदय की किन अतल गहराइयों में जमी हुई थीं, इसका एहसास कलकत्ता में निशीथ से मिलकर हुआ। याद आता है, तुम निशीथ को लेकर सदैव ही संदिग्ध रहते थे; पर तब मैं तुम्हें ईर्ष्यालु समझती थी। आज स्वीकार करती हूं कि तुम जीते, मैं हारी!

सच मानना संजय, ढाई साल मैं स्वयं भ्रम में थी और तुम्हें भी भ्रम में डाल रखा था; पर आज भ्रम के, छलना के सारे ही जाल छिन्न-भिन्न हो गए हैं। मैं आज भी निशीथ को प्यार करती हूं और यह जानने के बाद, एक दिन भी तुम्हारे साथ और छल करने का दुस्साहस कैसे करूं? आज पहली बार मैंने अपने संबंधों का विश्लेषण किया, तो जैसे सब कुछ ही स्पष्ट हो गया और जब मेरे सामने सब कुछ स्पष्ट हो गया, तो तुमसे कुछ भी नहीं छिपाऊंगी, तुम्हारे सामने मैं चाहूं तो भी झूठ नहीं बोल सकती।

आज लग रहा है, तुम्हारे प्रति मेरे मन में जो भी भावना है वह प्यार की नहीं, केवल कृतज्ञता की है। तुमने मुझे उस समय सहारा दिया था, जब अपने पिता और निशीथ को खोकर मैं चूर-चूर हो चुकी थी। सारा संसार मुझे वीरान नजर आने लगा था, उस समय तुमने अपने स्नेहिल स्पर्श से मुझे जिला दिया; मेरा मुरझाया, मरा मन हरा हो उठा; मैं कृतकृत्य हो उठी, और समझने लगी कि मैं तुमसे प्यार करती हूं। पर प्यार की बेसुध घड़ियां, वे विभोर क्षण, तन्मयता के वे पल, जहां शब्द चूक जाते हैं, हमारे जीवन में कभी नहीं आएं। तुम्हीं बताओ, आए कभी? तुम्हारे असंख्य आलिंगनों और चुंबनों के बीच भी, एक क्षण के लिए भी तो मैंने कभी तन-मन की सुध बिसरा देनेवाली पुलक या मादकता का अनुभव नहीं किया।

सोचती हूं, निशीथ के चले जाने के बाद मेरे जीवन में एक विराट शून्यता आ गई थी, एक खोखलापन आ गया था, तुमने उसकी पूर्ति की। तुम पूरक थे, मैं गलती से तुम्हें प्रियतम समझ बैठी।

मुझे क्षमा कर दो संजय और लौट जाओ। तुम्हें मुझ जैसी अनेक दीपाएं

मिल जाएंगी, जो सचमुच ही तुम्हें प्रियतम की तरह प्यार करेंगी। आज एक बात अच्छी तरह जान गई हूं कि प्रथम प्रेम ही सच्चा प्रेम होता है; बाद में किया हुआ प्रेम तो अपने को भूलने का, भरमाने का प्रयास-मात्र होता है...

इसी तरह की असंख्य बातें मेरे दिमाग में आती हैं, जो मैं संजय से कहूंगी। कह सकूंगी यह सब? लेकिन कहना तो होगा ही। उसके साथ अब एक दिन भी छल नहीं कर सकती। मन से किसी और की आराधना करके तन से उसकी होने का अभिनय करती रहूं? छीः! नहीं जानती, यही सब सोचते-सोचते मुझे कब नींद आ गई।

लौटकर अपना कमरा खोलती हूं, तो देखती हूं, सब कुछ ज्यों-का-त्यों है, सिर्फ फूलदान के रजनीगंधा मुरझा गए हैं। कुछ फूल झरकर जमीन पर इधर-उधर भी बिखर गये हैं।

आगे बढ़ती हूं तो जमीन पर पड़ा एक लिफ़ाफ़ा दिखाई देता है। संजय की लिखाई है, खोला तो छोटा-सा पत्र था :

दीपा,

तुमने तो कलकत्ता जाकर कोई सूचना ही नहीं दी। मैं आज ऑफ़िस के काम से कटक जा रहा हूं। पांच-छः दिन में लौट आऊंगा। तब तक तुम आ ही जाओगी। जानने को उत्सुक हूं कि कलकत्ता में क्या हुआ?

तुम्हारा
संजय

एक लंबा निःश्वास निकल जाता है। लगता है, एक बड़ा बोझ हट गया। इस अवधि में तो मैं अपने को अच्छी तरह तैयार कर लूंगी।

नहा-धोकर सबसे पहले में निशीथ को पत्र लिखती हूं। उसकी उपस्थिति से जो हिचक मेरे होंठ बंद किए हुए थी, दूर रहकर वह अपने-आप ही टूट जाती है। मैं स्पष्ट शब्दों में लिख देती हूं कि चाहे उसने कुछ नहीं कहा, फिर भी मैं सब कुछ समझ गई हूं। साथ ही यह भी लिख देती हूं कि मैं उसकी उस हरकत से बहुत दुःखी थी, बहुत नाराज भी; पर उसे देखते ही जैसे सारा क्रोध बह गया। इस अपनत्व में क्रोध भला टिक भी कैसे पाता? लौटी हूं, तब से न जाने कैसी रंगीनी और मादकता मेरी आंखों के आगे छाई है...!

एक खूबसूरत से लिफ़ाफ़े में उसे बंद करके मैं स्वयं पोस्ट करने जाती हूं।

रात में सोती हूं तो अनायास ही मेरी नजर सूने फूलदान पर जाती है। मैं करवट बदलकर सो जाती हूं।

कानपुर

आज निशीथ को पत्र लिखे पांचवां दिन है। मैं तो कल ही उसके पत्र की राह देख रही थी। पर आज की भी दोनों डाकें निकल गईं। जाने कैसा सूना-सूना, अनमना-अनमना लगता रहा सारे दिन! किसी भी तो काम में जी नहीं लगता। क्यों नहीं लौटती डाक से ही उत्तर दे दिया उसने? समझ में नहीं आता, कैसे समय गुजारूं!

मैं बाहर बालकनी में जाकर खड़ी हो जाती हूं। एकाएक ख़याल आता है, पिछले ढाई सालों से करीब इसी समय, यहीं खड़े होकर मैंने संजय की प्रतीक्षा की है। क्या आज मैं संजय की प्रतीक्षा कर रही हूं? या मैं निशीथ के पत्र की प्रतीक्षा कर रही हूं? शायद किसी की नहीं, क्योंकि जानती हूं कि दोनों में से कोई भी नहीं आएगा। फिर?

निरुद्देश्य-सी कमरे में लौट पड़ती हूं। शाम का समय मुझसे घर में नहीं काटा जाता। रोज ही तो संजय के साथ घूमने निकल जाया करती थी। लगता है, यहीं बैठी रही तो दम ही घुट जाएगा। कमरा बंद करके मैं अपने को धकेलती-सी सड़क पर ले आती हूं।...शाम का धुंधलका मन के बोझ को और भी बढ़ा देता है। कहां जाऊं? लगता है, जैसे मेरी राहें भटक गई हैं, मंजिल खो गई है। मैं स्वयं नहीं जानती, आखिर मुझे जाना कहां है। फिर भी निरुद्देश्य-सी चलती रहती हूं। पर आखिर कब तक यूं भटकती रहूं? हारकर लौट पड़ती हूं।

आते ही मेहता साहब की बच्ची तार का एक लिफ़ाफ़ा देती है। धड़कते दिल से मैं उसे खोलती हूं। इरा का तार था।

'नियुक्ति हो गई है। बधाई!'

इतनी बड़ी खुशख़बरी पाकर भी जाने क्या है कि खुश नहीं हो पाती। यह खबर तो निशीथ भेजनेवाला था। एकाएक ही एक विचार मन में आता है : क्या जो कुछ मैं सोच गई, वह निरा भ्रम ही था, मात्र मेरी कल्पना, मेरा अनुमान? नहीं-नहीं! उस स्पर्श को मैं भ्रम कैसे मान लूं, जिसने मेरे तन-मन को डुबो दिया था, जिसके द्वारा उसके हृदय की एक-एक परत मेरे

सामने खुल गई थी?...लेक पर बिताए उन मधुर क्षणों को भ्रम कैसे मान लूं, जहां उसका मौन ही मुखरित होकर सब कुछ कह गया था? आत्मीयता के वे अनकहे क्षण! तो फिर उसने पत्र क्यों नहीं लिखा? क्या कल उसका पत्र आएगा? क्या आज भी उसे वही हिचक रोके हुए है?

तभी सामने की घड़ी टन्-टन् करके नौ बजाती है। मैं उसे देखती हूं। यह संजय की लाई हुई है।...लगता है, जैसे यह घड़ी घंटे सुना-सुनाकर मुझे संजय की याद दिला रही है। फहराते ये हरे पर्दे, यह हरी बुक-रैक, यह टेबल, यह फूलदान, सभी तो संजय के ही लाए हुए हैं। मेज पर रखा यह पेन उसने मुझे सालगिरह पर लाकर दिया था।

अपनी चेतना के इन बिखरे सूत्रों को समेटकर मैं फिर पढ़ने का प्रयास करती हूं, पर पढ़ नहीं पाती। हारकर मैं पलंग पर लेट जाती हूं।

सामने के फूलदान का सूनापन मेरे मन के सूनेपन को और अधिक बढ़ा देता है। मैं कसकर आंखें मूंद लेती हूं।...एक बार फिर मेरी आंखों के आगे लेक का स्वच्छ, नीला जल उभर आता है, जिसमें छोटी-छोटी लहरें उठ रही थीं। उस जल की ओर देखते हुए निशीथ की आकृति उभरकर आती है। वह लाख जल की ओर देखे; पर चेहरे पर अंकित उसके मन की हलचल को मैं आज भी, इतनी दूर रहकर भी महसूस करती हूं। कुछ न कह पाने की मजबूरी, उसकी विवशता, उसकी घुटन आज भी मेरे सामने साकार हो उठती है। धीरे-धीरे लेक के पानी का विस्तार सिमटता जाता है, और एक छोटी-सी राइटिंग टेबल में बदल जाता है, और मैं देखती हूं कि एक हाथ में पेन लिए और दूसरे हाथ की उंगलियों को बालों में उलझाए निशीथ बैठा है...वही मजबूरी, वही विवशता, वही घुटन लिए।...वह चाहता है; पर जैसे लिख नहीं पाता। वह कोशिश करता है, पर उसका हाथ बस कांपकर रह जाता है।...ओह! लगता है, उसकी घुटन मेरा दम घोंटकर रख देगी।...मैं एकाएक ही आंखें खोल देती हूं। वही फूलदान, पर्दे, मेज, घड़ी...!

कानपुर

आख़िर आज निशीथ का पत्र आ गया। धड़कते दिल से मैंने उसे खोला। इतना छोटा-सा पत्र!

प्रिय दीपा,

तुम अच्छी तरह पहुंच गईं, यह जानकर प्रसन्नता हुई। तुम्हें अपनी नियुक्ति का तार तो मिल ही गया होगा। मैंने कल ही इरा जी को फोन करके सूचना दे दी थी, और उन्होंने बताया था कि तार दे देंगी। ऑफ़िस की ओर से भी सूचना मिल जाएगी।

इस सफलता के लिए मेरी ओर से हार्दिक बधाई स्वीकार करना। सच, मैं बहुत ख़ुश हूं कि तुम्हें यह काम मिल गया! मेहनत सफल हो गई। शेष फिर।

शुभेच्छ,

निशीथ

बस? धीरे-धीरे पत्र के सारे शब्द आंखों के आगे लुप्त हो जाते हैं, रह जाता है केवल : 'शेष फिर!'

तो अभी उसके पास 'कुछ' लिखने को शेष है? क्यों नहीं लिख दिया उसने अभी? क्या लिखेगा वह?

'दीप!'

मैं मुड़कर दरवाजे की ओर देखती हूं। रजनीगंधा के ढेर सारे फूल लिए मुस्कराता-सा संजय खड़ा है। एक क्षण मैं संज्ञा-शून्य-सी उसे इस तरह देखती हूं, मानो पहचानने की कोशिश कर रही होऊं। वह आगे बढ़ता है, तो मेरी खोई हुई चेतना लौटती है, और विक्षिप्त-सी दौड़कर उससे लिपट जाती हूं।

"क्या हो गया है तुम्हें, पागल हो गई हो क्या?"

"तुम कहां चले गए थे संजय?" और मेरा स्वर टूट जाता है। अनायास ही आंखों से आंसू बह चलते हैं।

"क्या हो गया? कलकत्ता का काम नहीं मिला क्या?...मारो भी गोली काम को। तुम इतनी परेशान क्यों हो रही हो उसके लिए?"

पर मुझसे कुछ नहीं बोला जाता। बस, मेरी बांहों की जकड़ कसती जाती है, कसती जाती है। रजनीगंधा की महक धीरे-धीरे मेरे तन-मन पर छा जाती है। तभी मैं अपने भाल पर संजय के अधरों का स्पर्श महसूस करती हूं, और मुझे लगता है, यह स्पर्श, यह सुख, यह क्षण ही सत्य है, वह सब झूठ था, मिथ्या था, भ्रम था...।

और हम दोनों एक-दूसरे के आलिंगन में बंधे रहते हैं—चुंबित प्रति-चुंबित!

छत बनानेवाले

दरवाज़े के बाईं ओर की दीवार पर लगी नेमप्लेट को दो बार अच्छी तरह पढ़ने के बाद बड़े झिझकते-से हाथों से शरद ने कुंडी खटखटाई।

"कौऽऽन?" एक दहाड़ता-सा स्वर दरवाज़े से टकराकर बिखर गया। शरद की समझ में नहीं आया कि वह क्या कहे। एक बार तो मन हुआ कि चुपचाप चल दे और होटल में टिक जाए पर रिक्शा जा चुका था। तभी भीतर से खड़ाऊं की खटपट-खटपट क़रीब आती लगी और भड़ाक् से दरवाजा खुला।

धोती को तहमद की तरह लपेटे, बनियान पहने, ललाट पर लंबा-सा तिलक लगाए जो व्यक्ति सामने दिखाई दिया, वही ठाकुर ताऊजी हैं, यह समझते शरद को देर नहीं लगी। उनके चेहरे पर फैला प्रश्नवाचक भाव और अधिक गहरा होता, उसके पहले ही शरद ने बड़ी नम्रता से हाथ जोड़कर कहा, "नमस्ते ताऊजी।"

क्षणांश के लिए घनी भौंहों के नीचे आंखों के कटोरे कुछ सिकुड़े, ललाट की तीन सलवटें कुछ और अधिक उभर आईं। सामने रखे सामान की ओर उड़ती-सी नज़र डालकर उन्होंने फिर शरद के चेहरे की ओर देखा और अनुमान लगाते-से स्वर में बोले, "कौऽन, तुम पन्ना हो क्या?"

बहुत दिनों बाद अपने बचपन का नाम सुनकर शरद को हंसी आ गई। मुस्कराता-सा बोला, "जी हां।" और इसके साथ ही सामनेवाले व्यक्ति का तिलक फैल गया, चेहरे के सारे तनाव ढीले पड़ गए और शरद ने अपनी पीठ पर एक स्नेहिल स्पर्श महसूस किया, "कमाल है भाई। कोई खबर नहीं, सूचना नहीं। मैं तांगा भेज देता लेने के लिए। आओ...आओ..."

शरद ने अपना सूटकेस और बैग उठाते हुए कहा, "मैंने सोचा, घर तो ढूंढ़ ही लूंगा, सवेरे-सवेरे बेकार ही तकलीफ़ होगी।"

"वाह, इसमें तकलीफ़ की क्या बात है भला।" फिर शरद को सामान उठाते देखकर कुछ परेशान से बोले, "अरे, सामान यहीं रख दो, अभी तुम्हारा कमरा ठीक हो जाएगा तो वहीं पहुंच जाएगा।" और फिर ज़रा व्यस्त भाव से भीतर की ओर झांककर बोले, "सुनती हो मोटू की मां, देखो तो कौन आया है?"

मोटू की मां ने सुना या नहीं, इसकी तनिक भी चिंता किए बिना शरद की पीठ पर हाथ रखकर वे उसे भीतर ले गए। शरद को पिताजी की बात याद आई, 'आदर्श परिवार किसी को देखना हो तो ठाकुर साहब का देखो। क्या डिसिप्लिन है, क्या बच्चे हैं।' और शरद ने एक उड़ती-सी नज़र कमरे पर डाली।

"बैठो," और ताऊजी खिड़कियां खोलने लगे, "रामेश्वर मज़े में हैं, तुम्हारी अम्मा, बाल-बच्चे?" शरद 'जी, जी' करता रहा। यह शायद घर की बैठक है, शरद ने अनुमान लगाया। दो तख़्त जोड़कर मोटा-सा गद्दा बिछा रखा था, जिस पर हल्की-सी मैली हो आई चद्दर बिछी थी। तीन तरफ़ गोल तकिए पड़े थे। दीवारों पर सुनहरी फ्रेम में मढ़ी कुछ तसवीरें लगी थीं—गोपियों के साथ होली खेलते हुए कृष्ण, शिव-पार्वती। एक कैलेंडर लटका था जिस पर कल की तारीख़ लगी हुई थी। दीवारों पर दो तरफ़ सिंदूर से स्वस्तिक चिन्ह बने थे। सामने की दीवार के बीचों-बीच दीवाल-घड़ी टँगी हुई थी। तख़्त से कुछ हटकर दोनों ओर की दीवारों के सामने दो-दो टीन की कुर्सियां रखी थीं, जिन पर रंग-बिरंगी फूल-कढ़ी सफ़ेद गद्दियां बिछी थीं।

"तुम आए बड़ी खुशी हुई। पर आने से पहले तुम्हें ख़बर करनी चाहिए थी।" शरद को कुर्सी पर बिठाकर स्वयं तख़्त पर बैठते हुए उन्होंने कहा, "वैसे कोई एक महीना पहले रामेश्वर ने लिखा था कि पन्ना एक सप्ताह के लिए यहां आकर रहना चाहता है, सो यदि घर में दिक्कत हो तो किसी होटल-वोटल में इंतजाम करवा दीजिए।"

"जी वो..." शरद कुछ कहने ही जा रहा था कि बीच में ही वे दहाड़ उठे, "जी क्या, घर होते हुए तुम होटल में ठहरोगे? होटल भी कोई भले

आदमियों के ठहरने की जगह होती है? रामेश्वर बड़ा शहरी हो गया है, अपनापन अब उसमें रहा ही नहीं। वरना जब यहां था तो घरों के बीच में ज़रूर दीवार थी, पर हम लोगों के मन एक थे। तुम्हें तो क्या याद होगी उन दिनों की? मुश्किल से नौ बरस के रहे होओगे।" और जैसे उनकी आंखों के आगे वे ही दिन उभर आए। "छोटू-मोटू, पन्ना-मोती, दशरथ के चारों बेटों की तरह रहते थे।" उनके चेहरे पर ममतामय उल्लास चमकने लगा। शरद, मोटू-छोटू के बारे में पूछने ही जा रहा था कि तभी ठोड़ी तक घूंघट निकाले एक महिला दरवाज़े पर आकर ठिठक गई, इस दुविधा में कि भीतर घुसे या नहीं।

"आओ...आओ...देखो, पहचानती हो इन्हें?"

शरद ने हाथ जोड़कर उठते हुए बड़ी नम्रता से कहा, "नमस्ते ताईजी।"

पर इस संबोधन से भी वे शायद पहचान नहीं पाईं, सो ज्यों-की-त्यों खड़ी रहीं।

"अरे पन्ना है, पन्ना। नहीं पहचान सकीं न? अपने रामेश्वर का बड़ा बेटा।" और ताऊजी 'हो-हो' करके हंस पड़े।

"ओह, पन्ना है! ख़बर नहीं दी भैया? कोई लिवाने चला जाता।" और भीतर आकर ताईजी ने शरद की पीठ पर हाथ फेरा। ताऊजी के मुकाबले में ताईजी की आवाज़ बड़ी धीमी और मुलायम लगी।

"नहीं, कोई जाता तो तकलीफ़ होती। ये शहरी लोग हैं, आराम-तलब। इन्हें हर बात में तकलीफ़ दिखाई देती है।" स्नेह ने व्यंग्य के पैने किनारे को इतना मुलायम बना दिया था कि बात मन में कहीं चुभी नहीं।

"रामेश्वर लाला अच्छे हैं? अम्मा, मोती, हीरा..."

"अब तो आप घूंघट खोल दीजिए ताईजी।" शरद को इस घूंघट से बड़ी उलझन हो रही थी।

"भई, मेरठ छोटा-सा शहर है, यहां बड़े शहरों जैसी बेशर्मी तो चलती नहीं। फिर हमारे घर की तो..."

"पर मैं तो मोटू-छोटू की तरह हूं ताऊजी।"

"नहीं...नहीं..." ताऊजी नकारात्मक भाव से सिर हिलाते हुए बोले, "अपना जाया बेटा भी जब जवान हो जाता है तो...नहीं, नहीं, यह सब मुझे

पसंद ही नहीं।" शरद को बड़ा अजीब-सा लगा। फिर एकाएक प्रसंग बदलकर वे ताईजी से बोले, "अब तुम कुछ दूध-लस्सी का सिलसिला तो बिठाओ। और हां सुनो, छोटी-बड़ी बहू को कहो कि पन्ना के लिए ऊपर का कमरा तैयार कर दें।" शरद ने आवाज़ की बुलंदी और रोब को भीतर तक महसूस किया और उसे लगा कि ताऊजी केवल हुक्म ही दे सकते हैं। कभी इन्हें किसी के सामने याचना करनी पड़े तो? उस समय कैसा रहेगा इनका स्वर?

ताईजी लौट गईं। "मोटू-छोटू कहां हैं?" शरद को खुद आश्चर्य हुआ कि जिस बात को वह सबसे पहले पूछना चाहता था उसे इतनी देर तक कैसे टालता रहा। इस घर में आने का सबसे बड़ा आकर्षण तो उसके हम-उम्र मोटू-छोटू ही थे। बचपन की स्मृतियों को सजीव करने में उसे सबसे ज़्यादा मदद तो उन्हीं से मिलेगी।

"वे दोनों मंदिर गए हैं।"

मंदिर?

"हां, यहां पास ही है।" शरद के स्वर में लिपटा आश्चर्य का भाव वे शायद पकड़ नहीं पाए। उसी सहज भाव से बोले, "शाम को आरती के समय चाहो तो तुम भी चले जाना। बस आते ही होंगे, इतने में तुम भी नहा-धोकर निपट लो।"

शरद का मन हो रहा था कि किसी तरह एक प्याला चाय मिल जाए तो हिले-डुले। पर दूधर-लस्सी की बात सुनने के बाद उससे कुछ भी कहा नहीं गया।

वह उठा और बरामदे में रखे अपने बैग में से तौलिया, ब्रुश आदि निकाला और सूटकेस में से एक जोड़ी कपड़े। "वह नल है, वहां दातुन कर लेना; उधर ही पखाना और गुसलखाना है।" इशारे से बताकर ताऊजी फिर बैठक में चले गए। शरद कंधे पर तौलिया लटकाए, मुंह में पेस्ट लगा ब्रुश दबाए, दो मिनट यों ही निरुद्देश्य-सा देखता रहा। आंगन के बीचों-बीच पक्का चबूतरा बना हुआ है, जिसके ऊपर बने सीमेंट के गमले में तुलसी खूब फूल रही है। गमले के चौड़े से किनारे पर एक बुझा हुआ दीपक रखा है। आंगन के चारों ओर क़रीब पांच-छः फुट चौड़ा बरामदा-सा बना हुआ है और फिर कमरे।

तभी पायल की झनक से उसका ध्यान टूटा। गुलाबी-पीली साड़ियों में लिपटी, अपने को भरसक समेटती-सी, लंबा-लंबा घूंघट काढ़े दो महिलाएं हाथ में झाड़ू, दरी, सुराही आदि लिए बैठक के ठीक सामने की ओर बने जीने में घुस गईं। 'ये छोटू-मोटू की बहुएं होंगी' शरद ने अनुमान लगाया और एकाएक उसके सामने कुंतल का चेहरा घूम गया। बिना बांहों का ब्लाउज पहने और ऊंचा जूड़ा बांधे। जाने क्यों उसे भीतर-ही-भीतर हंसी आ गई।

वह गुसलखाने में नहा रहा था कि उसे बाहर आंगन में तीन-चार लोगों के पदचाप सुनाई दिए और फिर ताऊजी का स्वर, "अरे मोटू-छोटू, पन्ना आए हैं लखनऊ से। अभी नहा रहे हैं।" स्वर में उल्लास छलका पड़ रहा था।

"अरे हमारा बेटा चरणामृत लाया है...लाओ, लाओ...इत्ता बड़ा हो।" ताऊजी शायद किसी बच्चे से कह रहे थे।

एकाएक शरद के मन में मोटू-छोटू को देखने का कौतूहल जाग उठा। उसने जल्दी-जल्दी बदन पोंछकर पकड़े पहने और निकला तो—"अरे पन्ना भैया" और लपककर दोनों ने शरद के पैर छुए। पास खड़े ताऊजी मुग्ध भाव से भरत-मिलाप का यह दृश्य देखते रहे पर शरद बेहद संकुचित हो उठा। उसे ध्यान आया, उसने तो ताऊजी, ताईजी तक के पैर नहीं छुए। "ये लल्ला हैं, मोटू के बेटे और ये मुन्ना हैं छोटू के बेटे। पैर छुओ तो बेटा, ताऊजी के।" और ताऊजी ने हल्के-से बच्चों को शरद की ओर धकेल-सा दिया।

मोटू-छोटू डील-डौल में शायद उससे इक्कीस ही थे। चौड़े ललाट पर चंदन का टीका; दोनों के हाथ की कलाइयों में कलावा बंधा हुआ था। छोटू के गले में काली डोरी में बंधा ताबीज जैसा कुछ लटक रहा था। शरद उन्हें कुछ इस भाव से देखता रहा, मानो पहचानने की कोशिश कर रहा हो।

"आपने आने की कोई ख़बर नहीं दी भैया, वरना हम तांगा लेकर स्टेशन आ जाते।"

तीसरी बार भी यही बात सुनकर शरद को लगने लगा जैसे ख़बर न देकर सचमुच ही उसने कोई अपराध कर दिया हो।

दूध और लस्सी के गिलास क्रोशिए से बने जालीदार मेज़पोश से ढकी एक छोटी-सी टेबिल के चारों ओर रखे थे और बीच में एक प्लेटनुमा थाली में मठरी और बेसन के लडडू।

"तुम दूध लोगे या लस्सी? हमारे यहां इस मामले में छोटे से लेकर बड़े

तक सब मन के मालिक हैं। किसी को दूध चाहिए तो किसी को दूध की लस्सी; कोई दही की लस्सी के सिवाए कुछ छूता ही नहीं। सबकी फ़रमाइश पूरी करती हैं तुम्हारी ताईजी।" अपने घर की सारी व्यवस्था को लेकर ताऊजी कुछ अतिरिक्त उत्साह में आए हुए थे।

'मन के मालिक' होने का सहारा पाकर शरद ने झिझकते-से स्वर में कहा, "यदि दिक़्क़त न हो तो मैं चाय लेना..."

"ऐसी गर्मी में चाय?" ताऊजी ने बीच में ही बात काट दी।

"दिक़्क़त की तो कोई बात नहीं, पर यह भी कोई चाय का मौसम है भला?"

"चाय तो शरीर को झुलसा देती है भैया।" छोटू बोला।

"हल्के क़िस्म का नशा ही है, लत लग गई है तो फिर सर्दी-गर्मी क्या?" यह मोटू का फ़तवा था। ताऊजी ने दोनों की बात का समर्थन करते हुए प्रसन्न मुद्रा में सिर हिलाया और फिर फ़ैसला सुनाने के ढंग से कहा, "इनके लिए गरम-गरम दूध लाओ जी। यहां पानी मिला बाज़ार का दूध नहीं है, घर की भैंस का दूध है। चाय पिलाकर तुम्हारी सेहत बिगाड़नी है?" और उन्होंने तृप्तियुक्त आनंद से मोटू-छोटू के भरे-पूरे शरीरों को देखा।

शरद के भीतर कुछ उमड़ा जिसे उसने भीतर ही दबा लिया।

"क्यों भैया, आप यहां क्या ऑफ़िस के काम से आए हैं?"

"ऑफ़िस? ऑफ़िस तो मेरा कोई है नहीं।" ताईजी ने दूध का गिलास शरद के हाथ में पकड़ा दिया था, उसकी ओर घूमते हुए उसने कहा और उसे लगा कि अब वही प्रसंग आनेवाला है जिससे वह ऐसे काम-काजी लोगों के बीच बचना चाहता है। वह मन-ही-मन अपने को साधने लगा। "आप शायद अपना ही कोई धंधा करते हैं।" हथेली से दूध की सनी मूंछों को साफ़ करे हुए मोटू ने जिज्ञासा प्रकट की।

शरद की समझ में ही नहीं आया कि वह क्या कहे। गोद में बैठे अपने दो-तीन साल के पोते के मुंह में मठरी का चूरा देते हुए ताऊजी ने पूछा, "तुम आजकल वैसे कर क्या रहे हो?"

दूध का घूंट जैसे-तैसे सटककर आख़िर उसने कह ही डाला, "जी बस, यों ही कुछ लिखने-विखने का शौक है।"

"सो तो तुम्हारा शौक हुआ। मैं शौक की बात नहीं, काम की बात पूछ रहा हूं।" दोनों हथेलियों को आपस में फट-फट करके आपस में रगड़ते हुए उन्होंने मठरी का चिपका हुआ चूरा साफ़ किया। जाने क्यों शरद को लगा कि उसके कुछ कहने के साथ ही ये हथेलियां इसी तरह उसकी पीठ फटकारने लगेंगी। कुछ भिनभिनाते से स्वर में बोला, "बस अपना तो काम भी यही है।"

"पर आमदनी का भी तो कोई जरिया होगा या नहीं?" ताऊजी के चेहरे पर असंतोष का भाव बढ़ता ही जा रहा था। इतनी देर तक शरद अपने लेखक को भीतर-ही-भीतर दबाए स्वयं बोल रहा था, अब जैसे एकाएक उसका लेखक उभर आया। सारा संकोच और दुविधा एक किनारे रखकर वह कुछ ढिठाई के-से स्वर में बोला, "बहुत पैसा कमाने की या जोड़ने की अपनी कोई इच्छा नहीं है, गुजारे लायक इसी से हो जाता है।" और उसने पैर थोड़े सामने को फैलाकर पीठ कुर्सी पर टिका दी। मानो पूरी तरह मोर्चे पर जम गया हो कि लो बोलो, क्या कर लोगे मेरा!

पर शायद ताऊजी पर शरद के इस लहज़े का कोई खास प्रभाव नहीं पड़ा। तैश में बोले, "नो-नो..., यह भी कोई बात हुई भला? रामेश्वर ने हाड़ पेल-पेलकर तुम्हें एम.ए. करवाया, अब उनके बुढ़ापे में तुम अपना शौक लेकर बैठ जाओ।" फिर स्वर को ज़रा मुलायम बनाकर बोले, "देखो बेटा, बुरा मत मानना पर तुम्हारे सोचने का यह तरीक़ा ही ग़लत है।"

"हां भैया, देखिए न, आदमी होकर बस अपना पेट भरने का जुगाड़ कर लिया...यह तो कोई बात नहीं हुई न?" और समर्थन पाने के लिए मोटू ने ताऊजी की ओर देखा। समर्थन में छोटू का सिर धीरे-धीरे हिल रहा था। खिन्न स्वर में ताऊजी ने कहा, "कुछ समझ में ही नहीं आता...लगता है रामेश्वर ने जैसे अपने घर का सारा सिलसिला ही बिगाड़ लिया। अब यहां होते तो..."

कोई और समय होता तो पता नहीं शरद क्या कर बैठता। कम-से-कम अपना सामान लेकर चल तो पड़ता ही। पर इस समय वह केवल मंद-मंद मुस्कराता रहा। मुग्ध भाव से सुनने और दाद देने का पार्ट अदा करते हुए मोटू-छोटू और वक्ता ताऊजी...उसके मन में एक विस्मयपूर्ण कौतुक के अतिरिक्त और कोई भाव नहीं आ रहा था।

तभी घड़ी ने टन-टन करके आठ बजाए। घंटों की आवाज़ से ही ताऊजी कुछ याद करते से बोले, "ओ होऽऽ—मैं तो भूल ही गया। चौधरी साहब के यहां आज साढ़े आठ बजे लगन चढ़नेवाला है। मोटू, तुम जल्दी से तैयार होकर चले जाओ। दो रुपए देते आना...और देखो, लिखवा ज़रूर देना।"

मोटू चला गया तो ताऊजी ने ज़रा-सा तिरछे खड़े होकर तहमद खोली और क़ायदे से धोती पहन ली और बाहर की ओर मुंह करके बोले, "ये बर्तन ले जाना यहां से।" फिर छोटू की ओर देखकर बोले, "लिखने-लिखाने का शौक हमारे इन छोटू साहब को भी चर्राया था एक ज़माने में। अरे, ये जब पेट में थे तो तुम्हारी ताईजी तुम्हें बहुत खिलाया करती थीं, सो तुम्हारी ही छाया पड़ गई होगी।" और फिर अपनी ही बात पर हो-हो करके हंस पड़े। "सो भैया, हमने तो शुरू में ही ठीक कर दिया। क्यों छोटू, याद है न?"

छोटू कुछ ऐसे झेंपा मानो सबके सामने उसकी पोल खोल दी हो। धरती में नज़र गड़ाए धीरे से बोला, "वह बचपने की बातें थीं।"

"हांऽऽ, अब तो बचपने की बातें लगती ही हैं। पर उस समय..."

"पिताजी, ऊपर का कमरा ठीक कर दिया।" एक तेरह-चौदह साल की लड़की साड़ी पहने, गठरी-सी बनी दरवाज़े पर आकर खड़ी हो गई। ताऊजी ने उसे बिना भीतर बुलाए ही कहा, "पन्ना, ये बिट्टी हैं, तुम्हारी सबसे छोटी बहन। पिछले साल आठवां दर्जा पास किया था, अब घर का कामकाज सीख रही है। अगले साल तक या हो सका तो आती सर्दियों में ब्याह कर देंगे।"

बिट्टी इस प्रसंग पर सुर्ख होती हुई भाग गई। "छोटू, पन्ना को कमरे में पहुंचा दो, और देख लो इन्हें किसी चीज़ की ज़रूरत तो नहीं है।" फिर उससे बोले, "देखो बेटा, यहां संकोच करने की ज़रूरत नहीं है! यह तुम्हारा अपना ही घर है। और देखो, हमारी किसी बात का बुरा मत मानना। क्या करें, तुम लोगों को पराया नहीं समझ पाते सो जो कुछ बुरा लगता है, कह देते हैं।"

"नहीं...नहीं..." शरद ने उठते हुए कहा।

सीढ़ियां चढ़ते हुए उसने सुना, "छोटू, लौटकर तुम हिसाब तैयार कर लेना।" आदेश देते हुए ताऊजी का स्वर मिलिट्री के अफ़सर जैसा लगता है, कमांड करता हुआ। ऊपर पहुंचकर शरद ने देखा, बड़ी-सी खुली छत है, जिसके एक ओर एक कमरा बना हुआ है और दूसरी ओर टीन के शेड के नीचे सीमेंट की बोरियां चिनकर रखी हुई हैं।

"सीमेंट का भी कोई कारोबार है क्या?" शरद ने पूछा तो छोटू झेंपता-सा बोला, "नहीं-नहीं। ऊपर की मंजिल बनवानी है, इसी सप्ताह काम शुरू करवाना है। सीमेंट की तो ऐसी दिक्कत है कि बस। बड़ी मुश्किल से भाग-दौड़ करके इकट्ठी की हैं।"

शरद उसे ग़ौर से देख रहा था। कैसी गंभीरता और ज़िम्मेदारी से बात करता है। उसकी पीठ पर धपू मारकर हंसते हुए बोला, "यार छोटू, तुम तो अभी से अच्छे-खासे बुजुर्ग बन गए।"

छोटू, झेंप गया।

"और यार, कुछ अपने हालचाल सुनाओ। तुम तो लड़कियों की तरह झेंप रहे हो।"

"नहीं तो। बस सब ठीक चल रहा है।" फिर सीधे शरद की ओर देखकर बोला, "शाम को दुकान की तरफ़ आइए न!"

"किसकी दुकान है?"

"प्रोविज़न और जनरल स्टोर है। यहां का तो सबसे बड़ा स्टोर है।" शरद को लगा जैसे वह अपना स्टोर दिखाने के लिए बहुत उत्सुक है। शायद चाहता है कि शरद देख ले कि...

"अच्छा चलूं? आप देख लीजिए सब ठीक तो है न?"

"सब ठीक है यार, तुम बैठो न थोड़ी देर। तुमसे तो बहुत-सी बातें करनी हैं।" लापरवाही से शरद बोला।

"ज़रा हिसाब ठीक करना था। आप तो अभी यहां हैं ही, खूब बातें करेंगे।" छोटू उठ खड़ा हुआ। शरद लौटते हुए छोटू को कुछ इस भाव से देखता रहा मानो उसे पहचानने की कोशिश कर रहा हो। फिर उसने अपना कमरा देखा। एक खाट पर बिस्तर लगा था, जिस पर साफ़ कढ़ी हुई चादर बिछी हुई थी। एक कोने में छोटी-सी टेबल और टीन की कुर्सी। सच, इस तरह की कुर्सियों को तो वह भूल ही चुका था। खिड़की पर सुराही रखी थी, पास में गिलास। नीचे दरी बिछी थी। दीवार के सहारे उसका सामान रखा था। ओह, उसे ख़याल ही नहीं रहा, इसे कौन उठाकर लाया होगा? मोटू-छोटू की बहुएं। अपनी लापरवाही पर उसे क्षोभ हुआ।

उठकर उसने दरवाज़े पर लगी चिक को गिरा लिया। कमरे में हल्का-सा

अंधेरा हो गया। जब पूरी तरह आश्वस्त हो गया कि अब वह अकेला है तो बैग में से निकालकर उसने सिगरेट सुलगाई। चाय न मिली तो यही सही और इत्मीनान से धुआं छोड़ते हुए वह मन-ही-मन मुस्कराया।

कभी कुंतल यहां आए तो? वह तो ताऊजी को देखकर सीधे ही कह बैठे, "बुढ़ऊ क्रैक है।" उसके होंठ और फैल गए। आज रात को कुंतल को पत्र लिखेगा।

शाम को निकला शरद घर लौटा तो रात के नौ बजे थे। सारे समय वह उन स्थानों पर घूमता रहा जहां उसने बचपन के दिन बिताए थे, और जिनकी उजली-धुंधली अनेक स्मृतियां उसके मन में लिपटी थीं। छोटे रास्ते से जाने पर बीच में पड़नेवाला वह नाला, उसके पास लगे इमली और जामुन के पेड़ आज भी ज्यों-के-त्यों थे। मोटू-छोटू और वह जामुन तोड़ने में इतने मगन हो जाते थे कि स्कूल में देर हो जाती थी और गणित के काने मास्टरजी उन तीनों को सज़ा देकर बैंच पर खड़ा कर दिया करते थे। जब वे तिरछे होकर बोर्ड पर सवाल समझाते होते तो बैंच पर खड़ा-खड़ा छोटू जीभ निकालकर और मुक्का दिखा-दिखाकर उन्हें चिढ़ाया करता था। उस समय कैसे भीतर से उमड़ती हुई हंसी को जबरन होंठों में ही दबाना पड़ता था।

इम्तिहान में हमेशा तीनों एक-दूसरे की नकल किया करते थे। पतंग उड़ाना, सोडे की बोतलों को पीस-पीसकर मांजा सूतना, घंटों गिल्ली-डंडे और गोलियां खेलना, छिपकर ताऊजी की बीड़ी पीना, मंदिर में से पैसे उठाकर ले आना। हर प्रसंग की अनेक-अनेक घटनाएं उसकी स्मृति में लिपटी थीं। छोटू शुरू से ही ज़्यादा शरारती था। दिन में दो-तीन बार वह ताऊजी से ज़रूर पिटता था। पिताजी बचाते तो ताऊजी उन्हीं पर बरस पड़ते..."छोड़ दे रामेश्वर, इस समय ढील दी तो आवारा हो जाएगा यह।"

बचपन की उन्हीं सब बातों को, उन्हीं स्थानों के बीच, एक बार फिर से सजीव करने के उद्देश्य से ही वह यहां आया था। पर जाने क्यों सारे दिन उसे यही लगता रहा कि बचपन की स्मृतियों के नाम पर उसने जो कुछ भी अपने मन में अंकित कर रखा है, उसमें से कुछ भी नहीं मिलेगा। शायद वह सोचता बहुत है और सोचने की इस प्रक्रिया में बहुत-सी काल्पनिक चीज़ें भी जोड़ता चलता है। पर जब वे सारे-के-सारे स्थान हल्के से परिवर्तन के साथ ज्यों-के-त्यों मिल गए तो उसे बड़ा सुखद आश्चर्य हुआ। यहां तक कि हरखू

मोदी की वह दुकान भी मिली जहां से वे तीनों उधार लेकर चने-मूंगफली खाया करते थे और जब यह बात घर पहुंचती थी तो पिटते थे। बूढ़ा हरखू एक आंख पर हरे फ्लैनल की थिगली-सी लटकाए उससे मिलकर बड़ा प्रसन्न हुआ। उसने आज भी चने खरीदे तो हरखू ने पैसे नहीं लिए।

"तुम्हारा बेटा कहां गया?"

"भैया, लल्लन ने तो शहर में नौकरी कर ली। मुझको भी बुलाता है पर अपना तो जब तक शरीर चलता है, अपनी दुकान भली।"

रात को वह लौटा तो घर में सन्नाटा छाया हुआ था।

पहले दिन उसके खाने-पीने और सोने की अनियमितता की अभिभावात्मक ढंग से आलोचना करने के बाद ताऊजी ने 'चार दिन को आया है' कहकर उसे स्वीकार भी कर लिया था। पर बाहर जाने से पहले वे एक बार अवश्य ऊपर आते थे। "क्यों बेटा, किसी चीज़ की ज़रूरत तो नहीं है न?" से शुरू होकर बात काफ़ी आगे तक चलती थी। उस समय ताऊजी सफ़ेद ब्रिचिस और बंद गले का सफ़ेद कोट पहने रहते, जिसमें मीने के काम के सोने के बटन लगे होते। सिर पर कलफ़दार साफ़ा। शरद के मन में ताऊजी का यही रूप अंकित था, केवल चेहरा कुछ अधिक चिकना और शरीर कुछ अधिक कसा हुआ। उनके हाथ में क़रीब दो फुट लंबा, गोल लकड़ी का डंडा रहता, जिसके एक सिरे पर जीभ के आकार का कटा हुआ चमड़े का एक टुकड़ा लटकता रहता। वह डंडा हिला-हिलाकर बात करते तो बहुत रोकने पर भी शरद का मन बात से ज़्यादा चमड़े की लपलपाती उस जीभ पर चला जाता।

बात हमेशा उसके परिवार से शुरू होती और फिर अनायास ही ताऊजी के अपने परिवार पर आ जाती।

"तुम लोग तो लड़के हो, पर यह बताओ उस हीरा को क्यों कुंआरी बिठा रखा है? छब्बीस की तो होगी? और क्या लल्ली से दो बरस बड़ी है। जानते हो, लल्ली के तीन बच्चे हैं।" और फिर वे शरद की ओर कुछ इस भाव से देखते मानो उसके तीन बच्चे होना बहुत बड़ी उपलब्धि हो। शरद मुस्कराता-सा कहता, "वह अब डॉक्टर हो गई है—बड़ी और समझदार है। उसका अपना व्यक्तित्व है..."

"अब तो हो ही गई बड़ी, पर पेट में से तो डॉक्टर होकर नहीं निकली थी।" ताऊजी भभकते, फिर बड़े खेद और असंतोष से सिर हिलाते हुए कहते, "हमारी तो कुछ समझ में ही नहीं आता कि रामेश्वर ने यह सारे घर का सिलसिला क्यों बिगाड़ रखा है। लड़कियों को कहीं यों छूट दी जाती है? लगता है रामेश्वर ने बच्चों की तरफ़ से आंख मूंद ली है। कच्ची उमर में बच्चों का भविष्य उनके हाथ में छोड़ देने से तो ऐसा ही होता है।" फिर एकाएक स्वर को गिराकर बोले, "तुम विश्वास नहीं करोगे, छोटू ने इस घर में कम तुफैल नहीं मचाए थे। मैट्रिक में फर्स्ट पोजीशन क्या आ गई, अपने को लाटसाहब ही समझने लगा था। आगे पढ़ने के लिए बाहर जाएंगे, घर में नहीं रहेंगे, दुकान पर नहीं बैठेंगे।" फिर एकाएक वे कुछ आत्मीय बातें करने के मूड में आ गए। ज़रा सामने झुककर, शरद को विश्वास में लेते से बोले, "प्रेम-व्रेम के चक्कर में भी पड़ गए थे। वो बावेला मचाया घर में कि बस। कोई कायस्थों की छोकरी थी, आवारा-सी।" एकाएक शरद की जिज्ञासा जागी, पर पता नहीं उन्होंने शरद के सामने वह सब कहना उचित नहीं समझा या कि वह प्रसंग दोहराना ही उन्हें अरुचिकर लगा सो उन्होंने बात को वहीं तोड़कर उसका सार निचोड़कर सुना दिया, "सो भैया, घर है तो ऊंच-नीच तो लगी ही रहती है। जमाने की हवा है तो बच्चे उससे अछूते थोड़ी ही रहते हैं, पर घर का जमा-जमाया एक सिलसिला हो तो सब ठीक हो जाता है। बच्चे जब भटकने लगें उस समय भी यदि उन्हें ठीक से गाइड न कर सकें तो लानत है हमारे मां-बाप होने पर।" और एकाएक ताऊजी ने डंडा मेज़ पर जमाया तो चमड़े की वह जीभ एक बार फिर हवा में लपलपा उठी। शरद को लगा कि प्रतिवाद करने के लिए यदि उसने चूं भी की तो यह जीभ उसे निगल ही लेगी।

पुराने एसोसिएशंस ताजा होते ही शरद को जैसे लिखने का मूड आ गया। देखे हुए स्थानों का एक-एक डिटेल वह अपनी डायरी में नोट करने लगा। सिनेमा के ट्रेलर की भंति नीचे से मोटू-छोटू और ताईजी की बातों के प्रसंगहीन टुकड़े उसके कानों में पड़ते रहते। 'अम्मा,' महादेव जी के मंदिर में एक बड़े चमत्कारी महात्मा आए हैं, उन्हीं से लेकर ताबीज बांधो, वैद्य-हकीमों से यह

गठिया नहीं जाएगी'...'मोटू भैया, हाथरसवालों को मैंने जवाब दे दिया कि बिना जायचा जुड़ाए तो हम संबंध नहीं कर सकेंगे'...'शंकरलाल के लड़के ने किसी बंगालिन से शादी कर ली...मां-बाप बेचारे झक मार रहे हैं?...'हरदेई चाची के मरने पर बेटों ने कह दिया हम तेरहवीं नहीं करेंगे।'...'सीमेंट के बीस थैलों का इंतजाम और हो गया है, अब काम शुरू करवा देना चाहिए...मजदूरों के दिमाग़ भी आजकल आसमान पर चढ़ रहे हैं...'

पर जैसे ही ताऊजी आते, सारे घर में उनका स्वर गूंजने लगता और बाकी स्वर जैसे उसी में डूबकर रह जाते..."मैं कहता हूं, इन लल्ला, मुन्ना को तो कुछ सिखाया करो, औंधे लेटकर पढ़ रहे हैं, यह कोई ढंग है पढ़ने का? तुम लोगों को हमने होशियार कर दिया, अब इन्हें तो तुम देखो-भालो!" दुनिया-भर के आदेश, दुनिया-भर की हिदायतें।

"आज बाहर नहीं गए?" ऊपर चढ़ते हुए ताऊजी ने पूछा।

"बस यों ही कुछ लिखने बैठ गया।" पेन बंद करके कुर्सी से ज़रा-सा उठते हुए शरद ने दरवाज़े पर खड़े ताऊजी का स्वागत किया।

"शाम को सब लोगों से मिल-मिला आता हूं, इसी बहाने थोड़ा घूमना भी हो जाता है।"

शरद चुप रहा और वे बाहर छत की ओर देखने लगे। धूप छत पर से कभी की सिमट चुकी थी, इस समय हवा में थोड़ी ठंडक भी आ गई थी। "हवा यहां खूब चलती है।" फिर एक मिनट ठहरकर पूछा "रामेश्वर मकान-वकान बनवा रहा है या नहीं?" शरद को लगा अब वे अपने मकान की बात करेंगे।

"हमने तो भाई, सिर छिपाने और पैर टिकाने के लिए यह मकान बनवा लिया।" होंठ दबा लेने के कारण शरद की हंसी मुस्कराहट बनकर रह गई।

"कुछ भी हो, अपने मकान की होड़ नहीं, क्यों?"

समर्थन के अतिरिक्त शरद के पास कोई चारा नहीं था।

"दो कमरे छोटू के लिए, दो मोटू के लिए। बिलकुल अलग। अब न किसी का लेना, न देना। साथ रहकर भी हमारे यहां सब स्वतंत्र हैं। मैंने नियम बना दिया है कि रात नौ बजे के बाद कितना ही ज़रूरी काम हो, बेटे और बहुओं को उनके कमरों से नहीं बुलाया जाएगा। फिर काम भी

ऐसा बांट रखा है कि झगड़े की कोई बात नहीं।" फिर गर्दन ज़रा आगे की ओर झुकाकर पूछा, "तुम्हें आए तीन दिन हो गए, कभी देखा तुमने बहुओं को लड़ते हुए? सुनी उनकी तू-तू मैं-मैं?"

शरद को पहली बार ख़याल आया कि उसे तो आज तक यह भी नहीं मालूम पड़ा कि मोटू की बहू कौन-सी है और छोटू की कौन-सी। उसके कमरे की खिड़की से नीचे के आंगन का जो थोड़ा-सा भाग दिखाई देता है, वहीं से उसे कभी-कभी रंगीन साड़ियों की झलक मिल जाती है, न भी मिलती है तो दूसरे दिन आंख खुलते ही सामने तार पर फैली हुई साड़ियों से वह अनुमान लगा लेता है कि कल ये ही साड़ियां उनके शरीरों पर रही होंगी।

"सो भैया, हमने तो शुरू से ही ऐसा सिलसिला बिठा दिया कि झगड़े-टंटे की कोई गुंजाइश ही नहीं।" फिर सामने रखी सीमेंट की बोरियों की ओर देखकर बोले, "भाग-दौड़ करके सीमेंट इकट्ठी की, कि अपने रहते-रहते ऊपर की मंजिल भी बनवा दूं। कौन जाने आगे क्या हो? यों भी अब छोटू-मोटू के बच्चे बड़े हो रहे हैं। मैंने तो इसी इरादे से ये छतें छोड़ दी थीं, बच्चे जब तक छोटे रहें, खेल-कूद लें, बड़े होने लगें तो सिर पर छतें डलवा दो, कमरे बन गए।" और अपनी ही दूरदर्शिता पर वे मंद-मंद मुस्कराते रहे। फिर एकाएक उठते हुए बोले, "कौन जाने इनके बड़े होने तक हम जिंदा भी रहेंगे या नहीं, सो सिलसिला बिठा ही दूं।"

आंख खुलते ही शरद ने पहली बात सोची कि आज वह चल देगा। दो बार जोर की अंगड़ाई लेकर वह छत पर निकला तो देखा, सारी छत पर धूप फैली हुई है। सामने सीमेंट की बोरियों के चारों ओर ईंटों के ढेर लगा दिए गए हैं। ज़रा-सा नीचे झांका तो देखा कि छोटू कमर में पांयचे खोंसे, कमीज़ की बांहें मोड़, हाथ में पानी की बाल्टी लिए खड़ा है और फेंटा-सा कसे बिट्टी सींक की झाड़ू से 'शटाक्-शटाक्' करती आंगन धो रही है। शरद को देखते ही बोला–

"उठ गए पन्ना भैया? आइए आप जल्दी से निपट लीजिए, आपका नाश्ता रखा है।"

"बड़े जोरों से धुलाई हो रही है।" शरद के नीचे उतरते ही बिट्टी सिमटकर

एक ओर खड़ी हो गई। दोनों बच्चे लोटे भर-भरकर पानी डाल रहे थे।

"आज मकान का मुहूर्त है सो सत्यनारायण की कथा करवाई है। कल से ऊपर की मंजिल का काम शुरू हो जाएगा। आप बाहर निकलें तो जल्दी आइएगा भैया।" छोटू के स्वर में उत्साह जैसे छलका पड़ रहा था।

"आज तो यार, हम जाने की साचे रहे हैं।"

"नहीं भैया, शंकर पंडित की कथा सुनने तो लोग दूर-दूर से आते हैं। आप कल जाइएगा।"

दूसरे दिन शरद कमरे में अपना सामान ठीक कर रहा था। बाहर छत पर मजदूर गीली सीमेंट की तगारियां भर-भरकर दूसरी ओर ले जा रहे थे। धोती की तहमद बांधे ताऊजी खड़े-खड़े उसी कमांडरी लहज़े में आदेश देते जा रहे थे और मुन्ना ईंट के ढेर पर खड़ा होकर चहक रहा था, "देखो लल्ला भैया, हम कित्ते ऊंचे पहाड़ पर...यहां से तो हम आसमान को भी छू लेंगे।

'एक प्लेट सैलाब' संकलन से

नई नौकरी

टाई की नॉट ठीक करते हुए कुंदन आदेश देता जा रहा था—"सोफ़े का कपड़ा कम पड़ गया है, तुम खुद लाकर दे देना। इनके ज़िम्मे कर दिया तो समझो सब चौपट। दरवाज़े खिड़कियों का वार्निश आज ज़रूर पूरा हो जाना चाहिए और देखो, प्लंबर, आएगा तो जहां-जहां के नल और पाइप खराब हों, सब ठीक करवा लेना।"

रमा पीछे खड़ी सामने के आईने में पड़ते कुंदन के प्रतिबिंब को देख रही थी। उसे लग रहा था नई नौकरी के साथ कुंदन की सारी पर्सनेलिटी ही नहीं, बात करने का लहजा तक बदल गया है। कितना आत्मविश्वास आ गया है सारे व्यक्तित्व में। रौब जैसे टपका पड़ता है।

होंठों के कोनों में चुरुट दबाए, जाने से पहले उसने सारे घर का एक चक्कर लगाया। यह भी रोज़ का एक क्रम हो गया था। पीछे के बरामदे में दर्जी सोफ़े के कवर्स सिलाई कर रहा था। कुछ दूर खड़ा मिस्त्री, छोटे-छोटे टिनों में वार्निश तैयार करते लड़के को कुछ आदेश दे रहा था। कुंदन को देखकर उसने सलाम ठोका। "अब्दुल मियां, काम आज पूरा हो जाना चाहिए, तुम्हारा काम बहुत स्लो चल रहा है।"

"काम भी तो देखिए सरकार! समय चाहे दो दिन का ज़्यादा लग जाए, पर आपको शिकायत का मौक़ा नहीं दूंगा। मैं साहब काम की क्वालिटी पर..."

"अच्छा...अच्छा..." कुंदन लौट आया। ड्राइंग-रूम के पार्टीशन पर नज़र पड़ते ही कहा—" 'इन्टीरियर-डेकोरेटर्स' वालों के यहां फ़ोन ज़रूर कर देना। यह पार्टीशन बिल्कुल नहीं चलेगा। डिज़ाइन क्या बताया था, बनवा क्या दिया, रबिश।"

कुंदन गाड़ी में बैठा। रमा पोर्टिको की सबसे निचली सीढ़ी पर खड़ी थी। उसे लगा, जाने से पहले एक बार वह फिर सारे आदेशों को दोहराएगा, पर नहीं। गाड़ी स्टार्ट करके, खिड़की से ज़रा-सा हाथ निकालकर हल्के से हिलाते हुए कहा—"अच्छा, बा...बाई,' तो उसे ख़याल आया कि यह तो उसकी आदत थी कि गाड़ी में बैठकर चलने से पहले वह नौकर के सामने बताए हुए सारे काम फिर से दोहरा दिया करती थी।

तब कुंदन हंसता हुआ कहता था—"बस भी करो यार, अब कितनी बार दोहराओगी। तुम इतनी बार कहती हो इसी से वह गड़बड़ा जाता है।"

गाड़ी लाल बजरी की सड़क पर तैरती हुई फाटक से बाहर निकली और दूर होती हुई अदृश्य हो गई।

रमा को लगा जैसे कुंदन उसे पीछे छोड़कर आगे निकल गया है...बहुत आगे। जैसे वह अकेली रह गई है। एक महीने पहले वह भी कुंदन के साथ ही निकला करती थी, कुंदन उसे कॉलेज छोड़ता हुआ ऑफ़िस जाया करता था। पर अकेलेपन की यह अनुभूति तभी तक रहती जब तक वह पोर्टिको में खड़ी रहती। जैसे ही फ्लैट का दरवाज़ा खोलकर वह भीतर घुसती—लक-दक फ़र्नीचर, शीशों के दरवाजों और खिड़कियों पर झूलते लंबे-लंबे परदे, मिस्त्रियों की खटपट, नए-नए डिस्टेम्पर और वार्निश की हल्की-सी गंध के बीच न जाने कहां डूब जाती।

काम की एक लिस्ट उसके पास होती, जिन्हें उसे पूरा करना होता; काम करते मिस्त्रियों को देखना होता; मार्केट के दो-एक चक्कर लगाने होते...और यह सब करते-करते ही शाम हो जाती! ट्रिंग-ट्रिंग...ट्रिंग-ट्रिंग...

फ़ोन उठाकर उसने नम्बर बोला, "कौन, मिसेज़ बर्मन? कहिए-कहिए, क्या ख़बर है?"

मिसेज़ बर्मन शिकायत कर रही थीं, "कॉलेज छोड़े महीना होने आया, एक बार सूरत तक नहीं दिखाई। आउट ऑफ साइट..."

"अरे नहीं-नहीं," रमा ने बात बीच में ही काट दी। उसने थोड़ा-सा झुककर कोहनी मेज़ पर टिका ली। उलटे हाथ में पैंसिल लेकर वह फ़ोन का संदेशा लेने के लिए जो पैड रखा था, उस पर यों ही आड़ी-तिरछी लकीरें खींचने लगी।

“आज लंच के समय आओ न, साथ बैठकर खाएंगे। तुम्हारे चले जाने से हमारा डिपार्टमेंट तो सूना ही हो गया। लंच के समय तो तुम्हें बहुत ही मिस करते हैं और एक तुम हो कि जाने के बाद ख़बर तक नहीं ली...”।

“क्या बताऊं, इस नए घर को ठीक कराने के चक्कर में इतनी व्यस्त रही कि उधर आ ही नहीं सकी। अच्छा यह बताइए सुधा, मालती, जयंती सब कैसी हैं?”

“कहा न, आज आ जाओ। सबसे मिल भी लेना, खाना भी साथ खाएंगे।”

“आज?” और एक क्षण को मन के भीतरी-स्तर पर आज के सारे कामों की लिस्ट तैर-सी गई—“आज तो संभव नहीं होगा मिसेज़ बर्मन!” क्षमायाचना के-से स्वर में वह बोली, “बस एक सप्ताह और ठहर जाइए, फिर अपने इस नए घर की पार्टी दूंगी...देखिए अपनी रमा का कमाल...देखेंगी तो समझेंगी कि एक महीने तक क्या करती रही।” फिर और दो-चार इधर-उधर की बातें और हल्की-फुल्की-सी मज़ाकें हुईं और रमा ने फ़ोन रख दिया।

फ़ोन रखने के बाद नए सिरे से इस बात का बोध हुआ कि कॉलेज छोड़े उसे अट्ठाइस दिन हो गए। जाना तो दूर, उसे कभी ख़याल भी नहीं आया वहां का। आश्चर्य के साथ-साथ उसे थोड़ी-सी ग्लानि भी हुई : वह क्यों नहीं गई, कैसे रह सकी बिना गए। आज बर्मन का फ़ोन नहीं आता तो पता नहीं और भी कितने दिनों तक उसे उधर का ख़याल ही नही आता। क्या सचमुच वह बड़े अफ़सर की बीवी बन गई है? उसे मज़ाक में कसा हुआ जयंती का रिमार्क याद आया।

एकाएक मन हुआ कि अभी चल पड़े। एक बार सबसे मिल ही आए। मना करने के बाद पहुंचकर वह सबको प्लेज़ेंट सरप्राइज़ देगी। उसने रसोई में जाकर दस-बारह आलू के परांठे और चाट तैयार करने को कहा। ये दोनों चीज़ें वहां सबको बहुत पसंद थीं। सारे डिपार्टमेंट में वह और मिसेज़ बर्मन ही विवाहित थीं...बाकी सब कॉलेज हॉस्टल में रहती थीं और अच्छी-अच्छी चीज़ें खाने की उनकी फ़र्माइशें बनी ही रहती थीं।

उसे अपनी फ़ेयरवैल पार्टी की याद आई साढ़े दस साल की सर्विस थी। प्रिंसिपल ने अनेकानेक शुभकामनाओं के साथ फूलों के बड़े-से गुलदस्तों के बीच पार्कर पेन का एक सैट रखकर दिया था—“मिसेज़ चोपड़ा, आप

इसी पेन से अपनी थीसिस पूरी करिए। जब भी वापस काम करने का मन हो, बिना किसी संकोच के चली आइये, यहां आपका हमेशा ही स्वागत है।" उसके डिपार्टमेंट की सभी लेक्चरर्स गाड़ी तक छोड़ने आई थीं—"भई रमाजी, कॉलेज भले ही छोड़ दीजिए, पर लंच के समय खाना लेकर ज़रूर आ जाया करिए' तो उसकी नम आंखों में भी हंसी चमक उठी थी। तब उसे कुंदन की बात याद हो आई थी—"तुम वहां पढ़ाने जाती हो या खाने! फ़ोन पर भी जब तुम लोगों की बातें होती हैं तो खाना ही डिस्कस होता है।" उसने केवल उन लोगों से ही नहीं कहा था, बल्कि मन में भी सोचा था कि लंच के समय वह कॉलेज चली ही जाया करेगी। आखिर उसे भी तो अपने को कॉलेज से एकदम काट लेने में काफ़ी कष्ट होगा...इस तरह धीरे-धीरे तो फिर भी...

तो क्या कुंदन ने ठीक ही कहा था? कॉलेज छोड़ने का निर्णय लेकर वह चुपचाप रो रही थी और कुंदन उसे समझा रहा था—मैं कह रहा हूं, तुम्हें क़तई अकेलापन नहीं लगेगा, तुम ज़रा भी कमी महसूस नहीं करोगी; रादर यू बिल फ़ील रिलीव्ड। कितना स्ट्रेन है तुम पर आजकल!

कुंदन को एकाएक विदेशी कंपनी में इतनी बड़ी नौकरी मिल जाएगी, इसकी आशा औरों को चाहे रही भी हो, कुंदन को बिल्कुल नहीं थी। डॉ. फ़िशर से पिछले आठ-साल से उसके संबंध थे, विशुद्ध व्यावसायिक संबंध। उनकी प्रशंसा और सद्व्यवहार को भी वह व्यावसायिक औपचारिकता से अधिक कुछ नहीं मानता था पर...

दस-बारह दिन तक केवल जश्न ही मनाया था रमा और कुंदन ने। पैसे की उसे इतनी लालसा नहीं थी, पर मारवाड़ी कन्सर्न का काम उसके टेम्परामेंट के बिल्कुल अनुकूल नहीं था। रमा इस नए माहौल से नितांत अपरिचित नहीं थी—क्लब, डांस, डिनर, कॉक्टेल यह सब वह बचपन से देखती आई थी, पर बस देखती ही आई थी, उसमें अपने को कभी घुला नहीं पाई थी।

डॉ. फ़िशर ने कुंदन को नौकरी ही नहीं दी थी, धीरे-धीरे वे उसकी सारी ज़िंदगी का पैटर्न भी तय कर रहे थे। उसे दो-तीन क्लबों का मेम्बर बनना पड़ा। आए दिन दूसरी कम्पनियों के बड़े-बड़े अफ़सरों को एंटरटेन करना पड़ता। विदेशियों को हिंदुस्तानी खाना खिलाने के बहाने उसे घर में भी बड़ी-बड़ी पार्टियां करनी पड़तीं और तीन महीने पहले उसे कंपनी की ओर

से यह फ्लैट मिल गया। उसने सोचा, वह अपने इस नए घर को निहायत ही ओरिऐंटल ढंग से सजाएगा, विदेशियों के लिए तो यही नवीनता होगी।

पर घर के लिए नया फ़र्नीचर बनवाने, चुन-चुनकर चीज़ें खरीदने के लिए दोनों में से किसी के पास भी समय नहीं था। कुंदन चाहता था यह काम रमा को ही करना चाहिए; क्योंकि यह काम उसी का था...फिर उसकी सुरुचि और सुघड़ता के तो हल्ले भी थे मित्रों के बीच में पर रमा के पास समय ही नहीं रहता। सबेरे उठकर वह बंटी को तैयार करके स्कूल भेजती। फिर खुद तैयार होती। तैयार होते-होते ही वह नौकर को आदेश देती जाती, सारे दिन का काम-समझाती; नाश्ता करते-करते वह अपना लेक्चर तैयार करती, तैयार तो क्या करती बस सूंघ-भर लेती। फिर नौ बजे कुंदन के साथ ही निकल जाती। तीन के क़रीब वह लौटती...थोड़ा आराम करती और फिर शाम की तैयारी। बाहर नहीं जाना होता था तो घर में किसी को आना रहता था।

रात ग्यारह-साढ़े-ग्यारह पर वह सोती तो थककर चूर हो जाती। कुंदन को उस समय हल्की-सी खुमारी चढ़ी रहती, कहता—“डोंट बी सिली। पार्टी में कैसे थक जाती हो, गाड़ी में बैठकर जाती हो...खाना-पीना, हंसी-मज़ाक, इनमें भी कहीं थका जाता है? गाड़ी में बिठाकर ले आता हूं।”

रमा तब केवल सूनी-सूनी आंखों से उसे देखती रहती। मन की भीतरी परतों पर हिस्ट्री के वे टॉपिक्स तैरते रहते जो उसे कल पढ़ाने होते, और जिन्हें वह जबरन ही दिमाग़ से बाहर ठेलने का प्रयास करती। कुंदन उसे बताता रहता कि डॉ. फ़िशर उससे कितने खुश हैं, कितना इम्प्रेस कर रखा है उसने; एकाएक ही उसे अपना भविष्य बहुत उज्ज्वल दिखाई देने लगा है। पता नहीं थकान के कारण या किसी और वज़ह से वह उतना उत्साह नहीं दिखा पाती तो कुंदन बिगड़ पड़ता—“क्या बात है, देखता हूं तुम्हें कोई दिलचस्पी ही नहीं है मेरे राइज में...यू सीम टूबी...”

“क्या बेकार की बातें करते हो, मुझे नींद आ रही है।”

कभी कुंदन फ़ोन पर कह देता कि ठीक सात बजे तैयार होकर रहना और आकर देखता कि वह तैयार हो रही है तो बिगड़ पड़ता—“रमा, तुम्हें टाइम की सेंस कब आएगी...कभी घर पर खाना होता और कोई कसर रह जाती तो रात में बड़े संभलकर कहता—“मैं यह नहीं कहता कि तुम खाना

बनाओ...तीन-तीन नौकर तुम्हारे पास हैं, पर ज़रा-सा देखभर लिया करो।" ऐसे मौक़ों पर रमा कुछ नहीं कहती।

उस दिन कॉलेज में रमा को एक पेपर पढ़ना था। उसने खुद ही ऑफ़र किया था। सोचा था, इसी बहाने एक टॉपिक तैयार हो जाएगा, पर बिल्कुल भी तैयार नहीं कर पाई। रात में लेटी तो रोना आ गया।

"मुझसे यह सब निभता नहीं।" लौटकर बिना कपड़े बदले ही कटे पेड़ की तरह पलंग पर गिरकर उसने कहा।

"क्या नहीं निभता?"

"यह रवैया मेरे बस का नहीं है। कितना गिल्टी फ़ील करती हूं। बिना तैयारी किए पढ़ाना, लगता है जैसे लड़कियों को चीट कर रही हूं। दो घंटे का समय भी तो मुझे अपने लिए नहीं मिलता।"

कुंदन सोच रहा था कि रात में रमा के साथ वह एक-एक कमरे को अरेंज करने की योजना बनाएगा। कलर-स्कीम के लिए उसने जेन्सन-निकलसनवालों से बात की थी। रमा की बात सुनी तो चुप रह गया।

"बंटी की रिपोर्ट देखी? हमेशा फर्स्ट आया करता था, इस बार सेविंथ आया है।"

बग़ल में लेटकर, रमा को अपनी ओर खींचते हुए कुंदन ने बहुत प्यार-भरे लहज़े में कहा—"तो तुम उसे पढ़ाया करो!"

"कब पढ़ाया करूं, तुम्हीं बताओ? शाम को पांच से सात बजे का जो समय मिलता है, उसमें वह खेलने जाता है।"

"तो तुम्हीं बताओ मैं क्या करूं?" बालों में हाथ फेरते हुए कुंदन ने बहुत ही मुलायम स्वर में पूछा।

"कल मुझे पेपर पढ़ना है। पद्रह दिन पहले टॉपिक मिला था। एक लाइन भी नहीं लिखी है...अब कोई झूठा बहाना ही तो बनाना पड़ेगा।"

कुंदन की उंगलियां बालों पर से उतरकर गालों पर फिसलने लगीं।

"दस साल पूरे हुए...छ-आठ महीने में अपनी थीसिस सबमिट कर देती तो मेरा सिलेक्शन-ग्रेड में आना निश्चित ही था, पर ऐसी हालत रही तो..."

और रमा रो पड़ी।

दूर कहीं कुंदन के कानों में डॉ. फ़िशर के शब्द गूंज रहे थे—जनवरी

में जर्मनी से डाइरेक्टर आनेवाले हैं, हमें यहां का सारा काम दिखाना होगा। एक नया प्लांट बिठाने की भी योजना है, उसके लिए कुछ रिसपॉन्सिबल लोगों की ज़रूरत होगी...सम स्मार्ट यंग मैन! बिज़नेस में सोशल कॉन्टेक्ट्स पे करते हैं। यू विल हैव टुबी वैरी सोशल।"

कुंदन को इन बातों में हमेशा अपने लिए कुछ संकेत, कुछ आश्वासन मिलते।

"लकीली योर वाइफ़..."

"तुम मुझे छोड़ जाया करो। कोई ज़रूरी है कि मैं हर दिन तुम्हारे साथ ही जाया करूं?"

कुंदन कुछ देर उसे यों ही सहलाता रहा, फिर एकाएक उसे बांहों में भरता-सा बोला—"तुम्हें छोड़कर आज तक मैं कहीं गया हूं, जा सकता हूं? ऑफ़िस के अलावा हमेशा हम साथ जाते हैं। तुम तो जानती हो कि तुम्हारे बिना मुझे कुछ भी अच्छा नहीं लगता।"

रमा खुद इस बात को जानती है। उनका विवाहित जीवन दोस्तों के बीच ईर्ष्या और प्रशंसा का विषय रहा है। समझ नहीं पाई क्या कहे! वह जब तक सो नहीं गई, कुंदन उसे प्यार से थप-थपाता रहा था।

"मेम साहब, परांठे अभी बनेंगे?"

"...ऐं?" चौंकते हुए रमा ने पूछा। फिर बोली—"नहीं-नहीं, साढ़े बारह बजे बनाना है, एक बजे हम कॉलेज जाएंगे आज। इतने एक चक्कर बाज़ार का लगा आऊं और सोफ़े का कपड़ा लाकर दे दूं।" उसने एक बार भीतर जाकर मिस्त्रियों को याद दिला दिया कि आज पॉलिश हर हालत में ख़त्म कर देनी है।

फिर अपनी डायरी देखी—बाज़ार से और क्या-क्या सामान लाना है। कपड़े बदलने अंदर गई तो देखा नौकर ने रैक से सारी किताबें निकाल रखी थीं और पोंछकर जमा रहा था।

इनमें से एक किताब भी उसने नहीं पढ़ी है, कुछ पर तो अभी तक अपना नाम भी नहीं लिखा है। कुंदन ने भी जोश में आकर एक दिन में इतनी ढेर-सी किताबें खरीदकर सामने रख दी थीं।

बात शुरू दूसरे स्तर पर हुई थी। कुंदन ऑफ़िस से लौटा ही था कि

बिना किसी प्रसंग के रमा ने कहा—"मै कॉलेज छोड़ दूंगी। इस तरह काम करने से तो नहीं करना ज़्यादा अच्छा है।" स्वर में न कहीं तल्खी थी न शिकायत, बड़े सहज स्वर में उसने कहा था।

कुंदन देखता रहा। यही वाक्य था जिसे उसने अनेक बार अनेक तरह से मन-ही-मन में दोहराया था, पर कहने का मौक़ा नहीं मिला था। अब तो उसे यह और भी ज़रूरी लग रहा था, क्योंकि जनवरी तक उसे अपना सारा घर डेकोरेट करना था...ओरिएंटल स्टाइल पर। फिर भी उसने पूछा—"क्या बात हो गई?"

"कुछ नहीं।"

कुंदन को इस समय और बात खींचना अच्छा नहीं लगा। चाय का प्याला हाथ में लिए ही लॉन में निकल गया। कैक्टस की जितनी वैराइटी ला सकता था, लाकर फाटक के दोनों ओर बड़ी खूबसूरत रॉकरीज़ बनाई थीं। पर लॉन से वह अभी भी संतुष्ट नहीं था। चाहता था लॉन पर्शियन कार्पेट में बदल जाए।

रात में फिर वही प्रसंग चला। कुंदन उससे बचना भी चाहता था और जानना भी चाहता था कि रमा ने सचमुच ही यह निर्णय ले लिया है या कि केवल कुंदन पर अपना आक्रोश प्रकट कर रही है। पर रमा ने केवल इतना ही कहा—"अब निभता नहीं, कल इस्तीफ़ा दे दूंगी।"

स्वर के भीगेपन ने कुंदन को भी कहीं से छुआ ज़रूर फिर भी सारी बात को एक हल्के मज़ाक में बदलने के लहज़े से उसने कहा, "छोड़ो भी यार, वैसे भी क्या रखा है एंशिएंट हिस्ट्री पढ़ाने में! चोल वंश, चेदिवंश के बारे में न भी जानेंगे तो कौन-सी ज़िंदगी हराम हो जाएगी!"

रमा चुप!

"इससे तो तुम खूब किताबें पढ़ो, मैगजीन्स पढ़ो...कुछ छुटपुट क्लासेज़ अटेंड कर लो। बंटी को पढ़ाओ। दुनियाभर के बच्चों को पढ़ाओ और अपना बच्चा निगलेक्ट हो..."

रमा चुप!

कुंदन उस चुप्पी पर खीज़ आया, फिर भी अपने स्वर को भरसक संयत बनाकर बोला, "तुम्हें शायद लग रहा है कि मेरी वजह से, इस नई नौकरी की वजह से तुम्हें अपना काम छोड़न पड़ रहा है... पर यह तो सोचो, मुझे

ही इस नौकरी में क्या दिलचस्पी है? तुम्हारे लिए, बंटी के लिए...”

“मैंने तो ऐसा नहीं कहा। मैं तो यही सोच रही थी कि आख़िर मेरे मन के संतोष के लिए क्या होगा?”

“मेरा संतोष, तुम्हारा संतोष नहीं है, मेरी तरक्की, तुम्हारी तरक्की नहीं है?”

“है क्यों नहीं? मेरा यह मतलब नहीं था। दस साल से काम कर रही थी...छोड़ दूंगी तो मेरा मन कैसे लगेगा?”

“मैं तो सोचता हूं, तुम्हें यह सब सोचने का समय ही नहीं मिलेगा।” और शाम को उसने तीन बंडल किताबें लाकर सामने रख दी थीं।

और सचमुच उसके बाद उसे यह सब सोचने का समय ही कब मिला? आज भी मिसेज़ बर्मन के टेलीफ़ोन ने ही उसे कॉलेज की याद दिलाई, वरना...

सारे दिन गाड़ी में घूम-घूमकर उसने घर का सामान ख़रीदा है पर्दों के लिए उसने लूमवालों से यह तय किया कि चालीस गज़ कपड़ा बनाकर वह उस डिज़ाइन को नष्ट कर देंगे, जिससे उसके जैसे पर्दे और कहीं देखने को भी न मिलें। डिज़ाइन भी उसने खुद पसंद करके बनवाया था।

राजस्थान की किसी रियासत का बहुत-सा सामान नीलाम हुआ था। कितने दिनों तक वह वहां जा-जाकर बैठी थी—पुरानी पेंटिग्ज़, झाड़-फ़ानूस और भी सजावट की छोटी-मोटी चीज़ें उसने ख़रीदी थीं।

आज दरवाजों का पॉलिश समाप्त हो जाएगा तो सारा सामान जमाना है। डाइरेक्टर मुंबई आ गए हैं, अगले सप्ताह तक यहां आ जाएंगे, तब तक वह सब जमा लेगी। ‘इंटीरियर डेकोरेटर्स’ वालों के यहां से एक आदमी बराबर आता रहा है। तभी उसे फ़ोन का ख़याल आया।

लाइन एंगेज्ड थी।

वह बाहर जाने के लिए निकल ही रही थी कि टेलीफ़ोन की घंटी बजी। रमा ने रिसीवर उठाकर अपना नंबर बोला, “ओह, मैं सोच रहा था, तुम कहीं मार्केट के लिए नहीं निकल गई होओ।”

“बस निकल ही रही थी।”

“सुनो डार्लिंग, लंच पर मेरे साथ एक साहब होंगे, यहीं के हैं, बहुत फॉर्मल

होने की ज़रूरत नहीं है, बस ज़रा-सा देख लेना। डेकोरेटर को फ़ोन किया?"

"किया था, पर लाइन नहीं मिली, लौटकर फिर करूंगी।"

'ओ.के.।" खट!

रसोई में जाकर रमा ने कहा—"थोड़ी सब्ज़ियां उबालकर इन उबले हुए आलुओं में मिला दो। परांठे नहीं बनेंगे, वेजिटेबिल कटलेट बना देना!"

फिर उसने फ्रिज खोलकर देखा—सबकुछ था। जब वह कॉलेज जाती थी तो कुंदन का लंच ऑफ़िस जाता था, पर आजकल वह लंच के लिए घर ही आता है।

पहली तारीख़! लंच के लिए कुंदन आया। जब भी वह घर आता, एक बार सारे घर का चक्कर लगाता। इस नई साज-सज्जा को हर एंगिल्स से देखता...और उसके चेहरे पर एक संतोषमय, गर्वयुक्त उल्लास चमकने लगता। कभी-कभी इसी उल्लास में रमा को बांहों में भरता हुआ कहता—"यू आर रीयली वंडरफुल!" यों खुले में चूमने की मर्यादा वह तोड़ नहीं पाया था, उसी से केवल उसे दबाकर छोड़ देता।

पूरा चक्कर लगाकर बोला—"आई थिंक एवरी थिंग इज़ इन ट्यून! क्यों?"

कलफ़ लगा नैपकिन फड़फड़ाता हुआ उसकी गोद में फैल गया।

'अब कोई आए, मुझे चिंता नहीं। पांच तारीख़ को डाइरेक्टर आ रहे हैं—मैं इस बार एक बड़ी पार्टी घर पर ही करूंगा।"

रमा खाती भी जा रही थी और उसकी प्लेट का ध्यान भी रख रही थी। जो चीज़ ख़त्म हो जाती, रख देती।

"बस यार, वो रोब पटकना है कि डाइरेक्ट की नज़रों में जम जाऊं...एक बार ये लोग इम्प्रेस हो जाएं तो रास्ता साफ़ है। डॉ. फ़िशर तो जब भी कोई मौक़ा आएगा, मेरे फेवर में ही राय देंगे।"

रमा कुंदन के बच्चों-जैसे पुलकमय आवेश पर मंद-मंद मुस्कराती रही।

"मेम साहब, आपका फ़ोन है।"

"किसका है? बोलो बाद में करें। मेम साहब इस समय लंच ले रही हैं।"

कुंदन इस समय रमा को वह सारी बातें सुनाना चाहता था, जो आज उसके और फ़िशर के बीच हुई थीं। कितने स्पष्ट थे सारे संकेत फिर भी वह अपने अनुमानों का रमा से समर्थन करा लेना चाहता था।

"कॉलेज से मिसेज़ बर्मन का है।" बैरा लौटने लगा।

"अरे ठहरो!" और रमा एकदम उठ खड़ी हुई।

बातें शुरू हुईं तो वह भूल ही गई कि कुंदन खाने की मेज़ पर बैठा है और वह खाना बीच में ही छोड़कर आई है।

"अरे डार्लिंग, आओ न! तुम औरतों का भी बस एक बार चरखा चल जाए तो ख़त्म ही नहीं होता।"

रमा लौट ही रही थी–"चरखा क्या, कोई इतने अपनेपन से बुलाए तो मैं ठीक से बात भी न करूं! यह भी कोई बात हुई भला?"

"अच्छा-अच्छा, अब अपना खाना ख़त्म करो।"

"तुम्हारा हो गया तो तुम उठो न!"

"नो...नो...यह कैसे हो सकता है भला?"

खाने के बाद कॉफ़ी लेकर, ई जी चेयर पर आराम करते हुए कुंदन ने सिगरेट सुलगा ली और गोल-गोल छल्लों के रूप में धुआं उगलता रहा। फिर रोज़ की तरह पांच मिनट के लिए आंख मूंद लीं। रमा अख़बार पलटने लगी।

"अब चलें।" झटके से कुंदन उठ खड़ा हुआ।

कोट उठाया तो तनख़्वाह की याद आई। भीतर की जेब से नोट के दो बंडल निकाले–एक बड़ा, दूसरा छोटा।

"अरे यह क्या, तनख़्वाह ले आए? आज क्या पहली तारीख़ हो गई?" रमा को आजकल तारीख़ और दिनों का कुछ ख्याल ही नहीं रहता।

"ये आया, बैरा और खानसामा के हैं। अस्सी, अस्सी और सौ!" छोटा बंडल बढ़ाते हुए कुंदन ने कहा। रमा ने बंडल ले लिया।

"और यह तुम्हारा है।" फिर जरा-सा झुककर बोला।

"अब जो मुनासिब समझो, इस गुलाम को पान-सिगरेट के लिए दे देना।" और हंस पड़ा। रमा भी मुस्करा दी।

"बा...बाई..." और लाल बजरी की सड़क पर तैरती हुई कुंदन की कार रमा को वहीं छोड़कर आगे चली गई।

असामयिक मृत्यु

सब कुछ जहां का तहां थम गया।

गति महेश बाबू के हृदय की बंद हुई थी, पर चाल जैसे सारे घर की ठप्प हो गई। अधूरा बना हुआ मकान और अधकचरी उम्र के तीन बच्चे।

सच पूछो तो यह भी कोई उम्र है मरने की भला? कुल जमा चवालीस साल। पर मौत कौन किसी से पूछकर आती है!

फिर हुआ भी तो सब कुछ कितने आकस्मिक ढंग से। ऑफ़िस की कुर्सी पर बैठे-बैठे ही महेश बाबू का हार्ट फेल हो गया। घर ख़बर पहुंची तो शारदा अवाक्! बस, पड़ोसन ताई की चीत्कार घर बनाते मज़दूरों के समवेत संगीत को चीरती हुई यहां से वहां तक फैल गई। देखते-ही-देखते सारा मोहल्ला आ जुटा। शव लाकर बीच आंगन में रखा गया। चारों ओर भीड़ और दार्शनिक मुद्रा में उछाले गए वाक्य...

'ज़िंदगी का कोई भरोसा नहीं भैया! अच्छे-भले घर से गए थे। कौन जानता था लौटकर ही नहीं आएंगे...राम तेरी माया..."

'मकान और दीपू को लेकर कैसे-कैसे सपने देखे थे...आदमी सोचता क्या है और होता क्या है?'

'अधूरा मकान और तीन-तीन बच्चों की कच्ची गृहस्थी। तिनके तक का कोई सहारा नहीं। अब तो भगवान ही पार लगाए तो लगे! हे प्रभो, तेरा ही आसरा है...'

हर मौत पर दोहराए जानेवाले वही पिटे-पिटाए वाक्य, वही भाषा! सिर्फ मरनेवाला आदमी बदलता रहता है।

पर इस सबसे अनछुई-सी शारदा की सूनी-सूनी आंखें और भावहीन चेहरा! न एक बूंद आंसू, न छाती-फाड़ क्रंदन! और इन सबसे ऊपर और

इन सबसे अलग दीपू को बांहों में भरे पड़ोसन ताई का प्रलाप—'अब तेरा नाटक देखकर किसकी छाती गज़-भर की होगी रेऽऽ...अख़बार में तेरी फोटू देखकर कौन मोहल्ले-भर को दिखाता फिरेगा रेऽऽ...मुझे मीठे चीले खिलाने को कौन कहेगा रेऽऽ...'

शव उठा और कुछ समय पहले तक हंसती-बोलती काया जलकर राख का ढेर हो गई।

और रात तक जैसे सब कुछ शांत हो गया। बस, शारदा, जहां जैसी बैठी थी, वैसी ही बैठी रही। तीनों बच्चे रो-धोकर आंगन में ऐसे ही पसर गए।

जून की उमस-भरी रात। एक तरफ ईंट, रेत और चूने के ढूह बिखरे पड़े थे और दूसरी तरफ बच्चे। सामने घना अंधकार!

दूसरे दिन शारदा के बड़े भाई आ गए। बहन के सिर पर हाथ रखकर और बच्चों को छाती से चिपका-चिपकाकर रोए :

'अरे महेश बाबू, यह किस जनम का बदला निकाल गए हमसे...अरे, तुम्हारी नेकी के गुण तो सारी दुनिया गाती थी...यह किसकी हाय लग गई रेऽऽ...'

पर दो घंटे में ही उन्होंने रोने-धोने का काम खत्म किया! आंखों से आंसू पोंछे और दुनियादारी आंज ली! जो घर ऐसे अधर में लटक गया हो, जहां आगे नाथ न पीछे पगहा, वहां फुर्सत से बैठकर शोक मनाने की गुंजाइश कहां भला!

मातमपुर्सीवाले लोग चले गए तो शारदा और दीपू को लेकर वे भीतर आए।

"तेरहवीं करने की क्या ज़रूरत है? चौथे दिन हवन करके उठाला कर दो और आगे की सोचो कि कैसे क्या होगा?"

पर आगे सोचने के जितने भी रास्ते थे, थोड़ी दूर जाकर ही बंद दिखाई देते थे।

बैंक-बैलेंस?

निल!

इंश्योरेंस?

जो भी था, मकान बनवाने के लिए तीन-चौथाई उधार ले लिया!

प्रोविडेंड फंड?

उसमें से भी आधा कर्ज़ ले लिया, फिर भी वही एक रकम है! पर उससे तो यह मकान पूरा हो जाए तो ग़नीमत! इसे तो अब पूरा करना ही होगा, वरना अभी तक जितना पैसा लगाया है वह भी पानी! पर समस्या तो यह है कि चार प्राणियों की यह गृहस्थी कैसे चलेगी?

और सारे बंद रास्तों से लौटकर उनकी नज़र दीपू पर आकर टिक गई।

"बी.ए. का इम्तहान दिया है न? रिज़ल्ट भी आता ही होगा। अच्छे डिविजन में तो पास हो ही जाओगे। हूंऽऽ...!"

वह हुंकार शारदा के मन में जाने कैसा आतंक जमाती-सी भीतर तक उतर गई। उसने एक बार घुटनों पर ठोड़ी टिकाए दीपू के चेहरे की ओर देखा। उसकी अंसुवाई आंखों के आगे दीपू की आकृति थरथराती हुई धुंधली होती चली गई।

चौथ के दिन हवन हुआ। दीपू के सिर पर पगड़ी पहनाई गई, "इसे केवल रस्म ही मत समझना दीपू बेटे! आज से बाबू की इज़्ज़त, बाबू की प्रतिष्ठा और बाबू का भार तुम्हारे सिर पर। अब इस घर की सारी ज़िम्मेदारी तुम्हें ही निभानी है..." मामा की आंसुओं से रुंधी हुई वाणी आवेग के कारण भिंच गई।

दीपू ने मामा के पैर छुए तो मामा ने अपने पैरों से उठाकर उसी वेश में दीपू को महेश बाबू के जनरल मैनेजर के चरणों पर झुका दिया।

"अट्ठारह साल तक महेश बाबू ने आपकी कंपनी की खिदमत की, अब दीपू कौ मौका दीजिए! उसका हक समझकर दीजिए, चाहे कृपा करके...पर करना अब आपको ही है।"

और रात को उन्होंने कुछ-कुछ किला फ़तह करने के अंदाज़ में सूचना दी:

"लो, दीपू की नौकरी पक्की कर दी। चार सौ देंगे। मैंने भी गरम लोहे पर चोट की। दीपू बेटा, कल ही जाकर मैनेजर साहब से मिल लो और नियुक्ति-पत्र ले आओ। फिर कल, परसों जब से कहें, काम पर जाना शुरू कर दो।"

बात ख़त्म करने के साथ ही एक गहरा निःश्वास उनके सीने से निकला...ज़िम्मेदारी निभा देने का—एक विकट समस्या का समाधान कर देने का—एक आश्वासन का।

गहरा निःश्वास शारदा की छाती से भी निकला, पर एक गहरे अवसाद का। भर्राए गले से पूछा, "दीपू नौकरी करेगा—अभी से?" चार दिनों में यही पहला वाक्या उसके मुंह से निकला।

"अभी से? नहीं तो बाद में कौन पूछता है? यह मत भूलो की ताजे घाव पर दिखाई गई सहानुभूति ही वज़नदार होती है। फिर आजकल एम.ए. पास तक तो दौ सौ रुपल्ली की नौकरी के लिए जूतियां चटकाए फिरते हैं। यह तो महेश बाबू की मौत का लिहाज़..."

पर शारदा घुटनों में सिर छिपाए बिसूरती ही रही।

"मैं नौकरी करूंगा मामा!" बड़े दृढ़ और निर्णयात्मक स्वर में दीपू ने कहा।

"शाबाश! यह हुई न बात! तुम इस गृहस्थी की गाड़ी को गुड़का ले जाओगे!" फिर एकाएक स्वर को बेहद स्नेहिल और कोमल बनाकर बोले, "और उपाय भी क्या है बेटा! जो कुछ मुझसे बन पड़ेगा, करूंगा पर..." और वे दीपू के सिर पर हाथ फेरने लगे।

इसके बाद अनेक हिदायतें, अनेक आदेश—पैसा हाथ में आते ही मकान बनवाना तुरंत शुरू कर देना...राजू, मीनू की फीस माफ करवा लेना...सारे खर्चे में कटौती कर देना।

शारदा केवल सुनती रही। जिस घर में आज तक कोई भी काम उसकी इच्छा के खिलाफ़ नहीं हुआ...उसकी सलाह के बिना नहीं हुआ, वहां अब उसे केवल दूसरों के आदेशों पर चलना है। पहली बार उसे स्थिति की भयानकता का अहसास हुआ। पहली बार लगा कि उसके पति मर गए हैं...उसके सुख-चैन और अधिकारों की सीमा समाप्त हो गई है।

रात शायद आधी से अधिक बीत गई है। चारों ओर निपट सन्नाटा, कहीं पत्ता तक नहीं हिल रहा। पर शारदा के मन में जाने कैसा तूफान उठा हुआ है। एक-दूसरे पर उभरते हुए दृश्य—एक-दूसरे को काटते हुए वाक्य!

नाटक समाप्त हो गया है। उत्पल दत्त प्रमुख अतिथि के रूप में भाषण दे रहे हैं। दीपक की अभिनय-कला...दीपक की प्रतिभा...दीपक के उज्ज्वल भविष्य की कामना! फिर प्रशंसा और बधाइयों का दौर—'आपका बेटा बहुत बड़ा कलाकार बनेगा।'

'बनेगा? अरे, ही इज़ ए बॉर्न आर्टिस्ट!'

दूसरे दिन सारे अख़बारों में दीपक की फोटो...दीपक की सराहना! महेश बाबू घर-घर अख़बार दिखाते फिर रहे हैं।

पिछले तीन सालों में यह क्रम कई बार दोहराया गया है और हर बार महेश बाबू का पुलकित गद्गद स्वर :

'जीनियस है तुम्हारा बेटा! देखना इतना नाम करेगा...इतना नाम करेगा कि...'

'लोग अपने बेटों को डॉक्टर, इंजीनियर बनाने के सपने देखते हैं...मेरा बेटा कलाकर बनेगा।'

तापस बाबू कह रहे हैं–'इस लड़के के बारे में ट्रेडीशनल ढंग से सोचने से काम नहीं चलेगा। इसे इस बार आप पूना भेजिए। अभिनय की ट्रेनिंग लेने के बाद फिल्मवाले लोग हाथों हाथ उठा लेंगे...ये सब नामी एक्टर झक मारेंगे इसके सामने!'

पिछले तीन नाटकों में कुंतल ही हीरोइन का रोल कर रही है। अक्सर घर आती रहती है। महेश बाबू रसभीनी आवाज़ में कहते हैं, 'देख लेना, घर में भी यही हीरोइन बनकर आएगी।' शारदा केवल मुस्कराती है।

दीपू की आंखों में कैसे-कैसे सपने तैरने लगे हैं। उसके सपनों की छाया हर किसी की आंखों में दिखाई देने लगी है। मीनू अपने दीपय्या को अमिताभ बच्चन समझने लगी है। दीपू की सफलता और यश से छाती फुलाए-फुलाए राजू अपने दोस्तों में हीरो बना घूमता है।

एक नए नाटक की तैयारी हो रही है, दीपू को न खाने का होश है न पीने का। पागलों की तरह उसमें जुटा है। गर्मी में थके-मांदे महेश बाबू ऑफ़िस से आकर ठेकेदार से सिर फोड़ने बैठते हैं—सीमेंट, लक्कड़—तो शारदा दीपू पर ही बरस पड़ती है–'सारे दिन नाटक-नाटक, यह नहीं कि बाबू का थोड़ा-सा हाथ ही बंटा दो।'

दीपू कुछ कहे, उसके पहले ही महेश बाबू रोक देते हैं–'अरे, उसे कहां इस पचड़े में डालती हो! यह सब क्या उसके बस का है?'

और इन सारे दृश्यों और आवाज़ों को चीरता हुआ दीपू का दृढ़ निर्णयात्मक स्वर–'मैं नौकरी करूंगा मामा।'

शारदा के तन-मन को झकझोरता, मरोड़ता हुआ आवेग का एक गोला-सा उमड़ता है, फिर आंसुओं की बाढ़, हिचकियों का सैलाब...

घर की ठप्प हो गई गाड़ी को किसी तरह गुड़काने का इंतज़ाम करके दूसरे दिन बड़े भैया चले गए।

घर की गाड़ी घिसटती हुई जैसे-तैसे चल पड़ी।

दीपू की नौकरी का पहला दिन! मीनू ने दीपय्या के कपड़ों पर इस्तरी की, राजू ने बाबू का ब्रीफकेस खाली किया, पर समझ ही नहीं आया कि इसमें आख़िर रखे क्या तो बाबू के ही कुछ कागज-डायरी रख दिए। कम-से-कम लगे तो कि ऑफ़िस जा रहे हैं। चलने से पहले पड़ोसन ताई ने आकर दीपू की बलैया ली, उसे दही-पेड़ा खिलाया।

इस सारे आयोजन में बस शारदा ही जैसे आंख चुराती रही, सामने पड़ने से कतराती रही और जब दीपू चला गया तो इतनी देर से थमा हुआ मन का आवेग आंसुओं के रूप में फूट पड़ा।

"यह क्या बहू, तुम तो ख़ुशी के मौके को भी आंसुओं में सानकर मिट्टी कर देती हो। बेटा नौकरी पर गया, यह रोने की बात है भला? खैर मनाओ कि भगवान ने बिगाड़ा तो सब समेट भी लिया। किसके नसीबों में होते हैं ऐसे बेटे?"

शाम को दीपू की प्रतीक्षा में सब बैठे हैं! "कैसा लगा दीपय्या?" राजू उछलकर पूछता है। मीनू बढ़कर ब्रीफकेस रख देती है।

"लगता क्या, खूब अच्छा लगा। सब लोग खूब प्यार से बोलते-बतलाते रहे। मैनेजर साहब ने अपने पास बैठाकर चाय पिलाई।" फिर चुटकी बजाते हुए बोला "देखना अम्मा, यों काम सीखता हूं और हां...एक बड़े मज़े की बात हुई, मैं काम कर रहा था, पीछे से किसी ने आवाज़ दी, 'मिस्टर अग्निहोत्री...मिस्टर अग्निहोत्री।' यहां दीपूराम को पता ही नहीं कि उन्हें ही बुलाया जा रहा है।" फिर आवाज़ को ज़रा-सा भारी बनाकर बोला, "सो अम्मा, अब तुम्हारा दीपू मिस्टर अग्निहोत्री बन गया है, समझीं!"

सब चुप।

तो बाबू की हू-ब-हू नकल करते हुए बोला, "मीनू बिटिया, एक कप चाय तो पिलाओ गरमागरम।"

राजू-मीनू के चेहरों पर ज़रूर हल्की-सी मुस्कराहट आई, पर शारदा इस पर भी चुपचाप तरकारी काटती रही तो दीपू एकदम फट पड़ा :

"अम्मा, बाबू की नकल करने पर तुमने मुझे डांटा क्यों नहीं? क्यों नहीं हमेशा की तरह उठकर मेरी पीठ पर धौल जमाया?"

"चाय के साथ क्या खाएगा, परांठा बना दूं?"

"नहीं! पहले बताओ, तुमने मुझे डांटा क्यों नहीं?"

"अब क्या तू दीपू है जो डांटू?" अभी तूने ही तो कहा कि अब से मैं मिस्टर अग्निहोत्री बन गया!" रुंधे हुए कंठ से शारदा ने कहा और कुछ लेने के लिए उठकर भंडार घर में चली गई।

"नहीं अम्मा...नहीं! तुम बोलती नहीं, डांटती नहीं...कुछ भी तो नहीं करतीं। तुम इस तरह रहोगी तो मुझसे भी कुछ नहीं किया जाएगा, बताए देता हूं...हां।"

हंसी-मज़ाक करके सबको बहुत सहज बनाने के प्रयास में दीपू खुद कहीं बहुत असहज हो गया।

शारदा भीतर गई तो वहीं घुटनों में सिर देकर बैठ गई।

किससे बोले वह पहले की तरह?

खाने के समय तरह-तरह की फ़र्माइशें करनेवाले और बने खाने में दुनिया-भर की मीन-मेख निकालनेवाले ये बच्चे, बिना चूं-चपड़ किए, दाल से रोटी निगल लेते हैं! दस बार कहने पर भी हर काम को टाल जानेवाली यह मीनू... बिना कहे उसके काम में हाथ बंटाती रहती है...करने-न-करने का सब कार्य करती रहती है! दिनभर में रुपया-दो रुपया झटककर ले जानेवाला राजू आंगन में बैठा-बैठा सिर्फ उड़ती हुई पतंगों को देखता रहता है। पढ़ाई और नाटक के सिवाय जिसने दीन-दुनिया के बारे में न कुछ जाना, न समझा, वही दीपू बाबू के रजिस्टरों से हिसाब-किताब समझने की कोशिश करता रहता है...अब से ऑफ़िस का काम जो किया करेगा!

कितने अपरिचित हो उठे हैं उसके अपने बच्चे! उनसे क्या बोले, कैसे बोले? यह घर उसका है? जिसका आंगन शाम को हंसी-मजाक और नकलों से गूंजता रहता था। नाटकों के आधे रिहर्सल यहीं होते थे। रिहर्सल नहीं होता तो नकलें उतारी जातीं। राज कपूर के संवाद,. दिलीप कुमार के संवाद...आंखें बंद कर लो तो पहचान नहीं सकते कि दीपू बोल रहा है या दिलीप कुमार। कॉलेज के लेक्चरर्स की नकल होती....पड़ोस के बूढ़ों की नकल होती और फिर एक दिन बाबू की नकल उतरी! हू-ब-हू वही आवाज़ वही लहजा।

राजू, मीनू हंसते-हंसते लोटपोट! शारदा ने हंसी भीतर ही घोटते हुए पीठ पर धौल जमाया—'बस, अब बाप की ही नकल उतारा कर, बेशरम कहीं के!'

"पीठ ठोकी है न, बहुत अच्छी नकल करने के लिए? अरे अम्मा, जीनियस है तुम्हारा बेटा, जीनियस। अम्मा, अगर कोई बढ़िया मेकअप कर दे तो बाबू का रोल ऐसे अदा करूं कि तुम पहचान ही न सको कि दीपू कौन और बाबू कौन?"

दीपू पार्ट याद कर रहा है। नाटक की एक प्रति राजू को पकड़ा दी—'डॉक्टर वाला पार्ट तू बोलता चल!' पांच मिनट बाद ही दीपू बिगड़ पड़ता है—'अरे यार राजू, दो डायलाग तक तू ठीक से नहीं बोल सकता...गधा कहीं का!'

राजू कापी हवा में उछाल देता है—'मुझे कौन तुम्हारी तरह एक्टर बनना है, मैं तो डॉक्टर बनूंगा।'

'हूंऽऽ, बनेगा डॉक्टर! डॉक्टर की एक्टिंग तक तो की नहीं जाती, असली डॉक्टर बनेगा! शकल देखो इनकी!'

राजू को शिकायत है बाबू से—जब देखो, दीपय्या की तारीफ़ करते रहते हैं। उनकी बात करते रहते हैं—दीपू को यह बनाना है, दीपू ये करेगा...जैसे हम तो कुछ हैं ही नहीं।

रूठे हुए राजू को बाबू अपने पास खींच लेते हैं—'देख भैया, मैं दीपू को एक्टर बना दूं तो दीपू तुझे डॉक्टर बना देगा। अरे, किसी फिल्म में दांव लग गया न...और अब लगा ही समझ...तुझे बाहर भेजेगा मेडिकल के लिए!'

राजू को एक गोदी में बैठा देखकर मीनू दूसरी गोदी में जा लदती है। शारदा डपटती है—'यह उमर है तुम लोगों की गोदी में लदने की? बड़े-बड़े धींगड़े हुए...'

'मां-बाप के लिए भी बच्चों की कोई उमर होती है...'

और बच्चों पर बरसता हुआ महेश बाबू का लाड़ सारे आंगन में महकने लगता।

दिन में लू से झुलसता हुआ और रात को उमस-भरी मायूसी में डूबा रहनेवाला यह आंगन, उसके अपने घर का आंगन है?

कोई दो सप्ताह बाद दीपू का रिज़ल्ट आया। फर्स्ट डिविजन! मायूसी में लिपटी ख़ुशी का एक हल्का-सा अहसास सबके मन में जगा और बिला गया।

बड़े मामा का पत्र आया। बधाई और आशीर्वाद के बाद लिखा था—इस ख़बर से जो सबसे ज़्यादा खुश होता, गर्व करता, वह तो आज हमारे बीच है नहीं, फिर भी तुम अपना रिज़ल्ट ऑफ़िस में बता देना। मैनेजर साहब यह न समझें कि उन्होंने केवल कृपा ही की है...एक योग्य व्यक्ति को ही काम दिया है।

...पी.एफ. के पैसे के लिए पीछे लगे रहना। मिलते ही मकान का काम शुरू करवा देना। सबसे ज़्यादा चिंता मुझे मकान की ही है। वह बन जाएगा तो तुम लोगों का आधा संकट टल जाएगा। मैं जल्दी ही आने की कोशिश करूंगा।

कल भास्कर, कपिल और दुबे आए थे, पर शायद संकोचवश असली बात नहीं कर पाए। आज तापस बाबू खुद आए हैं। तुरुप का पत्ता हाथ में लेकर—कुंतल। स्थिति की नज़ाकत को समझते हैं, इसलिए स्वर में संकोच ज़रूर है, पर आग्रह जैसा कुछ नहीं। मिठास में लिपटा आदेश ही है—'अब रिहर्सल में आना शुरु करो। दिल्ली में होनेवाले ऑल इंडिया कॉम्पिटीशन के लिए एंट्री भेज चुके हैं। समय बहुत कम रह गया है।"

शारदा के चेहरे पर घिर आई भय की हल्की-सी छाया को उनकी तेज़ आंखें भांप लेती हैं।

"आप चिंता न करें भाभी! पहले की तरह रात-दिनवाले रिहर्सल अब नहीं होंगे। दीपू ऑफ़िस के बाद ही आया करेगा।"

फिर एक क्षण रुककर बोले, "इसे नाटक से कटने मत दीजिए वरना...आप तो जानती हैं, नाटक ही इसका प्राण है। ऑफ़िस का काम जितना ज़रूरी है, नाटक का काम भी उतना ही ज़रूरी है।"

तापस और कुंतल दीपू को अपने साथ ही ले गए।

शारदा जानती है नाटक दीपू के लिए काम नहीं है—नशा है। जब चढ़ता है तो भूत की तरह सवार हो जाता है, फिर उसे दीन-दुनिया किसी का होश नहीं रहता। शारदा जब कभी-कभी इसे पागलपन कहती थी तो महेश बाबू कहा करते थे :

"यह लगन है शारदा, लगन! कहां होती है इस उमर के बच्चों में ऐसी लगन! फिर बिना लगन के कोई बड़ा काम होता है भला..."

लेकिन अब यदि दीन-दुनिया को भूल गया तो? और यदि दीन-दुनिया के चक्कर में नाटक से कट गया तो?

और इन दो 'तो' की जकड़ में शारदा का मन ऐंठने लगता है।

दूसरे दिन शारदा उठी तो देखा, दीपू आंगन में टहल-टहलकर कुछ पढ़ रहा है।

"इतनी सवेरे-सवेरे उठकर क्या पढ़ रहा है?"

"अपना पार्ट याद कर रहा हूं। सचमुच तापसादा ने बहुत बढ़िया नाटक लिखा है। यह रोल करने के बाद देखना अम्मा, हल्ले हो जाएंगे दीपक अग्निहोत्री के..."

और शाम को ऑफ़िस से आते ही ब्रीफकेस, जूता-मोज़ा अलग-अलग दिशाओं में उछले, "आ जाओ राजू, मीनू, रिहर्सल शुरू। अम्मा, तुम बैठकर देखना!"

राजू, मीनू, दूसरे पात्रों के संवाद पढ़ रहे हैं और दीपू अपने! इतने दिनों से शारदा के चेहरों की रेखाओं का तनाव अपने-आप पिघलने लगा और घर पर फैले अवसाद की एक परत जैसे किसी ने हटा दी!

पहली तारीख!

दीपू ने शारदा के हाथ में तनख्वाह रखते हुए कहा, "ये मेरे पंद्रह दिन की तनख्वाह के दो सौ रुपए और ये बाबू की पांच दिन की तनख्वाह के ढाई सौ रुपए! वाह रे दीपू मास्टर, क्या कीमत है तुम्हारी!"

फिर एकदम गंभीर होकर बोला, "अम्मा, अब से इन्हीं रुपयों में घर चलाना है। सब कटौती कर दो। पी.एफ. का चेक भी कल मिल जाएगा। बस, दो दिन बाद से मकान शुरू। राजू को भेजकर मिश्रा काका को बुलवा लो...आकर अपनी ठेकेदारी संभालें!"

रुका हुआ मकान फिर बनने लगा। मज़दूरों की आवाजाही...ठेकेदार मिश्राजी की गुहार-पुकार!

शाम को दीपू आया तो मिश्राजी ने कहा, "भैया, चलकर मज़दूरों को

मज़दूरी बांट दो और आज का हुआ काम भी ज़रा नज़र से गुजार दो। मज़दूरी तुम बांटों...सामान तुम लाकर दो। काम देखो, और कसर हो तो हमें बताओ।"

"पर काका, मैं कुछ जानता नहीं, समझता नहीं...यह सब मुझसे कैसे होगा?"

"होगा कैसे नहीं? महेश बाबू करते थे कि नहीं?"

"पर मैं तो बाबू नहीं हूं, काका..."

"हमारे लिए तो भैया, तुम्हीं महेश बाबू हो और हो क्यों नहीं? जिस दिन महेश बाबू की पगड़ी सिर पर धर ली, उसी दिन महेश बाबू बन गए।"

और उन्होंने समान की एक लिस्ट पकड़ाते हुए कहा—तुम खांची लो, हम साथ चलेंगे और सब सामान दिलवा देंगे। चार दिन में तुम खुद लायक बन जाओगे!"

और आठ बजे के करीब दीपू जब लोहा-लक्कड़, कील-कांटों की दुकानों के चक्कर लगाकर लौटा तो एकदम पस्त हो चुका था।

"काका, रोज़-रोज़ अब क्या मुझे यही सब करना पड़ेगा?"

"अरे भैया, अपने मरे बिना भी कहीं स्वर्ग दिखा है?"

और मिश्रा काका ने कोई दस दिन में ही दीपू को स्वर्ग दिखा दिया।

रुका हुआ मकान फिर बनना शुरू हो गया, पर जो नाटक शुरू हुआ था, वह जहां का तहां रुक गया।

मामा आए तो गद्गद्। मकान का मुआयना करने के बाद बड़े संतुष्ट भाव से दीपू की पीठ थपथपाते रहे।

"शारदा, तेरा बेटा तुझे पार लगा देगा। कितनी होशियारी से सारा काम संभाल लिया। लगता ही नहीं कि महेश बाबू नहीं..." फिर जाने क्या सोचकर वाक्य अधूरा ही छोड़ दिया।

राजू-मीनू के स्कूल खुल गए तो उनकी ज़िंदगी फिर लौट आई। नई कक्षाओं में जाने का उल्लास। नई किताबें खरीदने का उत्साह। हमउम्र साथियों का साथ।

पर दीपू! शारदा बोलती कुछ नहीं, सिर्फ देखती है—महेश बाबू के कमरे में बैठकर सवेरे-सवेरे ऑफ़िस की फाइलों में डूबे हुए दीपू को...ऑफ़िस जाते हुए दीपू को...मिश्रा काका के साथ मगज़ मारते हुए दीपू को...ट्रक से भरी

सीमेंट की बोरियां उतरवाते हुए तो कभी ईंटें गिनकर रखवाते हुए दीपू को! रात में देर तक हिसाब लिखते हुए दीपू को।

और उसके मन में जाने क्या कुछ कचोटता रहता है। रह-रहकर एक घटना मन में उभर आती है।

वह रसोई में कुछ काम कर रही थी कि बाहर से दीपू के खांसने की आवाज़ आई। खांसी क्या, जैसे खांसी का दौरा ही पड़ा हो। शारदा झपटकर बाहर आई। घुटनों में पेट दबाए, हथेलियों में माथा थामे, दीपू खांस रहा है—बुरी तरह। चेहरा लाल, आंखों में आंसू...खांसी क्या, लगता था, अंतड़ियां ही बाहर निकल आएंगी।

सकते में आई शारदा पीठ मलने लगी, "कब हुई तुझे ऐसी खांसी...पहले तो कभी नहीं सुनी!"

घबराहट के मारे उसकी अपनी आंखों में आंसू आ गए। खांसते-खांसते कहीं सांस ही न उखड़ जाए दीपू की।

दो मिनट तक शांत रहकर दीपू ने अपने को साधा, फिर झटके से खड़े होकर हंसता हुआ बोला "रिहर्सल...रिहर्सल..."

"क्याऽऽ!" फटी-फटी आंखों से उसकी ओर देखती हुई शारदा चीखी।

"एक बूढ़े, भयंकर दमे के मरीज़ का रोल करना है, समझीं।"

फिर सामने हंसता हुआ बोला, "मानती हो अब तो कि तुम्हारा बेटा जीनियस है।"

"जीनियस की दुम! प्राण ही निकल गए मेरे तो।"

"इसका मतलब मेरी एक्टिंग कमाल की।" लाड़ में आकर दीपू ने अपनी दोनों बांह मां के गले में डाल दीं और हंसने लगा।

दीपू की हंसी से एक क्षण पहले का तनाव झटके से गायब हो गया और सब कुछ सहज हो गया।

पर अब न तो कोई झटका लगता है, न ही कुछ सहज होता है।

ईंट पर ईंट धरी जाने लगीं और दूसरे तल्ले की दीवारें ऊपर उठने लगीं, लेकिन नीचेवाला तल्ला जैसे और नीचे धसकने लगा।

पंद्रह सौ में चलनेवाली गृहस्थी को कुल चार सौ में चलाना कोई आसान काम नहीं था। बरसों की आदतें अंकुश लगाने पर भी दगा दे जातीं।

जब तक कड़की का कोड़ा नहीं पड़ा था, सबका मन एक-दूसरे के लिए उमड़ता रहता था, एक-दूसरे को संभालता रहता था, लेकिन अब?

"अम्मा, तुमने दो सौ रुपए पी. एफ. के रुपयों में से खर्च कर दिए?"

"क्या करती? राजू, मीनू की किताबें...मीनू की दो जोड़ी यूनिफार्म..."

"यह सब मुझे बताने की ज़रूरत नहीं है," बीच में ही बात काटकर दीपू तेज़ी से कहता, "बस, इतना जान लो कि इस पैसे को छुओगी भी नहीं। जानती हो, मिश्रा काका के बताए हिसाब से तो बाबू के इन रुपयों से भी मकान पूरा नहीं होगा—और तुम हो कि...कहां से आएगा रुपया?"

"मुझे क्या कहते हो, सब अपने पेट पर पट्टियां बांध लो!" शारदा का दो टूक जवाब।

और खर्च कम करो। दूध बंद, खाने में कटौती। साठ की जगह पच्चीस पावर के बल्ब...पर इस दमतोड़ महंगाई में खर्चा है कि चलता ही नहीं और न-न करके भी सौ-पचास रुपए मकान के रुपयों में से निकल जाते हैं।

दीपू खीजता है...चिल्लाता है, फिर हताश हो जाता है, पर जब शारदा हताश होती है तो हौसला बंधाता है, "बस, कुछ महीनों की बात है अम्मा, मकान ख़त्म होते ही नीचे का मकान किराए पर उठा देंगे। छः सौ न मिले तो साढ़े पांच सौ तो कहीं नहीं गए। ऊपर का तीन कमरोंवाला सेट तीन सौ में और दो वाले में रहेंगे। बस, फिर पहले जैसे ठाट!"

और यह हवाई आश्वासन ही आठ-दस दिनों के लिए सबके मन का पैनापन काट देता है। राजू-मीनू अपनी ज़रूरत की चीज़ों की सूची कुछ महीनों के लिए स्थगित कर देते...शारदा फिर कतर-ब्यौंत में लग जाती।

चार महीनों में दीवारें उठ गईं...छत भी पड़ गई, पर रुपया खत्म।

बनता मकान फिर ठप्प हो गया। दीपू परेशान। उसे क़र्ज भी कौन देगा? बस, मामा का ही भरोसा है। उनके आश्वासन-भरे पत्र आते—'पूरी कोशिश कर रहा हूं, इंतज़ाम होते ही रुपया भेजूंगा।'

पर रुपए नहीं आते!

मकान बन रहा था तो सबके पास जैसे अपनी उम्मीदें टिकाने का एक सहारा था। वह बंद हुआ तो गहरी निराशा ने सबको बुरी तरह काट दिया...अपने भीतर से भी...आपस में एक-दूसरे से भी।

रूज, दीपू की अनुपस्थिति में खुलेआम चिल्लाता, मकान...मकान। गाड़ दो हमें इस मकान में। सारा रुपया इन दीवारों में फूंक दिया...--

शारदा झिड़कती तो उसे भी टके-सा जवाब पकड़ा देता। दीपू ऑफ़िस से आकर राजू-मीनू को नहीं देखता तो पूछता है–

"कहां जाते हैं ये आजकल रोज़-रोज़?"

"पड़ोस में!"

"जब देखो वहां घुसे रहते हैं। पढ़ना-लिखना नहीं रहता इन्हें?"

शारदा चुप रह जाती है, पर राजू चुप नहीं रहता, "पढ़ना-लिखना। इन दीयों जैसे चुंधे बल्बों में पढ़ सकता है भला कोई? किताबें हैं हमारे पास जो पढ़ लें?"

दीपू तमतमाकर रह जाता है।

राजू थाली सरकाकर उठ जाता है, "रोज-रोज वही आलू की रसेदार सब्जी और सूखी रोटी, नहीं खाना हमें।" मीनू आजकल उसकी चेली हो रही है, वह भी उठ जाती है।

"खैर मनाओ कि यह भी खाने को मिल रहा है, वरना भीख मांगते नज़र आते।"

"मांग लेंगे भीख! तुम लोग ताजमहल चिनाओ बैठकर।"

शारदा गुस्से से थरथराते हाथ को थाम लेती है किसी तरह, पर आंखों से जैसे अंगारे बरसने लगते हैं।

रात नौ बजे राजू और मीनू घर में घुसे।

"कहां गए थे?" प्रश्न की बंदूक दागी।

"सिनेमा।" बिना झिझक के राजू ने एक-एक अक्षर पर ज़ोर देकर कहा और साथ ही जोड़ दिया, "पैसे अम्मा से नहीं लिए थे, शिबू ने दिखाया है अपनी तरफ से....वरना एक लेक्चर और सुनो!"

तड़ाक! दीपू का भरपूर हाथ राजू के गाल पर।

"देख रहा हूं, बदतमीज़ और ढीठ हुए जा रहा है दिन-पर-दिन! लाट साहब समझने लगा है अपने-आपको..."

शारदा राजू को घसीटकर अंदर ले जाती है।

पर लौटकर दीपू के पलंग के सामने खड़े होकर पूछती है, "दीपू, राजू पर हाथ क्यों उठाया?"

शारदा का यह रूप, यह आवाज़, यह प्रश्न सब कुछ एकदम अप्रत्याशित।

"सिनेमा देखने चला गया तो कोई गुनाह कर दिया? इस उम्र में किसे शौक नहीं होता है देखने को? पहनना, हंसना-खेलना सभी कुछ तो छोड़ दिया है मेरे बच्चों ने।" और बिना जवाब की अपेक्षा किए शारदा जैसे आई थी चली गई।

'मेरे बच्चे!' दीपू की खोपड़ी पर यही शब्द घनघनाता रहा।

लेकिन दो दिन बाद ही जब राजू ने शारदा से कहा, "अगले हफ्ते इम्तिहान के फार्म भरने हैं, मिस्टर बोर से कह देना इम्तिहान दिलवाना है तो रुपयों का इंतज़ाम करके रखें..." तो शारदा ने भी थप्पड़ जड़ दिया उसके गाल पर।

"बेशरम, बदतमीज़ कहीं के! तुम लोगों के पीछे उसने अपने को झोंक दिया...बिल्कुल मार दिया और तुम लोग ही कहोगे बोर!"

पर आपसी दुर्भावना मिटाने के ये प्रयास कड़की के कोड़े के नीचे सहमाकर रह जाते हैं।

'जल्दी ही रुपयों का प्रबंध होने की उम्मीद है' के आश्वासन वाले पत्र अब किसी को हौसला नहीं बंधाते और मन की निराशा खीज बनकर एक-दूसरे पर निकलती रहती है। हारकर एक दिन शारदा कहती है, "दीपू, मेरे लिए किसी काम का जुगाड़ कर दे। दसवीं पास तो मैं भी हूं...कुछ न कुछ तो कर ही लूंगी!"

पर काम का जुगाड़ शारदा के लिए नहीं, दीपू ने अपने ही लिए किया। शाम को किसी के यहां चिट्ठियां टाइप करनी, हिसाब लिखना। दो घंटे, डेढ़ सौ रुपया!

शारदा ने सुना तो राहत की सांस ली, "करो बेटा, करो! कुछ तो हाथ खुलेगा!"

आज दीपू को छःमाही बोनस मिला। एक महीने की अतिरिक्त तनख़्वाह। लग रहा है जैसे घर के सारे तनाव ढीले हो गए।

लौटते हुए रास्ते से उसने गाजर का हलवा बंधवाया। आधी सर्दी बीत गई, एक बार भी हलवा नहीं खाया।

इन रुपयों से वह सबकी छोटी-मोटी इच्छाएं पूरी करेगा। सिनेमा दिखाएगा। पिछले छह महीने से कल की चिंता में वह आज को मारता ही आया है। राजू ठीक ही कहता है। पर उसे रास्ते पर ज़रूर लाना है...थोड़ा भटक रहा है।

मीनू को सलवार-कुर्ता बनवा देगा और अम्मा के लिए शॉल। अगले महीने तो वैसे भी डेढ़ सौ रुपया ज़्यादा ही मिलेगा।

चार सौ रुपयों में उसने सबके मन में पड़ी चार सौ सलवटों को सीधा कर दिया।

रात में शारदा दूध का गिलास लेकर सामने आ खड़ी होती है।

"यह क्या है?"

"दूध!"

"दूध, किसलिए?"

"क्यों, सवेरे से रात तक मशीन की तरह जुटा रहता है...एक घूंट दूध गले के नीचे नहीं उतरना चाहिए?"

"तुम भी कमाल करती हो अम्मा! घर में राजू और मीनू पढ़नेवाले बच्चे हैं...उनके इम्तिहान भी पास हैं...दे सको तो उन्हें दूध दो।"

शारदा जैसी की तैसी खड़ी रह जाती है। दीपू की आवाज़, दीपू के चेहरे में से कुछ ढूंढ़ती-सी।

दो महीने बाद एक दिन अवतार की तरह मामा प्रकट हुए। पक्का और बढ़िया इंतज़ाम करके।

"अग्रवाल ट्रेडिंग कंपनी है—खासी बड़ी। वे अपना एक ऑफ़िस यहां भी खोलना चाहते हैं। उन्हें चार-पांच कमरों का एक मकान चाहिए, मेन मार्केट के पास। बस, यह मकान मैंने उनके गले उतार दिया। अग्रवाल साहब से पुराना रसूख है। सारी स्थिति समझाकर कह दिया कि हमें बीस हज़ार रुपया एडवांस दे दें और तीन महीने बाद मकान ले लें! तीन महीने से ज्यादा का काम है भी नहीं।"

"वे मान गए?" दीपू को जैसे विश्वास ही नहीं हो रहा था।

"मानेंगे क्यों नहीं? गौरीशंकर की बात और न मानी जाए।" आत्मविश्वास और दर्प उनकी आवाज़ में छलका पड़ रहा था।

मकान फिर बनने लगा।

"अम्मा, हमारे रहने का हिस्सा तो जैसा-तैसा बन ही गया—इन रुपयों से किराए पर उठानेवाला सेट पूरा करवा देता हूं ऊपर का। पलस्तर, दरवाज़े और टीम-टाम में डेढ़ महीने से ज़्यादा नहीं लगेगा। पूरा करते ही इसे भी किराए पर उठा देते हैं...किराया आना शुरू हो जाएगा।"

"अब मिश्रा काका को बुलाकर भी क्या होगा? दिन-भर काम की निगरानी तुम रख लेना...बाकी मैं अकेला ही कर लूंगा, अब तो सब समझ गया। क्यों उन पर बेकार ही रुपए खर्च किए जाएं!"

"किराएवाले सेट में टीम-टाम थोड़ी ज्यादा करवा देते हैं, किराया अच्छा मिलेगा।"

शारदा सुनती रहती है और मुग्ध भाव से देखती रहती है दुनियादारी में पटु हो आए अपने इस बेटे को।

और मकान पूरा हो गया।

मामा मिस्टर गुप्ता के साथ-साथ ही आए हैं। हफ्ते भर में नीचे की रंगाई-पुताई पूरी हो जाएगी। तो वे अपना सामान जमाना शुरू कर देंगे।

ऊपर का तीन कमरों का सेट भी उन्होंने ही किराए पर ले लिया अपने मैनेजर के लिए।

ऊपर छत पर पूरा परिवार बैठा है।

मामा बेहद प्रसन्न। दीपू को उन्होंने एक बांह में समेटकर अपने पास ही बिठा रखा है। राजू-मीनू शारदा के अगल-बगल बैठे हैं। संतोष और तृप्ति के भाव में लिपटा मामा का प्रवचन चालू है :

"दीपू बेटे, तूने महेश बाबू का सपना पूरा कर दिया। रोम-रोम आशीर्वाद दे रहा होगा उनका। बड़ी हौंस थी मकान की उनको। अगले सप्ताह 5 जनू को ही तो बरसी है उनकी। नए मकान में ही करना....आत्मा जुड़ा जाएगी उनकी।

"शारदा, एक साल और इसी तरह खींच-तान करके चला लो! अगले साल कर्ज़ चुक जाएगा तो राजू की मेडिकल की पढ़ाई का खर्चा करने में आसानी हो जाएगी।

"अब दूसरा सपना तू पूरा कर दे राजू! बस, डॉक्टर बन जा! चार साल बाद फिर सब ऐश करना..."

"कहां, फिर मीनू आकर खड़ी हो जाएगी। इसे भी तो पार लगाना है!" दीपू ने बुजुर्गों की तरह कहा तो मामा हो-हो करके हंस पड़े।

"देखा शारदा, कैसा दुनियादार बन गया है तेरा बेटा! सारी ज़िम्मेदारी समझता है अपनी!" फिर दीपू को लाड़ से सहलाते हुए बोले, "दुनियादारी का जंजाल ही ऐसा है बेटा! बस, आदमी सोचता ही रहता है कि यह हो जाए तो छुट्टी...यह हो जाए तो छुट्टी। पर इस प्रपंच में पड़े आदमी के लिए कहां पड़ी है छुट्टी!"

फिर एक भाषण आजकल के लड़कों पर :

"मैं तो कहता हूं, घर-घर में दीपू का उदाहरण देना चाहिए जाकर। ये आजकल के वाहियात, नाकारा लौंडे-लपाड़े कुछ सीखें तो! नालायक सारे दिन बाल काढ़ेंगे, कूल्हे मटकाएंगे! मां-बाप और घर-परिवार जाएं जहन्नुम में इनकी बला से!"

सब प्रसन्न...सब गद्गद। एक बड़ी उपलब्धि का संतोष...कुछ और कर डालने के हौसले!

राजू और मीनू सामान ढो-ढोकर ऊपर ला रहे हैं। शारदा ने आज दीपू की छोटी-सी कोठरी खोली है। सालभर से ताला पड़ा था इसमें। सामान के नाम कबाड़ा ही भरा था, फिर भी खाली तो करनी है।

नाटक के उतरे हुए सेट्स...लकड़ी के दरवाज़े, पेंट किए हुए पेड़, कैनवास के टुकड़े...बेतरतीबी से इधर-उधर बिखरे पड़े हैं। धूल में अटे, जालों से घिरे। शारदा ने खींच-खींचकर बाहर निकाला।

अलमारी खोली। एक कतार में नाटकों में जीते हुए कप और मैडिल्स रखे थे। एक क्षण को शारदा उस कतार को ही देखती रह गई। काम करने के लिए तत्पर हाथ...एकाएक जैसे ढीले पड़ गए।

उस कतार को बिना छुए ही उसने नीचे के खाने से पांच-छः फाइलें निकालीं। किसी में नाटक के टाइप किए हुए संवाद लगे थे तो किसी में अखबारों की ढेर सारी कटिंग्ज!

दीपक अग्निहोत्री : अभिनय के क्षेत्र में उभरती हुई एक नई प्रतिभा। 'अनुश्री' संस्था का सबसे सफल और समर्थ कलाकार—दीपक अग्निहोत्री।

कहीं तस्वीरें—इनाम लेते हुए...किसी से हाथ मिलाते हुए...उत्पल दत्त से पीठ ठुकवाते हुए...

पूना का एडमिशन फॉर्म! भरकर भेजने की तो नौबत ही नहीं आई। साथ ही तापस बाबू की बात—'आप इसे नाटक से मत काटिए वरना...आप तो जानती हैं, नाटक इसका प्राण है।'

तीन-चार नीले लिफ़ाफ़ों में बंद आठ-दस छोटी-छोटी चिटें—'आज ग्रीन रूम में हाथ पकड़कर जो कुछ कहा था, वह नाटक का संवाद तो नहीं था न? उसे सच ही समझूं?'—के.

'रिहर्सल के दौरान भी जब तुम देखते हो तो भीतर का सब कुछ थरथरा जाता है। घर लौट आती हूं, फिर भी तुम्हारी नज़र उसी तरह पीछा करती रहती है। अपनी नज़र को समझाओ—प्लीज़!'—के.

'आज तुमने यह क्या कर डाला? नहीं दीपू, अभी यह सब नहीं! तुम पूना चले जाओगे तो पीछे इस लायक तो छोड़ो कि प्रतीक्षा कर सकूं।'—के.

आंसुओं के सैलाब में शारदा और कुछ नहीं पढ़ पाई। बस, सुन्न-सी जहां की तहां बैठी रह गई। उसके आस-पास का सब कुछ जड़ होता चला गया और भीतर एक दूसरी ही दुनिया खुलती चली गई—अनेक दृश्य, अनेक बातें...अनेक सपने...

'तुम्हारा बेटा जीनियस है शारदा, जीनियस! देखना, इतना नाम करेगा...'

"अम्मा...अम्मा!" राजू का स्वर कहीं दूर से आता लगा।

"अम्मा, पंडितजी पूछ रहे हैं, बरसी पर कल कितने ब्राह्मणों को बुलाना है?"

बरसी? और एक क्षण शारदा जैसे समझ ही नहीं पाई है कि किसकी बरसी की बात कर रहा है राजू।

स्त्री–सुबोधिनी

प्यारी बहनो,

न तो मैं कोई विचारक हूं, न प्रचारक, न लेखक, न शिक्षक। मैं तो एक बड़ी मामूली-सी नौकरी पेशा घरेलू औरत हूं, जो अपनी उम्र के बयालीस साल पार कर चुकी है। लेकिन इस उम्र तक आते-आते जिन स्थितियों से मैं गुज़री हूं, जैसा अहम् अनुभव मैंने पाया...चाहती हूं, बिना किसी लाग-लपेट के उसे आपके सामने रखूं और आपको बहुत सारे खतरों से आगाह कर दूं। मैं जानती हूं कि अपने जीवन के निहायत ही निजी अनुभवों को यों सरेआम कहकर मैं खुद अपने लिए बहुत बड़ा खतरा मोल लूंगी। मेरे मात्र पांच साल के अल्पकालीन विवाहित जीवन पर भी संकट आ सकता है। पर क्या करूं, मेरा नैतिक दायित्व मुझे ललकार रहा है कि अपनी हज़ार-हज़ार मासूम किशोरी बहनों को...जो या तो ऐसी ही स्थिति में पड़ी हैं या कि कभी भी पड़ सकती हैं...अपने अनुभव से कुछ नसीहत दूं, बरबादी की ओर जाने से बचा लूं, खतरा उठाकर भी यदि मैं दो-चार बहनों की...

क्या कहा, आपकी दिलचस्पी बेकार की लफ़्फ़ाजी में नहीं है! आप असली बात जानना चाहती हैं! बहुत अच्छे! लफ़्फ़ाजी के प्रति यदि आपके मन में अरुचि है, तो यह शुभ लक्षण है। बहुत शुभ। आप शर्तिया बहुत सारे खतरों से बची रहेंगी। सांप का काटा और बातों का मारा व्यक्ति बेचारा उठ ही नहीं पाता। मुझे ही देखिए, मेरी जो दुर्दशा हुई थी, उसका कारण...

अच्छा-अच्छा, अब एक भी बेकार की बात नहीं। बिना किसी लाग-लपेट के सीधी बात सुनिए। सीध और सच्ची!

मेरा अपने बॉस से प्रेम हो गया। वाह! आपके चेहरों पर तो चमक

आ गई! आप भी क्या करें? प्रेम कम्बख्त है ही ऐसी चीज़। चाहे कितनी ही पुरानी और घिसी-पिटी क्यों न हो जाए...एक बार तो दिल फड़क ही उठता है...चेहरे चमचमाने ही लगते हैं। खैर, तो यह कोई अनहोनी बात नहीं थी। डॉक्टरों का नर्सों से, प्रोफ़ेसरों का छात्राओं से, अफ़सरों का अपनी स्टेनो-सेक्रेटरी से प्रेम हो जाने का हमारे यहां आम रिवाज़ है। यह बात बिल्कुल अलग है कि उनकी ओर से इसमें प्रेम कम और शगल ज्यादा रहता है पर यह बात तो बहुत बाद में समझ में आई। मैंने तो अपनी ओर से पूरी ईमानदारी के साथ ही शुरू किया था। ईमानदारी और समर्पण के साथ।

शिंदे नए-नए तबादला होकर हमारे विभाग में आए थे। बेहद खुशमिजाज़ और खूबसूरत। आंखों में ऐसी गहराई कि जिसे देख लें, वह गोते ही लगाता रह जाए। बड़ा शायराना अंदाज़ था उनका और जल्दी ही मालूम पड़ गया कि वे कविताएं भी लिखते हैं। पत्र-पत्रिकाओं में वे धड़ाधड़ छपती भी रहती हैं और इस क्षेत्र में उनका अच्छा खासा नाम है। आयकर विभाग की अफ़सरी और कविताएं! हैं न कुछ बेमेल-सी बात! पर यह उनके जीवन की हकीकत थी।

मैं स्थितियों और उम्र के उस दौर से गुजर रही थी, जब लड़कियों में प्रेम के लिए विशेष प्रकार का लपलप भाव रहता है। बूढ़ी मां तीनों छोटे भाई-बहनों को लेकर गांव में रहती थी और मैं इस महानगरी में कामकाजी महिलाओं के एक होस्टल में। न घर का कोई अंकुश था और न इस बात की संभावना कि वे कहीं मेरा ठौर-ठिकाना लगा पाएंगे। मेरा ठिकाना वे लगाते भी क्या, उनकी ज़िंदगियां ठिकाने लगी रहें, और घर की मशीन जैसे-तैसे चलती रहे, इसके लिए मुझे ही हर महीने मनीऑर्डर में तेल डाल कर भेजना पड़ता था। सब ओर से असुरक्षित और असहाय होकर ही मैंने ज़िंदगी के सत्ताईस साल पूरे कर लिए और एकाएक ही मुझे लगने लगा कि नहीं, इस तरह अब और नहीं चलेगा। हर रोज हज़ार-हज़ार इच्छाएं मुंह बाए खड़ी रहतीं और मैं उनके सामने ढेर हो जाती। आखिर मैंने अपनी नाक और आंखों को कुछ अधिक सजग और तेज़ कर लिया। बस, ऐसा करते ही मुझे हर नौजवान की नजरों में अपने लिए विशेष संकेत दिखने लगे और उनकी बातों में विशेष अर्थ और आमंत्रण की गंध आने लगी। तभी भिड़ गया शिंदे। उसके तो संकेत भी बहुत साफ थे...निमंत्रण भी बहुत खुला। लगा,

किस्मत ने छप्पन पकवानों से भरी थाली मुझ भुक्कड़ के आगे परोसकर रख दी है। सो मैंने न उसका आगा-पीछा जानने की कोशिश की और न अपना आगा-पीछा सोचने की। बस, आंख मूंदी और प्रेम की डगर पर चल पड़ी।

हर प्रेम की शुरुआत करीब-करीब एक-सी ही होती है। प्रेमियों को वे सारी बातें चाहे जितनी रोमांचकारी और गुदगुदानेवाली लगें, देखने-सुननेवालों को बड़ी उबाऊ और सपाट लगने लगती हैं। घबराइए नहीं, मैं आपको उन बातों से कतई बोर करने नहीं जा रही। बस, इतना ही समझ लीजिए कि शामें हमारी किसी रेस्तरां के नीम-अंधेरे कोने में बीततीं, तो कभी बाग के झुरमुट के बीच। कभी हम आपस में उंगलियां उलझाए रहते, तो कभी वह मेरी लटों से खिलवाड़ करता रहता। एक बार उसने कविता में मेरे बालों की उपमा बदली से दे दी। बस, फिर क्या था, मैं जब-तब गोदी में रखे उसके सिर पर झुककर बदली छितरा देती और वह उचककर...

यह क्या, आपकी आंखों में तो अविश्वास उभर आया। मैं समझ गई। एक सीनियर अधिकारी और ऐसी छिछोरी फिल्मी हरक़तें। पर सच मानिए, अब भी मैं दावे के साथ कह सकती हूं कि यहां के हर पुरुष के भीतर एक ऐसा ही फिल्मी हीरो आसन मारे बैठा रहता है और जब तक वह पूरी तरह तृप्त न हो जाए, मरता नहीं। उम्र के किसी भी दौर पर, उस समय चाहे वह छह बच्चों का बाप ही क्यों न हो...ज़रा-सा मौक़ा मिलते ही भड़भड़ाकर जाग उठता है और पूरी तरह उसे अपनी गिरफ़्त में जकड़ लेता है। फिर तो बड़ी-बड़ी तोपें तक ऐसी बचकाना और बेवकूफ़ाना हरकतें करती हैं कि बस, तौबा! न कोई शर्म, न उम्र का लिहाज! आजकल की लड़कियों ने इस राज़ को अच्छी तरह समझ लिया है, इसलिए वे शादी करते ही हनीमून की जाने की लग जाती हैं। फिर किसी पहाड़ी जगह में, सारे नाज़ -नखरों के साथ, फिल्मी अदाकारी की तर्ज पर प्रेम के ऐसे-ऐसे दिलकश दांव-पेंच दिखाती हैं कि हीरो साहब पूरी तरह ढेर! कम-से-कम आगे के दस साल तो सुरक्षित। पर हनीमून की नौबत तो शादी के बाद ही आती है न! मैं तो उन बहनों को सावधान करना चाहती हूं, जो शादी के पहले ही इस हीरो के चंगुल में आकर अपने को चौपट कर लेती हैं।

माफ़ करिए, फिर बहक गई! क्या करूं? चाहती हूं इस प्रसंग की एक-एक बारीक़ी आपको समझा दूं। वरना इस चक्कर में फंसने के बाद तो

समझ एकदम भोंथरी हो जाती है, जैसे मेरी हो गई थी। हां, तो मेरा और शिंदे का प्रेम चल निकला। एक बात साफ कर दूं, बहुत ज़रूरी है। आप कहीं यह न समझ लें कि मैं शिंदे से इसलिए प्रेम करने लगी थी कि वह मेरा बॉस था और उसके प्रेम के प्रकाश में मुझे अपना कैरियर दिप-दिपाता हुआ दिखाई देता। नहीं, प्रेम जैसी पवित्र चीज़ को मैं घटिया क़िस्म के स्वार्थों से अलग करके ही देखती थी। तभी तो पूरे आठ साल तक शिंदे के प्रेम की अखंड जोत जलाए अपने को होम करती रही।

लीजिए, आप हंस रही हैं! क्या करूं, मुश्किल यह है कि टुच्चे लोगों ने प्रेम में निहायत की घटिया क़िस्म की घालमेल करके उसे इतना हल्का, झूठा और बाज़ारू बना दिया है कि उसके असली रूप की बात करते ही लोग हंसने लगते हैं। पर आप मेरी बात का यक़ीन मानिए...मेरा प्रेम क़तई-क़तई कैरियर-ओरिएंटेड नहीं था। बड़ी मुश्किल से पाए हुए अपने इस विवाहित जीवन को दांव पर लगा कर, अपनी जो यह दुःख भरी गाथा सुना रही हूं, वह भी केवल उन्हीं बहनों के लिए, जो प्रेम को मीराबाई के भाव से ग्रहण करती हैं।

हां, तो मैं पूरी तरह शिंदेमयी हो गई, पर तभी एक भयंकर झटका लगा। बल्कि कहूं कि जो लगा, उसके लिए झटका शब्द हल्का ही है। मालूम पड़ा कि शिंदे के एक अदद बीवी है, जो पहली बार पुत्रवती बनकर पांच महीने बाद अपने मैके से लौटी है यानी एक अदद बीवी और एक अदद बच्चा। मुझे तो सारी दुनिया ही लड़खड़ाती नज़र आने लगी। लगा, मैं बहुत बड़ा धोखा खा गई हूं। मेरे भीतर गुस्सा बुरी तरह बलबलाने लगा। इसने यह बात बताई क्यों नहीं? और बीवी-बच्चे के रहते मेरी ओर प्रेम का हाथ बढ़ाने का मतलब? मैंने जब भी उससे घर और घरवालों के बारे में पूछा, वह तीन-चार शेर दोहरा दिया करता था, जिनका शाब्दिक अर्थ होता था, 'मेरा न कोई घर है न दर, न कोई अपना न पराया। इस ज़मीन और आसमान के बीच मैं अकेला हूं, बिल्कुल अकेला', पर मेरे लिए इन शेरों का सीधा-सादा अर्थ था—हरी झंडी, लाइन क्लीयर। सो मैं सपाटे से चल पड़ी। बल्कि चलने में थोड़ी फुर्ती भी की। आप तो जानती ही होंगी कि इस उम्र तक शादी न होने पर लड़कियों में एक खास तरह की हड़बड़ाहट आ जाती है। चाहती हैं, जैसे भी हो, जल्दी-से-जल्दी प्रेमी को पूरी तरह क़ब्ज़े में करके, पति बनाकर

अपनी टेंट में खोंस लें। झूठ नहीं बोलूंगी। मैं भी इसी नेक इरादे से लपक रही थी कि बीच में ही औंधे मुंह गिरी।

पर गिरने नहीं दिया शिंदे ने। हाथों-हाथ झेल लिया। गुस्से से मैं पगला रही थी और आंखों से आंसुओं की झड़ी लगी हुई थी। मन हो रहा था, सामने बैठे इस आदमी की चिंदिया बिखेरकर रख दूं और फिर कभी इसकी सूरत नहीं देखूं। पर उसने बिना किसी बात का मौक़ा दिए मुझे बांहों में भर लिया और धुआंधार रोने लगा, "पिता के दबाव में आकर की हुई शादी मेरे जीवन की सबसे बड़ी ट्रेजेडी बन गई...बीवी के रहते भी मैं कितना अकेला हूं...दो अजनबियों की तरह एक छत के नीचे रहने की यातना..." ऐसी-ऐसी बातों के न जाने कितने टुकड़े आंसुओं में भीग-भीगकर टपक रहे थे। मेरा विवेक मुझसे संकल्प करवा रहा था कि लौट जाओ, इस दिशा में अब एक कदम भी आगे मत बढ़ो। मैं रो-रोकर अपना संकल्प दोहरा रही थी। वह रो-रोकर अपना दुःख दोहरा रहा था।

इसी तरह हम दो-तीन बार और मिले। वही बातें, वही रोना। मैंने सोचा था कि आंसुओं के साथ मैं अपना सारा प्रेम और ग़म भी बहा दूंगी और हमेशा के लिए अलविदा कहकर लौट जाऊंगी। पर हुआ एकदम उल्टा। आंसुओं के जल से सींचकर प्रेम की बेल तो और ज़्यादा लहलहा उठी। अब देखिए न, मीरा का पद—'अंसुवन जल सींच-सींच...' बचपन से पढ़ा था। पर हम सबकी ट्रेजेडी यही है कि स्कूली शिक्षा को जीवन में गुनते नहीं। शिक्षा एक तरफ़, जीवन एक तरफ़ और इसीलिए ठोकर खाते हैं। यही हुआ। उसका दुःखी और दयनीय चेहरा देखकर मेरे मन में प्रेम का ज्वार उमड़ने लगा। उसके आंसुओं ने प्रेम को इतना गीला और रपटीला बना दिया कि वापस मुड़ने को तैयार मेरा पैर, अपने-आपको स्वाहा करने के लिए आगे बढ़ गया।

पर इतना सब करने के बावजूद मेरी आंखों में जब-तब संदेह और आशंका के डोरे उभर आते। मेरी पकड़ में पहले जैसी मज़बूती नहीं रह गई, शिंदे इस मैदान का पक्का खिलाड़ी था। मेरे असमंजस और दुविधा को चट भांप गया। केवल भांप ही नहीं गया, वरन उसने यह भी महसूस कर लिया कि बीवी की उपस्थिति से हमारे प्रेम में आपात्कालीन स्थिति पैदा हो गई है। अब यदि इसे बचाकर रखना है, तो प्रेम करने के तरीके में भी एक

क्रांतिकारी परिवर्तन लाना होगा। बिना उसके मामला चलनेवाला नज़र नहीं आ रहा था। रेस्तरां और बाग-बगीचों के बीच तो यह परिवर्तन आ नहीं सकता था, इसलिए बड़ी शिद्दत के साथ एक कमरे की तलब महसूस होने लगी। वैसे पहले भी कई बार वह अपनी इस तरह की इच्छा और ज़रूरत का इज़हार कर चुका था, पर मैंने हमेशा दो टूक जवाब पकड़ा दिया। आप विश्वास करें या न करें, पर निश्चय ही मैं पहले बड़े संस्कारोंवाली लड़की थी। हर तरह की मर्यादा में मेरा पूरा विश्वास था। उस तरह के आमंत्रण को मैं स्वीकार कर ही नहीं सकती थी। पर स्थिति ने मुझे बेहद-बेहद कमज़ोर बना दिया था और मैं सोचने लगी थी कि यदि पूरी तरह पाना है तो अपने को पूरी तरह देना भी पड़ेगा।

तीन-चार कमरा-मुलाक़ातों में ही मैंने समझ लिया कि इन मुलाक़ातों के कारण उसके भीतर किसी तरह का अपराध-बोध, या कुछ ग़लत करने का भाव लेशमात्र भी नहीं है। वह काफी तृप्त और छका हुआ लगता था। मुझे समझते देर नहीं लगी की शरीर के स्तर पर भी मैंने अपने को उसके लिए अनिवार्य बना लिया है। मुझे पक्का विश्वास हो गया कि मेरा यह समपर्ण तुरुप के इक्के की तरह कारगर सिद्ध होगा और बाज़ी मेरे हाथ। निश्चय ही इन मुलाक़ातों ने मेरे प्रेम को बड़ी मज़बूत बैसाखियां थमा दीं और मेरे लड़खड़ाते क़दम फिर जम गए।

वह मेरे साथ भविष्य की योजनाएं बनाता, पर उन्हें अमल में लाए, तब तक के लिए एक मौन समझौता हम लोगों के बीच हो गया। अपना शरीर, अपनी भावनाएं उसने मेरे ज़िम्मे कर दीं और घर, बच्चा, बूढ़ा बाप और सारी पारिवारिक खिचखिच बीवी के जिम्मे। इस विभाजन से मैं कुछ समय के लिए परम प्रसन्न। यों भी इस उम्र में आदमी को सबसे ज़्यादा भरोसा अपने शरीर पर ही होता है। शरीर पा लिया, समझो दुनिया-जहान हथिया लिया। ऊपर से मुझे वह कभी बातों से, तो कभी कविताओं से समझाता रहता कि मन और शरीर की पवित्र भूमि पर ही असली प्रेम पनपता है। घर की चहारदीवारी के बीच निरंतर होनेवाली खिचखिच में तो वह मरता ही है। मैं समझती रहती और अपने को बहुत पुख़्ता ज़मीन पर महसूस करती। वह बातें ही ऐसी करता कि संदेह की कोई गुंजाइश नहीं छोड़ता। मुझे पूरा

विश्वास था कि एक दिन वह खूंटे से उखड़कर मेरी गिरफ़्त में आ जाएगा।

बीवी की याद और बात से ही शिंदे अपना चेहरा एकदम मायूस बना लेता और बिना कहे ही मेरे दिमाग़ में यह बिठाने की कोशिश करता कि बीवी बनते ही औरत बहुत उबाऊ और त्रासदायक बन जाती है...कि रिश्तों में बंधते ही प्रेम नीरस और बेजान हो जाता है...कि सच्चे प्रेमियों को तो हमेशा मुक्त ही रहना चाहिए। मैं इन सब बातों को सुनती-समझती तो सही, पर गले नहीं उतार पाती, क्योंकि बीवी बनने की ललक जब-तब मेरे भीतर जोर मारती थी। सच बात है, मुझे तो घर भी चाहिए था, पति भी और बच्चे भी। पर उसे तो जैसे बीवी नाम से ही चिढ़ हो गई थी। कभी-कभी तो वह अपनी बीवी के कर्कश स्वभाव और तुनकमिज़ाजी की बात करते-करते रो तक पड़ता। तब मैं लपककर उसे बांहों में भरती, अपने होंठों से उसके आंसू पोंछती और उसे हौसला बंधाती कि जल्दी ही हम कुछ ऐसा करेंगे कि वह इस दुःख से मुक्त हो जाएगा कि मैं उसे एक सही, सुखद जिंदगी दूंगी। यह आश्वासन उसके लिए कम, मेरे अपने लिए ज्यादा होता था।

दिन सरकते जा रहे थे और अपने प्रेम करने के तरीक़े में क्रांतिकारी परिवर्तन लाने के बावजूद स्थिति जहां-की-तहां थी यानी कि मैं अपने हॉस्टल के कमरे में बंद, शिंदे अपनी बीवी की मुट्ठी में। साल-भर पहले का जागा आत्मविश्वास फिर डगमगाने लगा और मुझे लगा कि अब कोई कार्यक्रम अपनाना पड़ेगा।

आज सोचती हूं तो अपने पर ही सौ-सौ धिक्कार के साथ-आश्चर्य भी होता है कि कैसे मेरी बुद्धि पर ऐसा मोटा परदा पड़ गया था कि यह भी नहीं सोच सकी कि उसकी बीवी भी आख़िर मेरी तरह ही एक स्त्री है...अपने पति के छलावे और मक्कारी की शिकार। पर नहीं, यह तो तब समझ में आया जब उसकी मक्कारी ने मुझे भी तबाही के कगार पर ला पटका। झूठ नहीं बोलूंगी, उस समय तो उसके प्रेम में अंधी होने के कारण, वह जो कुछ भी कहता-समझाता, मुझे उस पर पूरा यकीन ही नहीं होता बल्कि मैं भी उसी की तरह दुनियाभर के छलछंद सोचा करती। तभी तो मैंने सोचा कि उसकी बीवी को हमारे प्रेम-प्रसंग की जानकारी तो आवश्य होगी...वह काफी दुःखी भी होगी...क्यों न मैं जब-तब वहां उपस्थित होकर उसके त्रास को इतना बढ़ा सकूं कि वह खुद ही इस अपमानजनक स्थिति

को नकारकर अलग हो जाए। रक़ीब को सामने देखकर अच्छों-अच्छों के हौसले पस्त हो जाते हैं, फिर अपमान और उपेक्षा की आग में झुलसी इस औरत का हौसला ही क्या होगा! और यही सोचकर आखिर मैं एक दिन शिंदे के घर जा धमकी।

एक सुहागिन औरत की सारी नियामतों यानी बूढ़े ससुर के वरदहस्त की छत्र-छाया और बच्चे के पोतड़ों की बंदनवार के बीच, दूधों नहाई पूतों फली भाव से वह कुर्सी पर विराजमान थी। मुझे देखकर उसके चेहरे पर किसी तरह का कोई विकार नहीं आया। बस, सहजता में लिपटा एक प्रश्नवाचक उभरा और 'हरखू, इन्हें बिठाओ और साहब से बोलो, कोई मिलने आया है' के साथ बिला गया। विकार तो मुझे देखकर शिंदे के चेहरे पर आया, जिसे उसने थोड़ी-सी कोशिश करके अफ़सरी नकाब के नीचे ढक लिया। दफ़्तरी भाषा में दफ़्तरी बातें करके उसने मुझे चलता किया। पर बाहर निकलते समय हाथ दबाकर लाड़ में लिपटी हल्की-सी-फटकार के साथ शाम को कमरे पर आने का निमंत्रण भी दे दिया।

मैं उसकी बीवी को त्रस्त करने गई थी, पर खुद ही त्रस्त और पस्त होकर लौटी। मुझे आश्चर्य हो रहा था कि यह औरत है या मांस का लौंदा? इसका आदमी तीन साल से एक दूसरी लड़की के साथ मस्ती मार रहा है और इसे न कोई तकलीफ़ न कष्ट! मैं इसकी जगह होऊं तो शायद एक दिन भी इस तरह की अपमानजनक स्थिति को बर्दाश्त न करूं। इसके शरीर पर चमड़ी लिपटी है या गेंडे की खाल? यह तो मुझे बहुत बाद में अपने अनुभव ने सिखाया कि अधिकतर शादी-शुदा औरतें ऐसी होती हैं, जिन्हें अपने घर की दीवारों से बेशुमार लगाव होता है। इतना ज्यादा कि धीरे-धीरे उन दीवारों को ही अपने शरीर के चारों ओर लपेट लेती हैं। फिर मान-अपमान के सारे हमले उनसे टकराकर बाहर ही ढेर हो जाते हैं और वे उनसे बे-असर सती-साध्वी-सी भीतर सुरक्षित बैठी रहती हैं।

शाम को शिंदे मुझ पर एकदम बरस पड़ा कि मैंने उसके घर जाने की मूर्खता क्यों की? कितना चौकस रहना पड़ता है उसे हर समय, जिससे उसकी बीवी को इस प्रसंग की हवा भी न लग सके, वरना तो वह शूर्पनखा की तरह ऑफ़िस, परिवार और सारे शहर में हड़बौंग मचाकर रख देगी। मौका

लगा तो मेरा झोंटा पकड़कर सड़क पर जूते लगवाएगी, और बड़ी चालाकी से उसने मेरे मन में अपनी पत्नी के लिए, जिसे वह अक्सर कोतवाल कहता था—ढेर सारी नफ़रत और आक्रोश भर दिया। साथ ही जल्दबाजी करने की अपनी नादानी-भरी मूर्खता पर मुझे बेहद शर्मिंदा भी किया।

देखा आपने कि कैसे शातिराना अंदाज़ से पुरुष नफ़रत और गुस्से की सुई अपनी ओर से सरका कर दोनों औरतों की ओर घुमा देता है। वे ही आपस में लड़ें-भिड़ें, कोसें-गलियाएँ और वह जो असली गुनहगार है, अपने पर आंच आए बिना आराम से दोनों का सुख भोगता रहे। पर उस समय तो मैं जब-जब बहुत अधीर होती, वह समझाता कि सहजीवन का मधुरतम पक्ष तो हम भोग ही रहे हैं, मैं क्यों बेकार में शादी-ब्याह और घर में जकड़कर इस मधुर संबंध का गला घोंटना चाहती हूं और इसी चक्कर में वह मधु उंडेलती हुई तीन-चार फड़कती हुई कविताएं मेरे नाम ठोक देता। मीठी-मीठी पप्पियों के बीच बड़ी ऊंची-ऊंची बातें मेरे ज़हन में बिठा देता। कुछ समय के लिए मुझे लगने लगता कि मैं आम औरत से कुछ अलग, कुछ विशिष्ट, कुछ ऊंची हूं। मेरे कंधों पर स्त्री-पुरुष के संबंधों को एक नई दिशा देने का दायित्व है। अगली पीढ़ी अधिक स्वस्थ, अधिक मुक्त ज़िंदगी जी सके, इसके लिए हमें पहल करनी होगी, एक उदाहरण रखना होगा—चाहे उसके लिए हमें खाद ही क्यों न बनना पड़े। शिंदे तो ये बातें झाड़कर मज़े से अपनी बीवी का बगलगीर हो जाता और मैं असली अर्थों में खाद बनी अपने कमरे में सड़ती रहती।

तभी शिंदे का तबादला हो गया। मैं एक बार फिर डगमगा गई। मुझे लगा कि बस, अब यह मेरी ज़िंदगी से निकला। रो-रोकर मेरा बुरा हाल था, पर फिर उसने मुझे हाथों-हाथ झेल लिया। एक नई योजना से मेरे आंसू पोंछ दिए। तय हुआ कि नई जगह अभी वह अकेला ही जाएगा और उसके जाने के तीन-चार दिन बाद ही मेडिकल-लीव लेकर मैं उसके पास पहुंच जाऊंगी। उसने मुझे बताया कि उसने यह तबादला करवाया ही इसीलिए है कि शहरी तबादला उसकी ज़िंदगी के तबादले की भूमिका बन जाए। यह तो मुझे बाद में मालूम पड़ा कि शिंदे ने तबादला इसलिए करवाया था कि हमारे संबंधों की सुरसुराहट उसकी बीवी के कानों तक पहुंचने लगी थी। बात पूरी तरह खुले, उसके पहले ही वह शहर छोड़ देना चाहता था। पर मैं तो यह समझकर कि केवल मेरी खातिर शिंदे ने बड़े शहर की बड़ी संभावनाओं

को छोड़ छोटी जगह चुनी है, एकदम, निहाल हो गई और उसकी बातों के जादू में बंधी-बंधी एक सप्ताह बाद ही उसके पास पहुंच गई।

आपको बहुत ग़लत लग रहा है न? लगना ही चाहिए। अब तो मुझे भी लगता है। पर उस समय ग़लत-सही की समझ ही कहां रह गई थी! मैं उसे पाना चाहती थी और वह मुझे खोना नहीं चाहता था।

उसके साथ होटल में गुज़ारे वे दिन! मैं तो भूल ही गई कि हम दोनों के बीच कोई तीसरा भी है। तबीयत एकदम लहलहा उठी। इस बार उसने बाक़ायदा योजना बनाई कि पत्नी को अब यहां न बुलाकर उसके पिता के घर भेज देगा और धीरे-धीरे उसे कानूनी कार्रवाई करने के लिए राजी कर लेगा...यदि नहीं हुई तो, मजबूर करेगा।

पंखों पर सवार होकर ही मैं लौटी थी। आंखों में उसने ढेर सारे सपने आंज दिए थे और उठते-बैठते मुझे अपना स्वीट-होम ही दिखाई देता। मैंने उसे एक फड़कता हुआ प्रेम-पत्र लिखा। बातों का तो वह बादशाह था ही, पत्र लिखने में भी उसे कमाल हासिल था। शरीरों में जो दूरी आ गई थी, उसे वह पत्रों की भाषा से पाटता रहता। पत्रों में मुझे वह 'दिव्य-प्रेम' का दर्शन समझाता। मेरे जन्म-दिन पर अपने इसी दिव्य-प्रेम में डुबोकर उसने एक खूबसूरत-सा तोहफ़ा मेरे लिए भेजा। कभी वह चांदनी रात के गीत लिखकर भेजता, तो कभी साथ बिताए मधुर क्षणों की याद को ताज़ा करनेवाली कविताएं।

जानता था कि इन बातों से मुझे तसल्ली नहीं होगी, इसलिए तसल्ली देने के लिए वह खुद सशरीर आ पहुंचा। ऑफ़िस का काम निकालकर वह जब-तब आ ही जाया करता था। उसने आंखों में सचमुच के आंसू भरकर कहा कि मैं ही शिंदे की प्राण हूं, शिंदे की प्रेरणा हूं। घर-परिवार के अतिरिक्त शिंदे का जो कुछ भी है—और वही तो असली शिंदे है—वह उसने मुझे पूरी तरह सौंप रखा है और तुरंत उसने अपनी बात का प्रमाण पेश कर दिया—मुझे समर्पित किया हुआ अपना नया कविता-संग्रह। हाथ से लिखा हुआ था—'प्राण को'।

उसकी प्रेरणा और प्राण बनने का हश्र यह हुआ कि वह तो दिन-दूना, रात-चौगुना फलता-फूलता रहा। धन-यश, सफलता, मान-सम्मान—सभी का मालिक और मैं भीतर-ही-भीतर झुलसकर काठ का कुंदा हो गई। सब ओर

से मरी, मुरझाई, टूटी और पस्त! मैं समझ गई कि मैं बुरी तरह ठगी गई हूं!

धीरे-धीरे उम्र की बढ़ोतरी और ऑफ़िस और दुनियादरी की निरंतर बढ़ती ज़िम्मेदारियों के बीच शिंदे की रोमानी जरूरत घटती चली गई। परिणाम यह हुआ कि हमारे बीच चलनेवाले पत्रों की संख्या कम और मजमून मौसम के सर्द-गर्म होने पर आकर टिक गया। और फिर एक दिन उसके पास से गृह-प्रवेश का निमंत्रण-पत्र मिला जाने का कोई तुक नहीं था, फिर भी मैं चली गई। महज सारी स्थिति का ज़ायजा लेने के लिए।

लंबा-चौड़ा आधुनिक ढंग का बना हुआ मकान। लकदक फर्नीचर। बीवी निकलकर आई, तो लगा, यह कोई दूसरी औरत है। शरीर पर चर्बी की तीन-चार परतें चढ़ी हुईं और परम तृप्ति का एक डकार भाव सारे चेहरे पर पुता हुआ। आठ साल का एक सुंदर-सा बच्चा भी निकलकर आया। लगा, जैसे शिंदे ने ही अपने को पूरी तरह उंडेल दिया हो उसमें। हू-ब-हू शिंदे।

और मेरा मन हो रहा था कि शिंदे के दोनों कंधे झकझोरकर पूछूं—'राम धुन की तरह तुम मेरी हो, तुम मेरी हो' की रट लगानेवाले शिंदे साहब, बताइए तो, आपकी ज़िंदगी के इस सारे तामझाम में मैं कहां हूं...मैं कितनी हूं?

पर पूछकर अब होना ही क्या था? मैं लौट आई, इस अहसास के साथ कि प्रेम के इस खेल में वह एक सधे हुए खिलाड़ी की तरह खेला और मैं निहायत अनाड़ी की तरह। आठ साल तक चलनेवाला प्रेम-प्रसंग महज एक खिलवाड़ था, जिसकी बाजी बड़ी होशियारी से शिंदे ने बांटी। भ्रमजाल के कटते ही नजर साफ़ हुई, तो बाज़ी में बंटे हुए पत्तों का यह नक्शा रह-रहकर मेरी आंखों में उभरने लगा :

तुरुप का इक्का यानी घर...उसके पास
तुरुप का बादशाह यानी बच्चा...उसके पास
तुरुप की बेगम यानी बीवी और
प्रेम करने के लिए प्रेमिका...उसके पास
तुरुप का गुलाम यानी नौकर-चाकर
गाड़ी-बंगला....उसके पास

लब्बो-लुबाब यह कि तुरुप के सारे पत्ते उसके पास और मुझे मिले उसके दिए हुए छक्के-पंजे, यानी टोटके की तरह पुड़िया में बंधे, दार्शनिक

लफ़्फ़ाजी में लिपटे हवाई प्यार के चंद जुमले। इन टटपूंजिया पत्तों के सहारे मैं ज्यादा-से-ज्यादा इतना ही कर सकती थी कि ज़िंदगी-भर उसकी पूंछ पकड़े रहती और उसे ही अपनी उपलब्धि समझ-समझकर संतोष करती। मन बहुत घबराता, तो उसी पूंछ से हवा करके उसके साथ बिताए मधुर क्षणों पर जमी समय की धूल उड़ाकर कुछ समय के लिए अपना खालीपन भर लेती।

पर भला बताइए, इससे कहीं जिंदगी चल सकती थी? यह तो लाख-लाख शुक्र है खुदा का कि मेरी तहस-नहस ज़िंदगी को नए सिरे से संवारने के लिए...

लेकिन छोड़िए, इस प्रसंग की कोई ज़रूरत नहीं। निहायत हवाई बातें पल्ले से बांधे-बांधे मैंने अपनी ज़िंदगी को बरबादी के कगार पर ला पटका था। अब चाहती हूं, ठेठ दुनियादारी की बातें अपनी हज़ार-हज़ार मासूम किशोरी बहनों के पल्ले से बांध दूं, जिससे वह मेरी तरह भटकने से बच जाएं।

- इस देश में प्रेम के बीज मन और शरीर की 'पवित्र भूमि' में नहीं, ठेठ घर-परिवार की उपजाऊ भूमि में ही फलते-फूलते हैं।
- भूलकर भी शादीशुदा आदमी के प्रेम में मत पड़िए। 'दिव्य' और 'महान प्रेम' की खातिर बीवी-बच्चों के दांव पर लगानेवाले प्रेम-वीरों की यहां पैदावार ही नहीं होती। दो नावों पर पैर रखकर चलनेवाले 'शूरवीर' ज़रूर सरेआम मिल जाएंगे।
- हां, शादीशुदा औरतें चाहें, तो भले ही शादीशुदा आदमी से प्रेम कर लें। जब तक चाहा प्रेम किया, मन भर गया तो लौटकर अपने खूंटे पर।
- न कोई डर, न घोटाला, जब प्रेम में लगा हो शादी का ताला!

त्रिशंकु

'घर की चहारदीवारी आदमी को सुरक्षा देती है पर साथ ही उसे एक सीमा में बांधती भी है। स्कूल-कॉलेज जहां व्यक्ति के मस्तिष्क का विकास करते हैं, वहीं नियम-कायदे और अनुशासन के नाम पर उसके व्यक्तित्व को कुंठित भी करते हैं...बात यह है बंधु, कि हर बात का विरोध उसके भीतर ही रहता है।'

ये सब मैं किसी किताब के उदाहरण नहीं पेश कर रही। ऐसी भारी-भरकम किताबें पढ़ने का तो मेरा बूता ही नहीं। ये तो उन बातों और बहसों के टुकड़े हैं जो रात-दिन हमारे घर में हुआ करती हैं। हमारा घर यानी बुद्धिजीवियों का अखाड़ा। यहां सिगरेट के धुंए और कॉफी के प्यालों के बीच बातों के बड़े-बड़े तूमार बांधे जाते हैं...बड़ी-बड़ी शाब्दिक क्रांतियां की जाती हैं। इस घर में काम कम और बातें ज़्यादा होती हैं। मैंने कहीं पढ़ा तो नहीं, पर अपने घर से यह लगता ज़रूर है कि बुद्धिजीवियों के लिए काम करना शायद वर्जित है। मातुश्री अपनी तीन घंटे की तफरीहनुमा नौकरी बजाने के बाद मुक्त। थोड़ा-बहुत पढ़ने-लिखने के बाद जो समय बचता है वह या तो बात-बहस में जाता है या फिर लेट लगाने में। उनका ख़याल है कि शरीर के निष्क्रिय होते ही मन-मस्तिष्क सक्रिय हो उठते हैं और वे दिन के चौबीस घंटों में से बाहर घंटे अपना मन-मस्तिष्क ही सक्रिय बनाए रखती हैं। पिताश्री और भी दो क़दम आगे! उनका बस चले तो वे नहाएं भी अपनी मेज पर ही।

जिस बात की हमारे यहां सबसे अधिक कताई होती है, वह है—आधुनिकता! पर ज़रा ठहरिए, आप आधुनिकता का ग़लत अर्थ मत लगाइए। यह बाल कटाने और छुरी-कांटे से खानेवाली आधुनिकता क़तई

नहीं है। यह है ठेठ बुद्धिजीवियों की आधुनिकता! यह क्या होती है सो तो ठीक-ठीक मैं भी नहीं जानती—पर हां, इसमें लीक छोड़ने की बात बहुत सुनाई देती है। आप लीक को दुलत्ती झाड़ते आइए, सिर-आंखों पर—लीक से चिपककर आइए, दुलत्ती खाइए।

बहसों में यों तो दुनिया-जहान के विषय पीसे जाते हैं पर एक विषय शायद सब लोगों का बहुत प्रिय है और वह है शादी। शादी यानी बर्बादी। हल्के-फुल्के ढंग से शुरू हुई बात एकदम बौद्धिक स्तर पर चली जाती है—विवाह-संस्था एकदम खोखली हो चुकी है...पति-पत्नी का संबंध बड़ा नकली और ऊपर से थोपा हुआ है...और फिर धुआंधार ढंग से विवाह की धज्जियां उड़ाई जाती हैं। इस बहस में अक्सर स्त्रियां एक तरफ़ हो जातीं और पुरुष एक तरफ़ और बहस का माहौल कुछ ऐसा गरम हो जाया करता कि मुझे पूरा विश्वास हो जाता कि अब ज़रूर एक-दो लोग तलाक दे बैठेंगे। पर मैंने देखा कि ऐसा कोई हादसा कभी हुआ नहीं। सारे ही मित्र लोग अपने-अपने ब्याह को खूब अच्छी तरह तह-समेट कर, उस पर जमकर आसन मारे बैठे हैं। हां, बहस की रफ़्तार और टोन आज भी वही है!

अब सोचिए, ब्याह को कोसेंगे तो फ्री-लव और फ्री-सेक्स को तो पोसना ही पड़ेगा। इसमें पुरुष लोग उछल-उछलकर आगे रहते—कुछ इस भाव से मानो बात करते ही इसका आधा सुख तो वे ले ही लेंगे। पापा खुद बड़े समर्थक! पर हुआ यों कि घर में हमेशा चुप-चुप रहनेवाली दूर-दराज की एक दिदिया ने बिना कभी इन बहसों में भाग लिए ही इस पर पूरी तरह अमल कर डाला तो पाया कि सारी आधुनिकता अड़ड़ड़धम! वह तो फिर ममी ने बड़े सहज ढंग से सारी बात को संभाला और निरर्थक विवाह के बंधन में बांधकर दिदिया का जीवन सार्थक किया। हालांकि यह बात बहुत पुरानी है और मैंने तो बड़ी दबी-ढकी ज़बान से इसका ज़िक्र ही सुना है।

वैसे पापा-ममी का भी प्रेम-विवाह हुआ था। यों यह बात बिलकुल दूसरी है कि होश संभालने के बाद मैंने उन्हें प्रेम करते नहीं केवल बहस करते ही देखा है। विवाह के पहले अपने इस निर्णय पर ममी को नाना से भी बहुत बहस करनी पड़ी थी और बहस का यह दौर बहुत लंबा भी चला था शायद। इसके बावजूद यह बहस-विवाह नहीं, प्रेम-विवाह ही है, जिसका

ज़िक्र ममी बड़े गर्व से किया करती हैं। गर्व, विवाह को लेकर नहीं, पर इस बात को लेकर है कि किस प्रकार उन्होंने नाना से मोर्चा लिया। अपने और नाना के बीच हुए संवादों को वे इतनी बार दोहरा चुकी हैं कि मुझे वे कंठस्थ से हो गए हैं। आज भी जब वे उसकी चर्चा करती हैं तो लीक से हटकर कुछ करने का संतोष उनके चेहरे पर झलक उठता है।

बस, ऐसे ही घर में मैं पल रही हूं—बड़े मुक्त और स्वच्छंद ढंग से और पलते-पलते एक दिन अचानक बड़ी हो गई। बड़े होने का यह अहसास मेरे अपने भीतर से इतना नहीं फूटा, जितना बाहर से। इसके साथ भी एक दिलचस्प घटना जुड़ी हुई है। हुआ यों कि घर के ठीक सामने एक बरसाती है—एक कमरा और उसके सामने फैली छत! उसमें हर साल दो-तीन विद्यार्थी आकर रहते...छत पर घूम-घूमकर पढ़ते पर कभी ध्यान ही नहीं गया। शायद ध्यान जाने जैसी मेरी उम्र ही नहीं थी। इस बार देखा, वहां दो लड़के आए हैं। थे तो वे दो ही, पर शाम तक उनके मित्रों का एक अच्छा-खासा जमघट हो जाता और सारी छत ही नहीं, सारा मोहल्ला तक गुलज़ार! हंसी-मज़ाक गाना-बजाना और आस-पास की जो भी लड़कियां उनकी नज़र के दायरे में आ जातीं, उन पर चुटीली फ़ब्तियां। पर उनकी नज़रों का असली केंद्र हमारा घर...और स्पष्ट कहूं तो मैं ही थी। बरामदे में निकलकर मैं कुछ भी करूं, उधर से एक न एक रिमार्क हवा में उछलता हुआ टपकता और मैं भीतर तक थरथरा उठती। मुझे पहली बार लगा कि मैं हूं....और केवल हूं ही नहीं...किसी के आकर्षण का केंद्र हूं। ईमानदारी से कहूं तो अपने होने का यह पहला अहसास बड़ा रोमांचक लगा और अपनी ही नज़रों में मैं नई हो उठी...नई और बड़ी!

अजीब-सी स्थिति थी। जब वे फब्तियां कसते तो मैं गुस्से से भन्ना जाती—हालांकि उनकी फ़ब्तियों में अशिष्टता कहीं नहीं थी...थी तो केवल मन को सहलानेवाली एक चुहल। पर जब वे नहीं होते या होकर भी आपस में ही मशगूल रहते तो मैं प्रतीक्षा करती रहती...एक अनाम-सी बेचैनी भीतर-ही-भीतर कसमसाती रहती। आलम यह है कि हर हालत में ध्यान वहीं अटका रहता और मैं कमरा छोड़कर बरामदे में ही टंगी रहती।

पर इन लड़कों के इस हल्ले-गुल्लेवाले व्यवहार ने मोहल्लेवालों की नींद

ज़रूर हराम कर दी। हमारा मोहल्ला यानी हाथरस-खुरजा के लालाओं की बस्ती। जिनके घरों में किशोरी लड़कियां थीं वे बांहें चढ़ा-चढ़ाकर दांत और लात तोड़ने की धमकियां दे रहे थे, क्योंकि सबको अपनी लड़कियों का भविष्य खतरे में जो दिखाई दे रहा था। मोहल्ले में इतनी सरगर्मी और मेरे ममी-पापा को कुछ पता ही नहीं। बात असल में यह है कि इन लोगों ने अपनी स्थिति एक द्वीप जैसी बना रखी है। सबके बीच रहकर भी सबसे अलग।

एक दिन मैंने ममी से कहा, "ममी, ये जो सामने लड़के आए हैं, जब देखो मुझ पर रिमार्क पास करते हैं। मैं चुपचाप नहीं सुनूंगी, मैं भी यहां से जवाब दूंगी।"

"कौन लड़के?" ममी ने आश्चर्य से पूछा।

कमाल है, ममी को कुछ पता ही नहीं। मैंने कुछ खीज और कुछ पुलक के मिले-जुले स्वर में सारी बात बताई। पर ममी पर कोई विशेष प्रतिक्रिया ही नहीं हुई।

"बताना कौन हैं ये लड़के..." बड़े ठंडे लहजे में उन्होंने कहा और फिर पढ़ने लगीं। अपना छेड़ा जाना मुझे जितना सनसनीखेज लग रहा था, उस पर मां की ऐसी उदासीनता मुझे अच्छी नहीं लगी। कोई और मां होती तो फेंटा कसकर निकल जाती और उनकी सात पुश्तों को तार देती। पर मां पर जैसे कोई असर ही नहीं।

दोपहर ढले लड़कों की मज़लिस छत पर जमी तो मैंने ममी को बताया:

"देखो, ये लड़के हैं जो सारे समय इधर देखते रहते हैं और मैं कुछ भी करूं उस पर फ़ब्तियां कसते हैं।" पता नहीं मेरे कहने में ऐसा क्या था कि मां एकटक मेरी ओर देखती रहीं, फिर धीरे से मुस्कराईं। थोड़ी देर तक छतवाले लड़कों का मुआयना करने के बाद बोलीं :

"कॉलेज के लड़के मालूम होते हैं, पर ये तो एकदम बच्चे हैं!"

मन हुआ, कहूं कि मुझे बच्चे नहीं तो क्या बूढ़े छेड़ेंगे? पर तभी ममी बोलीं, "कल शाम को इन लोगों का चाय पर बुला लेते हैं और तुमसे दोस्ती करवा देते हैं।"

मैं तो अवाक्!

"तुम इन्हें चाय पर बुलाओगी?" मुझे जैसे ममी की बात पर विश्वास ही नहीं हो रहा था।

"हां, क्यों, क्या हुआ? अरे, यह तो हमारे जमाने में होता था कि मिल तो सकते नहीं, बस, दूर से ही फ़ब्तियां कस-कसकर तसल्ली करो। अब तो जमाना बदल गया।"

मैं तो इस विचार-मात्र से ही पुलकित। लगा, मां सचमुच कोई ऊंची चीज़ हैं। ये लोग हमारे घर आएंगे और मुझसे दोस्ती करेंगे। एकाएक मुझे लगने लगा कि मैं बहुत अकेली हूं और मुझे किसी की दोस्ती की सख्त आवश्यकता है। इस मोहल्ले में मेरा किसी से विशेष मेल-जोल नहीं और घर में केवल ममी-पापा के दोस्त ही आते हैं।

दूसरा दिन मेरा बहुत ही संशय में बीता। पता नहीं ममी अपनी बात पूरी भी करती हैं या यों ही रौ में कह गईं और बात ख़त्म! शाम को मैंने याद दिलाने के लिए ही कहा :

"ममी, तुम सचमुच ही उन लड़कों को बुलाने जाओगी?" शब्द मेरे यही थे, वरना भाव तो था कि ममी जाओ न—प्लीज़!

और ममी सचमुच ही चली गईं। मुझे याद नहीं, ममी दो-चार बार से अधिक मोहल्ले में किसी के घर गई हों। मैं सांस लेकर उनके लौटने की प्रतीक्षा करती रही। एक विचित्र-सी थिरकन मैं अंग-प्रत्यंग में महसूस कर रही थी। कहीं ममी उन्हें साथ ही लेती आईं तो? कहीं वे ममी से बद्तमीज़ी से पेश आए तो? पर नहीं, वे ऐसे लगते तो नहीं हैं। कोई घंटे-भर बाद ममी लौटीं। बेहद प्रसन्न!

"मुझे देखते ही उनकी तो सिट्टी-पिट्टी ही गुम हो गई। उन्हें लगा, अभी तक तो लोग अपने-अपने घरों से ही उनके लात-दांत तोड़ने की धमकी दे रहे थे, मैं जैसे सीधे घर ही पहुंच गई उनकी हड्डी-पसली एक करने। पर फिर तो इतनी ख़ातिर की बेचारों ने कि बस! बड़े ही स्वीट बच्चे हैं। बाहर से आए हैं—हॉस्टल में जगह नहीं मिली इसलिए कमरा लेकर रह रहे हैं। शाम को जब पापा आएंगे तब बुलवा लेंगे!"

प्रतीक्षा में समय इतना बोझिल हो जाता है, यह भी मेरा पहला अनुभव था। पापा आए तो ममी ने बड़े उमगकर सारी बात बताई। सबसे कुछ अलग करने का संतोष और गर्व उनके हर शब्द में जैसे छलका पड़ रहा था। पापा ही कौन पीछे रहनेवाले थे। उन्होंने सुना तो वे भी प्रसन्न।

"बुलाओ लड़कों को! अरे खेलने-खाने दो और मस्ती मारने दो बच्चों को।" ममी-पापा को अपनी आधुनिकता तुष्ट करने का एक जोरदार अवसर मिल रहा था।

नौकर को भेजकर उन्हें बुलवाया गया तो अगले ही क्षण सब हाज़िर! ममी ने बड़े क़ायदे से परिचय करवाया और 'हलो—हाऽई' का आदान-प्रदान हुआ।

"तनु बेटे, अपने दोस्तों के लिए चाय बनाओ!"

धत्तेरे की! ममी के दोस्त आएं तब भी तनु बेटा चाय बनाए और उसके दोस्त आएं तब भी! पर मन मारकर उठी।

चाय-पानी होता रहा। खूब हंसी-मज़ाक भी चली। वे सफाई पेश करते रहे कि मोहल्लेवाले झूठ-मूठ ही उनके पीछे पड़े रहते हैं...वे तो ऐसा कुछ भी नहीं करते। 'जस्ट फार फन' कुछ कर दिया वरना इस सबका कोई मतलब नहीं।

पापा ने बढ़ावा देते हुए कहा, "अरे, इस उमर में तो यह सब करना ही चाहिए। हमें मौका मिले तो आज भी करने से बाज न आएं।"

हंसी की एक लहर यहां से वहां तक दौड़ गई। कोई दो घंटे बाद वे चलने लगे तो ममी ने कहा, "देखो, इसे अपना ही घर समझो। जब इच्छा हो, चले आया करो। हमारी तनु बिटिया को अच्छी कंपनी मिल जाएगी...कभी तुम लोगों से कुछ पढ़ भी लिया करेगी और देखो, कुछ खाने-पीने का मन हुआ करे तो बता दिया करना, तुम्हारे लिए बनवा दिया करूंगी..." और वे लोग पापा के खुलेपन और ममी की आत्मीयता और स्नेह पर मुग्ध होते हुए चले गए। बस, जिससे दोस्ती करवाने के लिए उन्हें बुलाया गया था, वह बेचारी इस तमाशे की मात्र दर्शक-भर ही बनी रही।

उनके जाने के बाद बड़ी देर तक उनको लेकर ही चर्चा होती रही। अपने घर की किशोरी लड़की को छेड़नेवाले लड़कों को घर बुलाकर चाय पिलाई जाए और लड़की से दोस्ती करवाई जाए, यह सारी बात ही बड़ी थ्रिलिंग और रोमांचक लग रही थी। दूसरे दिन से ममी हर आनेवाले से इस घटना का उल्लेख करतीं। वर्णन करने में पटु ममी नीरस से नीरस बात को भी ऐसा दिलचस्प बना देती हैं, फिर यह तो बात ही बड़ी दिलचस्प थी। जो सुनता वही कहता—वाह, यह हुई न कुछ बात! आपका बड़ा स्वस्थ

दृष्टिकोण है चीज़ों के प्रति, वरना लोग बातें तो बड़ी-बड़ी करेंगे पर बच्चों को घोटकर रखेंगे और ज़रा-सा शक-शुबह हो जाए तो बाकायदा जासूसी करेंगे और ममी इस प्रशंसा से निहाल होती हुई कहती—'और नहीं तो क्या? मुक्त रहो और बच्चों को मुक्त रखो। हम लोगों को बचपन में 'यह मत करो...यहां मत जाओ' कह-कहकर कितना बांधा गया था! हमारे बच्चे तो कम-से-कम इस घुटन के शिकार न हों!'

पर ममी का बच्चा उस समय एक दूसरी ही घुटन का शिकार हो रहा था और वह यह कि जिस नाटक की हीरोइन उसे बनना था, उसकी हीरोइन ममी बन बैठीं।

ख़ैर, इस सारी घटना का परिणाम यह हुआ कि उन लड़कों का व्यवहार एकदम ही बदल गया। जिस शराफ़त को ममी ने उन पर लाद दिया, उसके अनुरूप व्यवहार करना उनकी मजबूरी बन गया। अब जब भी वे अपनी छत पर ममी-पापा को देखते तो अदब में लपेटकर एक नमस्कार और मुझे देखते तो मुस्कान में लपेटकर एक 'हाऽइ' उछाल देते। फ़ब्तियों की जगह बाकायदा हमारा वार्तालाप शुरू हो गया...बड़ा खुला और बेझिझक वार्तालाप। हमारे बरामदे और छत में इतना ही फासला था कि जोर से बोलने पर बातचीत की जा सकती थी। हां, यह बात ज़रूर थी कि हमारी बातचीत सारा मोहल्ला सुनता था और काफ़ी दिलचस्पी से सुनता था। जैसे ही हम लोग चालू होते, पास-पड़ोस की खिड़कियों में चार-छह सिर और धड़ आकर चिपक जाते। मोहल्ले में लड़कियों के प्रेम-प्रसंग न हों, ऐसी बात तो थी नहीं, बाकायदा लड़कियों के भागने तक की घटनाएं घट चुकी थीं। पर वह सब कुछ बड़े गुप्त और छिपे ढंग से होता था और मोहल्लेवाले जब अपनी पैनी नज़रों से ऐसे किसी रहस्य को जान लेते थे तो बड़ा संतोष उन्हें होता था। पुरुष मूंछों पर ताव देकर और स्त्रियां हाथ नचा-नचाकर, खूब नमक-मिर्च लगाकर इन घटनाओं का यहां से वहां तक प्रचार करतीं। कुछ इस भाव से कि अरे, हमने दुनिया देखी है...हमारी आंखों में कोई नहीं धूल झोंक सकता है। पर यहां स्थिति ही उलट गई थी। हमारा वार्तालाप इतने खुलेआम होता था कि लोगों को खिड़कियों की ओट में छिप-छिपकर देखना-सुनना पड़ता था और सुनकर भी ऐसा कुछ उनके हाथ नहीं लगता था जिससे वे कुछ आत्मिक संतोष पाते।

पर बात को बढ़ना था और बात बढ़ी। हुआ यह कि धीरे-धीरे छत की मजलिस मेरे अपने कमरे में जमने लगी। रोज़ ही कभी दो, तो कभी तीन या चार लड़के आकर जम जाते और दुनिया-भर के हंसी-मज़ाक और गपशप का दौर चलता। गाना-बजाना भी होता और चाय-पानी भी। शाम को ममी-पापा के मित्र आते तो इन लोगों में से कोई न कोई बैठा ही होता। शुरू में जिन लोगों ने 'मुक्त रहो और मुक्त रखो' की बड़ी प्रशंसा की थी, उन्होंने मुक्त रहने का जो रूप देखा तो उनकी आंखों में भी कुछ अजीब-सी शंकाएं तैरने लगीं। ममी की एकाध मित्र ने दबी ज़बान में कहा भी—'तनु तो बड़ी फास्ट चल रही है।' ममी का अपना सारा उत्साह मंद पड़ गया था और लीक से हटकर कुछ करने की थ्रिल पूरी तरह झड़ चुकी थी। अब तो उन्हें इस नंगी सच्चाई को झेलना था कि उनकी निहायत ही कच्ची और नाजुक उम्र की लड़की तीन-चार लड़कों के बीच घिरी रहती है और ममी की स्थिति यह थी कि वे न इस स्थिति को पूरी तरह स्वीकार कर पा रही थीं और न अपने ही द्वारा बड़े जोश में शुरू किए इस सिलसिले को नकार ही पा रही थीं।

आख़िर एक दिन उन्होंने मुझे अपने पास बिठाकर कहा, "तनु बेटे, ये लोग रोज़-रोज़ यहां आकर जम जाते हैं। आख़िर तुमको पढ़ना-लिखना भी तो है। मैं तो देख रही हूं कि इस दोस्ती के चक्कर में तेरी पढ़ाई-लिखाई सब चौपट हुई जा रही है। इस तरह तो यह सब चलेगा नहीं।"

"रात को पढ़ती तो हूं।" लापरवाही से मैंने कहा।

"खाक पढ़ती है रात को, समय ही कितना मिलता है? और फिर यह रोज़-रोज़ की धमा-चौकड़ी मुझे वैसे भी पसंद नहीं। ठीक है, चार-छह दिन में कभी आ गए, गप-शप कर ली, पर यहां तो एक न एक रोज़ ही डटा रहता है।" ममी के स्वर में आक्रोश का पुट गहराता जा रहा था।

ममी की यह टोन मुझे अच्छी नहीं लगी, पर मैं चुप।

"तू तो उनमें बहुत खुल गई है, कह दे कि वे लोग भी बैठकर पढ़ें और तुझे भी पढ़ने दें और तुझसे न कहा जाए तो मैं कह दूंगी।"

पर किसी के भी कहने की नौबत नहीं आई। कुछ तो पढ़ाई की मार से, कुछ दिल्ली के दूसरे आकर्षणों से खिंचकर हॉस्टलवाले लड़कों का आना कम हो गया। पर सामने के कमरे से शेखर रोज़ ही आ जाता...कभी दोपहर

में, तो कभी शाम को! तीन-चार लोगों की उपस्थिति में उसकी जिस बात पर मैंने ध्यान नहीं दिया, वही बात अकेले में सबसे अधिक उजागर होकर आई। वह बोलता कम था, पर शब्दों के परे बहुत कुछ कहने की कोशिश करता था और एकाएक ही मैं उसकी अनकही भाषा समझने लगी थी...केवल समझने ही नहीं लगी थी, प्रत्युत्तर भी देने लगी थी। जल्दी ही मेरी समझ में आ गया कि शेखर और मेरे बीच प्रेम जैसी कोई चीज़ पनपने लगी है। यों तो शायद मैं समझ ही नहीं पाती पर हिंदी-फिल्में देखने के बाद इसको समझने में खास मुश्किल नहीं हुई।

जब तक मन में कहीं कुछ नहीं था, सब कुछ बड़ा खुला था पर जैसे ही 'कुछ' हुआ तो उसे औरों की नज़र से बचाने की इच्छा भी साथ ही आई। जब कभी दूसरे लड़के आते तो सीढ़ियों से ही शोर करते आते...ज़ोर-ज़ोर से बोलते। लेकिन शेखर जब भी आता, रेंगता हुआ आता और फुसफुसाकर हम बातें करते। वैसे बातें बहुत ही साधारण होती थीं...स्कूल की, कॉलेज की। पर फुसफुसाकर करने में ही वे कुछ विशेष लगती थीं। प्रेम को कुछ रहस्यमय, कुछ गुपचुप बना दो तो वह बड़ा थ्रिलिंग हो जाता है वरना तो एकदम सीधा-सपाट! पर ममी के पास घर और घरवालों के हर रहस्य को जान लेने की एक छठी इंद्रिया है जिससे पापा भी काफी त्रस्त रहते हैं...उससे उन्हें यह सब समझने में ज़रा भी देर नहीं लगी। शेखर कितना ही दब-छिपकर आता और ममी घर के किसी भी कोने में होतीं...फट से प्रकट हो जातीं या फिर वहीं से पूछतीं—'तनु, कौन है तुम्हारे कमरे में?'

मैंने देखा शेखर के इस रवैये से ममी के चेहरे पर अजीब-सी परेशानी झलकने लगी है। पर ममी इस बात को लेकर यों परेशान हो उठेंगी, यह तो मैं सोच भी नहीं सकती थी। जिस घर में रात-दिन तरह-तरह के प्रेम-प्रसंग ही पीसे जाते रहे हों—कुंआरों के प्रेम-प्रसंग, विवाहितों के प्रेम-प्रसंग दो-तीन प्रेमियों से एक साथ चलने वाले प्रेम-प्रसंग—उस घर के लिए तो यह बात बहुत ही मामूली होनी चाहिए। जब लड़कों से दोस्ती की है तो एकाध से प्रेम भी हो ही सकता है। ममी ने शायद समझ लिया था कि यह सारी स्थिति आजकल की कलात्मक फिल्मों की तरह चलेगी—जिनकी वे बड़ी प्रशंसक और समर्थक हैं—पर जिनमें शुरू से लेकर आख़िर तक कुछ भी

सनसनीखेज घटता ही नहीं। जो भी हो, ममी की इस परेशानी ने मुझे भी कहीं हल्के-से विचलित ज़रूर कर दिया। ममी मेरी मां ही नहीं, मित्र और साथिन भी हैं। दो घनिष्ठ मित्रों की तरह ही हम दुनिया-जहान की बातें करते हैं—हंसी-मज़ाक करते हैं। मैं चाहती थी कि वे इस बारे में भी कोई बात करें, पर उन्होंने कोई बात नहीं की। बस, जब शेखर आता तो वे अपनी स्वभावगत लापरवाही छोड़कर बड़े सजग भाव से मेरे कमरे के इर्द-गिर्द ही मंडराती रहती।

एक दिन ममी के साथ बाहर जाने के लिए मैं नीचे उतरी तो दरवाज़े पर ही पड़ोस की एक भद्र महिला टकरा गई। नमस्कार और कुशलक्षेम के आदान-प्रदान के बाद वे बात के असली मुद्दे पर आईं।

"ये सामने की छतवाले लड़के आपके रिश्तेदार हैं क्या?"

"नहीं तो।"

"अच्छा? शाम को रोज़ ही आपके घर बैठे रहते हैं तो सोचा, आपके ज़रूर कुछ लगते होंगे।"

"तनु के दोस्त हैं।" ममी ने कुछ ऐसी लापरवाही और निःसंकोच भाव से यह वाक्य उछाला कि बेचारी तीर निशाने पर न लगने का ग़म लिए ही लौट गईं।

वे तो लौट गईं पर मुझे लगा कि इस बात का सूत्र पकड़कर ही ममी अब ज़रूर मेरी थोड़ी धुनाई कर देंगी। कहनेवाली का तो कुछ न बना पर मेरा कुछ बिगाड़ने का हथियार तो ममी के हाथ में आ ही गया। बहुत दिनों से उनके अपने मन में भी कुछ उमड़-घुमड़ तो रहा ही है पर ममी ने इतना ही कहा :

"लगता है, इनके अपने घर में कोई धंधा नहीं है...जब देखो, दूसरे के घर में चोंच गड़ाए बैठे रहते हैं।"

मैं आश्वस्त ही नहीं हुई बल्कि ममी की ओर से इसे हरा सिगनल समझकर मैंने अपनी रफ़्तार कुछ और तेज़ कर दी। पर इतना ज़रूर किया कि शेखर के साथ तीन घंटों में से एक घंटा जरूर पढ़ाई में गुजारती। वह बहुत मन लगाकर पढ़ाता और मैं बहुत मन लगाकर पढ़ती। हां, बीच-बीच में वह कागज़ की छोटी-छोटी पर्चियों पर कुछ ऐसी पंक्तियां लिखकर थमा

देता कि मैं भीतर तक झनझना जाती। उसके जाने के बाद भी उन पंक्तियों के वे शब्द...शब्दों के पीछे के भाव मेरी रग-रग में सनसनाते रहते और मैं उन्हीं में डूबी रहती।

मेरे भीतर अपनी ही एक दुनिया बनती चली जा रही थी—बड़ी भरी-पूरी और रंगीन। आजकल मुझे किसी की ज़रूरत ही महसूस नहीं होती। लगता जैसे मैं अपने में ही पूरी हूं। हमेशा साथ हरनेवाली ममी भी आउट होती जा रही हैं और शायद यही कारण है कि इधर मैंने ममी पर ध्यान देना ही छोड़ दिया। रोज़मर्रा की बातें तो होती हैं, पर केवल बातें ही होती हैं—उसके परे कहीं कुछ नहीं।

दिन गुज़रते जा रहे थे और मैं अपने में ही डूबी, अपनी दुनिया में और गहरे धंसती जा रही थी—बाहर की दुनिया से एक तरह से बेखबर-सी!

एक दिन स्कूल से लौटी, कपड़े बदले। शोर-शराबे के साथ खाना मांगा, मीनमेख के साथ खाया और जब कमरे में घुसी तो ममी ने लेटे-लेटे ही बुलाया:

"तनु, इधर आओ।"

पास आई तो पहली बार ध्यान गया कि ममी का चेहरा तमतमा रहा है। मेरा माथा ठनका। उन्होंने साइड-टेबल पर से एक किताब उठाई और उसमें से कागज़ की पांच-छः पर्चियां सामने कर दीं। 'तौबा!' ममी से कुछ पढ़ना था सो जाते समय उन्हें अपनी किताब दे गई थी। गलती से शेखर की लिखी पर्चियां उसी में रह गईं।

"तो इस तरह चल रही है शेखर और तुम्हारी दोस्ती? यही पढ़ाई होती है यहां बैठकर...यही सब करने के लिए आता है वह यहां?"

मैं चुप! जानती हूं, गुस्से में ममी को जवाब देने से बढ़कर मूर्खता और कोई नहीं।

"तुमको छूट दी...आज़ादी दी, पर इसका यह मतलब तो नहीं कि तुम उसका नाजायज़ फायदा उठाओ!"

मैं फिर भी चुप!

"बित्ते-भर की लड़की और करतब देखो इनके! जितनी छूट दो उतने ही पैर पसरते जा रहे हैं इनके! झापड़ दूंगी तो सारा रोमांस झड़ जाएगा दो मिनट में..."

इस वाक्य पर मैं एकाएक तिलमिला उठी। तमककर नज़र उठाई और ममी की तरफ देखा–पर यह क्या, यह तो मेरी ममी नहीं हैं। न यह तेवर ममी का है, न यह भाषा। फिर भी ये सारे वाक्य बहुत परिचित से लगे। लगा, यह सब मैंने कहीं सुना है और खटाक् से मेरे मन में कौंधा–नाना! पर नाना को मरे तो कितने साल हो गए, ये फिर जिंदा कैसे हो गए? और वह भी ममी के भीतर...जो होश संभालने के बाद हमेशा उनसे झगड़ा ही करती रहीं...उनकी हर बात का विरोध ही करती रहीं।

ममी का 'नानई' लहजेवाला भाषण काफी देर तक चालू रहा, पर वह सब मुझे कहीं से भी छू नहीं रहा था...बस, कोई बात झकझोर रही थी तो यही कि ममी के भीतर नाना कैसे आ बैठे?

और फिर घर में एक विचित्र-सा तनावपूर्ण मौन छा गया–खास कर मेरे और ममी के बीच। नहीं, ममी तो घर में रही ही नहीं, मेरे और नाना के बीच। मैं ममी को अपनी बात समझा भी सकती हूं, उनकी बात समझ भी सकती हूं–पर नाना? मैं तो इस भाषा से भी अपरिचित हूं और इस तेवर से भी–बात करने का प्रश्न ही कैसे उठता? पापा जरूर मेरे दोस्त हैं, पर बिल्कुल दूसरी तरह के। शतरंज खेलना पंजा लड़ाना और जो फ़माईश ममी पूरी न करें, उनसे पूरी करवा लेना। बचपन में उनकी पीठ पर लदी रहती थी और आज भी बिना किसी झिझक के उनकी पीठ पर लदकर अपनी हर इच्छा पूरी करवा लेती हूं। पर इतने 'माई डियर दोस्त' होने के बावजूद अपनी निजी बातें मैं ममी के साथ ही करती आई हूं और वहां एकदम सन्नाटा–ममी को पटखनी देकर नाना पूरी तरह उन पर सवार जो हैं।

शेखर को मैंने इशारे से ही लाल झंडी दिखा दी थी सो वह भी नहीं आ रहा और शाम का समय है कि मुझसे काटे नहीं कटता!

कई बार मन हुआ कि ममी से जाकर बात करूं और साफ-साफ पूछूं कि तुम इतना बिगड़ क्यों रही हो? मेरी और शेखर की दोस्ती के बारे में तुम जानती तो हो। मैंने तो कभी कुछ छिपाया नहीं और दोस्ती है तो यह सब तो होगा ही। तुम क्या समझ रही थीं कि हम भाई-बहन की तरह–पर तभी ख़्याल आता कि ममी हैं ही कहां, जिनसे जाकर यह सब कहूं।

चार दिन हो गए, मैंने शेखर की सूरत नहीं देखी। मेरे हल्के से इशारे से ही उस बेचारे ने तो घर क्या, छत पर आना भी छोड़ दिया। हॉस्टल में

रहनेवाले उसके साथी भी छत पर न दिखाई दिए, न घर ही आए। कोई आता तो कम-से-कम उसका हालचाल ही पूछ लेती। मैं जानती हूं वह बेवकूफी की हद तक भावुक है। उसे तो ठीक से यह भी नहीं मालूम कि आख़िर यहां हुआ क्या है? लगता है ममी के गुस्से की आशंका मात्र ही सबके हौसले पस्त हो गए थे?

वैसे कल से ममी के चेहरे का तनाव कुछ ढीला ज़रूर हुआ है। तीन दिन से जमी हुई सख़्ती जैसे पिघल गई हो। पर मैंने तय कर लिया है कि बात अब ममी ही करेंगी।

सवेरे नहा-धोकर मैं दरवाज़े के पीछे अपनी यूनिफार्म प्रेस कर रही थी। बाहर मेज़ पर ममी चाय बना रही थीं और पापा अख़बार में सिर गड़ाए बैठे थे। ममी को शायद मालूम ही नहीं पड़ा कि मैं कब नहाकर बाहर निकल आई। वे पापा से बोलीं :

"जानते हो, कल रात को क्या हुआ? पता नहीं, तब से मन बहुत खराब हो गया—उसके बाद मैं तो सो ही नहीं पाई।"

ममी के स्वर की कोमलता से मेरा हाथ जहां का तहां थम गया और कान बाहर लग गए।

"आधी रात के करीब मैं बाथरूम जाने के लिए उठी। सामने छत पर घुप्प अंधेरा छाया हुआ था। अचानक एक लाल सितारा-सा चमक उठा। मैं चौंकी। गौर से देखा तो धीरे-धीरे एक आकृति उभर आई। शेखर छत पर खड़ा सिगरेट पी रहा था। मैं चुपचाप लौट आई। कोई दो घंटे बाद फिर गई तो देखा, वह उसी तरह छत पर टहल रहा था। बेचारा...मेरा मन जाने कैसा हो आया। तनु भी कैसी बुझी-बुझी रहती है..." फिर जैसे अपने को ही धिक्कारती-सी बोलीं, "पहले तो छूट दो और फिर जब आगे बढ़ें तो खींचकर चारों खाने चित कर दो। यह भी कोई बात हुई भला!"

राहत का एक गहरा निःश्वास मेरे भीतर से निकल पड़ा। जाने कैसा आवेग मन में उमड़ा कि इच्छा हुई, दौड़कर ममी के गले से लग जाऊं। लगा, जैसे अरसे के बाद मेरी ममी लौटकर आई हों। पर मैंने कुछ नहीं कहा। बस, अब खुलकर बात करूंगी। चार दिन से न जाने कितने प्रश्न मन में घुमड़ रहे थे। अब क्या, अब तो ममी हैं, और उनसे तो कम-से-कम सब कहा-पूछा जा सकता है।

पर घर पहुंचकर जो देखा तो अवाक्! शेखर हथेलियों में सिर थामे कुर्सी पर बैठा है और ममी उसी कुर्सी के हत्थे उसकी पीठ और माथ सहला रही हैं। मुझे देखते ही बड़े सहज-स्वाभाविक स्वर में बोलीं :

"देखा इस पगले को! चार दिन से ये साहब कॉलेज नहीं गए हैं। न ही कुछ खाया-पिया है। अपने साथ इसका भी खाना लगवाना।"

और फिर ममी ने खुद बैठकर बड़े स्नेह से मनुहार कर-करके उसे खाना खिलाया। खाने के बाद कहने पर भी शेखर ठहरा नहीं। ममी के प्रति कृतज्ञता के बोझ से झुका-झुका ही वह लौट गया और मेरे भीतर खुशी का ऐसा ज्वार उमड़ा कि अब तक के सोचे सारे प्रश्न उसी में बिला गए।

सारी स्थिति को सम पर आने में समय तो लगा, पर आ गई। शेखर ने भी अब एक-दो दिन छोड़कर आना शुरू किया और आता भी तो अधिकतर हम लिखाई-पढ़ाई की ही बात करते। अपने किए पर शर्मिंदगी प्रकट करते हुए उसने ममी से वायदा किया कि वह अब कोई ऐसा काम नहीं करेगा, जिससे ममी को शिकायत हो। जिस दिन वह नहीं आता, मैं दो-तीन बार थोड़ी-थोड़ी देर के लिए अपने बरामदे से ही बात कर लिया करती। घर की अनुमति और सहयोग से यों सरेआम चलनेवाले इस प्रेम-प्रसंग में मोहल्लेवालों के लिए भी कुछ नहीं रह गया था और उन्होंने इस जानलेवा जमाने के नाम पर दो-चार लानतें भेजकर, किसी गुल खिलने तक के लिए अपनी दिलचस्पी को स्थगित कर दिया।

लेकिन एक बात मैंने ज़रूर देखी। जब भी शेखर शाम को कुछ ज्यादा देर बैठ जाता या दोपहर में भी आता तो ममी के भीतर नाना कसमसाने लगते और उसकी प्रतिक्रिया ममी के चेहरे पर झलकने लगती। ममी भरसक कोशिश करके नाना को बोलने तो नहीं देतीं, पर उन्हें पूरी तरह हटा देना भी शायद ममी के बस की बात नहीं रह गई थी।

हां, यह प्रसंग मेरे और ममी के बीच में अब रोज़मर्रा की बातचीत का विषय ज़रूर बन गया था। कभी वे मज़ाक में कहतीं, "यह जो तेरा शेखर है न, बड़ा लिजलिजा-सा लड़का है। अरे, इस उम्र में लड़कों को चाहिए घूमें, फिरें...मस्ती मारें। क्या मुहर्रमी-सी सूरत बनाए मजनू की तरह छत पर टंगा सारे समय इधर ही ताकता रहता है।"

मैं केवल हंस देती।

कभी बड़ी भावुक होकर कहतीं, "तू क्यों नहीं समझती बेटे, कि तुझे लेकर कितनी महत्वाकांक्षाएं हैं मेरे मन में! तेरे भविष्य को लेकर कितने सपने संजो रखे हैं मैंने।"

मैं हंस कर कहती, "ममी तुम भी कमाल करती हो। अपनी ज़िंदगी को लेकर भी तुम सपने देखो और मेरी जिंदगी के सपने भी तुम्हीं देख डालो...कुछ सपने मेरे लिए भी छोड़ दो!"

कभी वे समझाने के लहजे मैं कहतीं, "देखो तनु, अभी तुम बहुत छोटी हो। अपना सारा ध्यान पढ़ने-लिखने में लगाओ और दिमाग से ये उल्टे-सीधे फितूर निकाल डालो। ठीक है, बड़े हो जाओ तो प्रेम भी करना और शादी भी। मैं तो वैसे भी तुम्हारे लिए लड़का ढूंढ़नेवाली नहीं हूं—अपने-आप ही ढूंढ़ना, पर इतनी अक्ल तो आ जाए कि ढंग का चुनाव कर सको।"

अपने चुनाव के रिजेक्शन को मैं समझ जाती और पूछती, "अच्छा ममी, बताओ, जब तुमने पापा को चुना था तो वह नाना को पसंद था?"

"मेरा चुनाव! अपनी सारी पढ़ाई-लिखाई खत्म करके पच्चीस साल की उम्र में चुनाव किया था मैंने—खूब सोचकर समझकर और अक्ल के साथ, समझी!"

ममी अपनी बौखलाहट को गुस्से में छिपाकर कहतीं। उम्र और पढ़ाई-लिखाई—ये दो ही तो ऐसे मुद्दे हैं जिस पर ममी मुझे जब तब धांसती रहती हैं। पढ़ने-लिखने में मैं अच्छी थी और रहा उम्र का सवाल, सो उसके लिए मन होता कि कहूं—'ममी, तुम्हारी पीढ़ी जो काम पच्चीस साल की उम्र में करती थी, हमारी उसे पंद्रह साल की उम्र में ही करेगी, इसे तुम क्यों नहीं समझतीं? पर चुप रह जाती। नाना का जिक्र तो चल ही पड़ा है, कहीं वे ही जाग उठे तो?

छःमाही परीक्षाएं पास आ गई थीं और मैंने अपना सारा ध्यान पढ़ने में लगा दिया था। सबका आना और गाना-बजाना एकदम बंद! इन दिनों मैंने इतनी जमकर पढ़ाई की कि ममी का मन प्रसन्न हो गया। शायद कुछ आश्वस्त भी। आख़िरी पेपर देने के पश्चात् लग रहा था कि एक बोझ था, जो हट गया है। मन बेहद हल्का होकर कुछ मस्ती मारने को कर रहा था। मैंने ममी से पूछा :

"ममी, कल शेखर और दीपक पिक्चर जा रहे हैं, मैं भी उनके साथ

चली जाऊं?" आज तक मैं इन लोगों के साथ कभी घूमने नहीं गई थी—पर इतनी पढ़ाई करने के बाद अब इतनी छूट तो मिलनी ही थी।

ममी एक क्षण मेरा चेहरा देखती रहीं, फिर बोलीं, "इधर आ, यहां बैठ! तुझसे कुछ बात करनी है।"

मैं जाकर बैठ गई पर यह न समझ आया कि इसमें बात करने को क्या है—हां कहो या ना, लेकिन ममी को बात करने का मर्ज जो है। उनकी तो हां ना भी पचास-साठ वाक्यों में लिपटे बिना नहीं निकल सकती।

"तेरे इम्तिहान ख़त्म हुए, मैं तो खुद पिक्चर का प्रोग्राम बना रही थी। बोल, कौन-सी पिक्चर देखना चाहती है?"

"क्यों, उन लोगों के साथ जाने में क्या है?" मेरे स्वर में इतनी खीज भरी हुई थी कि ममी एकटक मेरा चेहरा देखती रह गईं।

"तनु, तुझे पूरी छूट दे रखी है बेटे, पर इतनी ही तेज़ चल कि मैं भी साथ तो चल सकूं।"

"तुम साफ कहो न कि जाने दोगी या नहीं? बेकार की बातें...मैं भी साथ चल सकूं—तुम्हारे साथ चल सकने की बात भला कहां से आ गई?

ममी ने पीठ सहलाते हुए कहा, "साथ तो चलना ही पड़ेगा। कभी औंधे मुंह गिरी तो कोई उठानेवाला भी तो चाहिए न!"

मैं समझ गई कि ममी नहीं जाने देंगी, पर इस तरह प्यार से मना करती हैं तो झगड़ा भी तो नहीं किया जा सकता। बहस करने का सीधा-सा मतलब है कि उनका बघारा हुआ दर्शन सुनो—यानी पचास मिनट की एक क्लास। पर मैं कतई नहीं समझ पाई कि जाने में आख़िर हर्ज क्या है, हर बात में न-नुकर। कहां तो कहती थीं कि बचपन में, 'यह मत करो, वहां मत जाओ' कहकर हमको बहुत घोटा गया था, और खुद अब वही सब कर रही हैं। देख लिया इनकी बड़ी-बड़ी बातों को। मैं उठी और दनदनाती हुई अपने कमरे में आ गई। हां, एक वाक्य ज़रूर थमा आई, "ममी, जो चलेगा, वह गिरेगा भी और जो गिरेगा, वह उठेगा भी और खुद ही उठेगा, उसे किसी की ज़रूरत नहीं है।"

पता नहीं, मेरी बात की उन पर प्रतिक्रिया हुई या उनके अपने मन में ही कुछ जागा कि शाम को उन्होंने खुद शेखर और उसके कमरे पर आए तीनों-चारों लड़कों को बुलवाकर मेरे ही कमरे में मजलिस जमवाई और

खूब गरम-गरम खाना खिलवाया। कुछ ऐसा रंग जमा कि मेरा दोपहरवाला आक्रोश धुल गया।

इम्तिहान ख़त्म हो गए थे और मौसम सुहाना था। ममी का रवैया भी अनुकूल था सो दोस्ती का स्थगित हुआ सिलसिला फिर शुरू हो गया और आजकल तो जैसे उसके सिवाय कुछ रह ही नहीं गया था। पर फिर एक झटका।

उस दिन मैं अपनी सहेली के घर से लौटी तो ममी की सख्त आवाज़ सुनाई दी :

"तनु, इधर आओ तो।"

आवाज़ से ही लगा कि यह ख़तरे का सिगनल है। एक क्षण को मैं सकते में आ गई। पास गई तो चेहरा पहले की तरह सख्त।

"तुम शेखर के कमरे पर जाती हो?" ममी ने बंदूक दागी। समझ गई कि पीछे गली में से किसी ने अपना करतब कर दिखाया।

"कब से जाती हो?"

मन तो हुआ कि कहूं जिसने जाने की ख़बर दी है, उसने बाकी बातें भी बता ही दी होंगी...कुछ जोड़-तोड़कर ही बताया होगा। पर ममी जिस तरह भभक रही थीं, उसमें चुप रहना ही बेहतर समझा। वैसे मुझे ममी के इस गुस्से का कोई कारण समझ में नहीं आ रहा था। दो-तीन बार यदि मैं थोड़ी-थोड़ी देर के लिए शेखर के कमरे पर चली गई तो ऐसा क्या गुनाह हो गया? पर ममी का हर काम सकारण तो होता नहीं—बस, वे तो मूड पर ही चलती हैं।

अजीब मुसीबत थी—गुस्से में ममी से बात करने का कोई मतलब नहीं...और मेरी चुप्पी ममी के गुस्से को और भड़का रही थी।

"याद नहीं है, मैंने शुरू में ही तुम्हें मना कर दिया था कि तुम उनके कमरे पर कभी नहीं जाओगी। तीन-तीन घंटे वह यहां धूनी रमाकर बैठता है, उससे जी भरा नहीं तुम्हारा?"

दुःख, क्रोध और आतंक की परतें उनके चेहरे पर गहरी होती जा रही थीं और मैं समझ ही नहीं पा रही थी कि कैसे उन्हें सारी स्थिति समझाऊं!

"वह तो बेचारे सामनेवालों ने मुझे बुलाकर आगाह कर दिया—"जानती है, यह सिर आज तक किसी के सामने झुका नहीं, पर वहां मुझसे आंख

नहीं उठाई गई। मुंह दिखाने लायक मत रखना हमको कहीं भी। सारी गली में थू-थू हो रही है। नाक कटाकर रख दी।"

ग़ज़ब!

इस बार तो मोहल्ला ही बोलने लगा ममी के भीतर से! आश्चर्य है कि जो ममी आज तक अपने आस-पास से बिल्कुल कटी हुई थीं...जिसका मज़ाक उड़ाया करती थीं—आज कैसे उसके सुर-में-सुर मिलाकर बोल रही हैं!

ममी का भाषण बदस्तूर चालू...पर मैंने तो अपने कान के स्विच ही ऑफ कर लिए। जब गुस्सा ठंडा होगा...ममी अपने में लौट आएंगी तब समझा दूंगी—ममी, इस छोटी-सी बात को तुम नाहक इतना तूल दे रही हो।

पर जाने कैसी डोज़ ले आई हैं इस बार कि उनका गुस्सा ठंडा ही नहीं हो रहा है और हुआ यह कि अब उनके गुस्से से मुझे गुस्सा चढ़ने लगा।

फिर घर में एक अजीब-सा तनाव छा गया। इस बार ममी ने शायद पापा को भी सब कुछ बता दिया है। कहा तो उन्होंने कुछ नहीं...वे शुरू से ही इस सारे मामले में आउट रहे...पर इस बार उनके चेहरे पर भी एक अनकहा-सा तनाव दिखाई ज़रूर दे रहा है।

कोई दो महीने पहले जब इस तरह की घटना हुई थी तो मैं भीतर तक सहम गई थी, पर इस बार मैंने तय कर लिया है कि इस सारे मामले में ममी को यदि नाना बनकर ही व्यवहार करना है तो मुझे भी फिर ममी की तरह ही मोर्चा लेना होगा उनसे...और मैं जरूर लूंगी। दिखा तो दूं कि मैं तुम्हारी ही बेटी हूं और तुम्हारे ही नक्शे-क़दम पर चल रही हूं। खुद तो लीक से हटकर चली थीं...सारी जिंदगी इस बात की घुट्टी पिलाती रहीं, पर मैंने जैसे ही अपना पहला क़दम रखा, घसीटकर मुझे अपनी ही खींची लीक पर लाने के दंद-फंद शुरू हो गए।

मैंने मन में ढेर-ढेर तर्क सोच डाले कि एक दिन बाकायदा ममी से बहस करूंगी। साफ-साफ कहूंगी कि ममी, इतने ही बंधन लगाकर रखना था तो शुरू से वैसे पालतीं। क्यों झूठ-मूठ आज़ादी देने की बातें करती-सिखाती रहीं। पर इस बार मेरा भी मन सुलगकर इस तरह राख हो गया था कि मैं गुमसुम-सी अपने ही कमरे में पड़ी रहती। मन बहुत भर आता तो रो लेती। घर में सारे दिन हंसती-खिलखिलाती रहनेवाली मैं एकदम चुप होकर अपने

में ही सिमट गई थी। हां, एक वाक्य ज़रूर बार-बार दोहरा रही थी–'ममी, तुम अच्छी तरह समझ लो कि मैं भी अपने मन की ही करूंगी।' हालांकि मेरे मन में क्या है, इसकी कोई भी रूपरेखा मेरे सामने न थी।

मुझे नहीं मालूम कि इन तीन-चार दिनों में बाहर क्या हुआ? घर-बाहर की दुनिया से कटी, अपने ही कमरे में सिमटी, मैं ममी से मोर्चा लेने के दांव सोच रही थी।

पर आज दोपहर मुझे कतई-कतई अपने कानों पर विश्वास नहीं हुआ जब ममी को अपने बरामदे से ही चिल्लाते हुए सुना :

"शेखर, कल तो तुम लोग छुट्टियों में अपने घर चले जाओगे, आज शाम अपने दोस्तों के साथ खाना इधर ही खाना।"

नहीं जानती, किस जद्दोजहद से गुज़रकर ममी इस स्थिति पर पहुंची होंगी।

और रात को शेखर दीपक और रवि के साथ खाने की मेज पर डटा हुआ था। ममी उतने ही प्रेम से खाना खिला रही थीं...पापा वैसे ही खुले ढंग से मज़ाक कर रहे थे, मानो बीच में कुछ घटा ही न हो! अगल-बगल की खिड़कियों में दो-चार सिर चिपके हुए थे। सब कुछ पहले की तरह बहुत सहज-स्वाभाविक हो उठा था...।

केवल मैं इस सारी स्थिति से एकदम तटस्थ होकर यही सोच रही थी कि नाना पूरी तरह नाना थे–शत-प्रतिशत–और इसी से ममी के लिए उनसे लड़ना कितना आसान हो गया होगा। पर इन ममी से लड़ा भी कैसे जाए जो एक पल नाना होकर जीती हैं तो एक पल ममी होकर!

सयानी बुआ

सयानी बुआ का नाम वास्तव में ही सयानी था या उनके सयानेपन को देखकर लोग उन्हें सयानी कहने लगे थे, सो तो मैं आज भी नहीं जानती; पर इतना अवश्य कहूँगी कि जिसने भी उनका यह नाम रखा वह नामकरण विद्या का अवश्य पारखी रहा होगा।

बचपन में ही वे समय की जितनी पाबन्द थीं, अपना सामान सँभालकर रखने में जितनी पटु थीं, और व्यवस्था की जितनी क़ायल थीं, उसे देखकर चकित हो जाना पड़ता था। कहते हैं, जो पेंसिल वह एक बार खरीदती थीं, वह जब तक इतनी छोटी न हो जाती कि उनकी पकड़ में भी न आए तब तक उससे काम लेती थीं। क्या मजाल कि वह कभी खो जाए या बार-बार नोक टूटकर समय से पहले ही समाप्त हो जाए। जो रबर उन्होंने चौथी कक्षा में खरीदी थी, उसे नवीं कक्षा में आकर समाप्त किया।

उम्र के साथ-साथ उनकी आवश्यकता से अधिक चतुराई भी प्रौढ़ता धारण करती गई और फिर बुआजी के जीवन में इतनी अधिक घुल-मिल गई कि उसे अलग करके बुआजी की कल्पना ही नहीं की जा सकती थी। उनकी एक-एक बात पिताजी हम लोगों के सामने उदाहरण के रूप में रखते थे जिसे सुनकर हम सभी खैर मनाया करते थे कि भगवान करे, वह ससुराल में ही रहा करें, वर्ना हम जैसे अस्त-व्यस्त और अव्यवस्थित-जनों का तो जीना ही हराम हो जाएगा।

ऐसी ही सयानी बुआ के पास जाकर पढ़ने का प्रस्ताव जब मेरे सामने रखा गया तो कल्पना कीजिए, मुझ पर क्या बीती होगी? मैंने साफ़ इन्कार कर दिया कि मुझे आगे पढ़ना ही नहीं। पर पिताजी मेरी पढ़ाई के विषय

में इतने सतर्क थे कि उन्होंने समझाकर, डाँटकर और प्यार-दुलार से मुझे राज़ी कर लिया। सच में, राज़ी तो क्या कर लिया, समझिए अपनी इच्छा पूरी करने के लिए बाध्य कर दिया और भगवान का नाम गुहारते-गुहारते मैंने घर से विदा लीं और उनके यहाँ पहुँची।

इसमें सन्देह नहीं कि बुआजी ने बड़ा स्वागत किया। पर बचपन से उनकी ख्याति सुनते-सुनते उनका जो रौद्र रूप मन पर छाया हुआ था, उसमें उनका वह प्यार कहाँ तिरोहित हो गया, मैं जान ही न पाई। हाँ, बुआ के पति, जिन्हें हम भाई साहब कहते थे, बहुत ही अच्छे स्वभाव के व्यक्ति थे और सबसे अच्छा कोई घर में लगा तो उनकी पाँच वर्ष की पुत्री अन्नू।

पर मैंने देखा कि परिवार के सभी लोगों पर एक विचित्र आतंक-सा छाया हुआ है—सब पर मानो बुआजी का व्यक्तित्व हावी है। सारा काम वहाँ इतनी व्यवस्था से होता जैसे सब मशीनें हों, जो क़ायदे में बँधी, बिना रुकावट अपना काम किए चली जा रही हैं। ठीक पाँच बजे बस लोग उठ जाते, फिर एक घंटा बाहर मैदान में टहलना होता, उसके बाद चाय-दूध होता। उसके बाद अन्नू को पढ़ने के लिए बैठना होता। भाई साहब भी तब अख़बार और ऑफ़िस की फ़ाइलें आदि देखा करते। नौ बजते ही नहाना शुरू होता। जो कपड़े बुआजी निकाल दें, वही पहनने होते। फिर क़ायदे से आकर मेज़ पर बैठ जाओ और खाकर काम पर जाओ।

घर के इस नीरस और यन्त्रचालित कार्यक्रम में अपने को फ़िट करने में मुझे कितना कष्ट उठाना पड़ा और कितना अपने को काटना-छाँटना पड़ा, यह मेरा अन्तर्यामी ही जानता है। सबसे अधिक तरस आता था अन्नू पर। वह इस नन्ही-सी उमर में ही प्रौढ़ हो गई थी। न बच्चों का-सा उल्लास, न कोई चहचहाहट। एक अज्ञात भय से वह घिरी रहती थी। घर के उस वातावरण में कुछ ही दिनों में मेरी भी सारी हँसी-खुशी मारी गई।

यों बुआजी की गृहस्थी जमे पन्द्रह वर्ष बीत चुके थे, पर उनके घर का सारा सामान देखकर लगता था, मानो सबकुछ अभी कल ही खरीदा हो। गृहस्थी जमाते समय जो काँच और चीनी के बर्तन उन्होंने खरीदे थे, वे आज भी ज्यों-के-त्यों थे, जबकि रोज़ उनका उपयोग होता था। वे सारे बर्तन स्वयं खड़ी होकर साफ़ करवाती थीं। क्या मजाल, कोई एक चीज़ भी तोड़ दे। एक बार नौकर ने सुराही तोड़ दी थी। उस छोटे-से-छोकरे को उन्होंने इस

कसूर पर बहुत पीटा था। तोड़-फोड़ से तो उन्हें सख़्त नफ़रत थी, यह बात उनकी बर्दाश्त के बाहर थी। उन्हें बड़ा गर्व था अपनी इस सुव्यवस्था का। वे अक्सर भाई साहब से कहा करती थीं कि यदि वे इस घर में न आतीं तो न जाने बेचारे भाई साहब का क्या हाल होता। मैं मन-ही-मन कहा करती थी कि और चाहे जो भी हाल होता, हम सब मिट्टी के पुतले न होकर कम-से-कम इंसान तो अवश्य हुए होते।

बुआजी की अत्यधिक सतर्कता और खाने-पीने के इतने कंट्रोल के बावजूद अन्नू को बुखार आने लगा, सब प्रकार के उपचार करने-कराने में पूरा महीना बीत गया, पर उसका बुखार न उतरा। बुआजी की परेशानी का पार नहीं, अन्नू एकदम पीली पड़ गई। उसे देखकर मुझे लगता मानो उसके शरीर में ज्वर के कीटाणु नहीं, बुआजी के भय के कीटाणु दौड़ रहे हैं, जो उसे ग्रसते जा रहे हैं। वह उनसे पीड़ित होकर भी भय के मारे कुछ कह तो सकती नहीं थी बस सूखती जा रही है।

आख़िर डॉक्टरों ने कई प्रकार की परीक्षाओं के बाद राय दी कि बच्ची को पहाड़ पर ले जाया जाए, और जितना अधिक उसे प्रसन्न रखा जा सके, रखा जाए। सब कुछ उसके मन के अनुसार हो, यही उसका सही इलाज है। पर सच पूछो तो बेचारी का मन बचा ही कहाँ था? भाई साहब के समने एक विकट समस्या थी। बुआजी के रहते यह सम्भव नहीं था, क्योंकि अनजाने ही उनकी इच्छा के सामने किसी और की इच्छा चल ही नहीं सकती थी। भाई साहब ने शायद सारी बात डॉक्टर के सामने रख दी, तभी डॉक्टर ने कहा कि माँ के साथ रहना ठीक नहीं होगा। बुआजी ने सुना तो बहुत आनाकानी की, पर डॉक्टर की राय के विरुद्ध जाने का साहस वे कर नहीं सकीं तो मन मारकर वहीं रहीं।

ज़ोर-शोर से अन्नू के पहाड़ जाने की तैयारी शुरू हुई। पहले दोनों के कपड़ों की लिस्ट बनी, फिर जूतों की, मोज़ों की, गरम कपड़ों की, ओढ़ने-बिछाने के सामान की, बर्तनों की। हर चीज़ रखते समय वह भाई साहब को सख़्त हिदायत कर देती थीं कि एक भी चीज़ खोनी नहीं चाहिए—"देखो, यह फ्रॉक मत खो देना, सात रुपए मैंने इसकी सिलाई दी है। यह प्याले मत तोड़ देना, वरना पचास रुपए का सेट बिगड़ जाएगा और हाँ, गिलास को

तुम तुच्छ समझते हो, उसकी परवाह नहीं करोगे; पर देखो, यह पन्द्रह बरस से मेरे पास है और कहीं खरोंच तक नहीं, तोड़ दिया तो ठीक न होगा।"

प्रत्येक वस्तु की हिदायत के बाद वह अन्नू पर आईं। वह किस दिन, किस समय क्या खाएगी, उसका मीनू बना दिया। कब कितना घूमेगी, क्या पहनेगी, सब कुछ निश्चित कर दिया। मैं सोच रही थी कि यहाँ बैठे-बैठे ही बुआजी ने इन्हें ऐसा बाँध दिया कि बेचारे अपनी इच्छा के अनुसार क्या ख़ाक करेंगे। सब कह चुकीं तो ज़रा आर्द्र स्वर में बोलीं, "कुछ अपना भी ख़्याल रखना, दूध-फल बराबर खाते रहना।" हिदायतों की इतनी लम्बी सूची के बाद भी उन्हें यही कहना पड़ा, "जाने तुम लोग मेरे बिना कैसे रहोगे, मेरा तो मन ही नहीं मानता। हाँ, बिना भूले रोज़ एक चिट्ठी डाल देना।"

आख़िर वह क्षण भी आ पहुँचा, जब भाई साहब एक नौकर और अन्नू को लेकर चले गए। बुआजी ने अन्नू को खूब प्यार किया, रोई भी। उनका रोना मेरे लिए नई बात थी। उसी दिन पहली बार लगा कि उसकी भयंकर कठोरता में कहीं कोमलता भी छिपी है। जब तक ताँगा दिखाई देता रहा, वह उसे देखती रहीं, उसके बाद कुछ क्षण निर्जीव-सी होकर पड़ी रहीं। पर दूसरे ही दिन से घर फिर वैसे ही चलने लगा।

भाई साहब का पत्र रोज़ आता था, जिसमें अन्नू की तबीयत के समाचार रहते थे। बुआजी भी रोज़ एक पत्र लिखती थीं, जिसमें अपनी उन मौखिक हिदायतों को लिखित रूप में दोहरा दिया करती थीं। पत्रों की तारीख में अन्तर रहता था। बात शायद सबमें वही रहती थी। मेरे तो मन में आता कि कह दूँ, बुआजी रोज़ पत्र लिखने का कष्ट क्यों करती हैं? भाई साहब को लिख दीजिए कि एक पत्र गत्ते पर चिपकाकर पलंग के सामने लटका लें और रोज़ सवेरे उठकर पढ़ लिया करें। पर इतना साहस था नहीं कि यह बात कह सकूँ।

क़रीब एक महीने के बाद एक दिन भाई साहब का पत्र नहीं आया। दूसरे दिन भी नही आया। बुआजी बड़ी चिन्तित हो उठीं। उस दिन उनका मन किसी भी काम में नहीं लगा। घर की कसी-कसाई व्यवस्था कुछ शिथिल-सी मालूम होने लगी। तीसरा दिन भी निकल गया।

अब तो बुआजी की चिन्ता का पार नहीं रहा। रात को वे मेरे कमरे में आकर सोईं, पर सारी रात दुःस्वप्न देखती रहीं और रोती रहीं। मानो उनका

वर्षों में जमा हुआ नारीत्व पिघल पड़ा था और अपने पूरे वेग के साथ बह रहा था। वह बार-बार कहतीं कि उन्होंने स्वप्न में देखा है कि भाई साहब अकेले चले आ रहे हैं, अन्नू साथ नहीं है और उनकी आँखें भी लाल हैं और वह फूट-फूटकर रो पड़तीं। मैं तरह-तरह से उन्हें आश्वासन देती, पर बस वह तो कुछ सुन ही नहीं रही थीं। मेरा मन भी कुछ अन्नू के ख़्याल से, कुछ बुआजी की यह दशा देखकर बड़ा दुःखी हो रहा था।

तभी नौकर ने भाई साहब का पत्र लाकर दिया। बड़ी व्यग्रता से काँपते हाथों से उन्होंने उसे खोला और पढ़ने लगीं। मैं भी साँस रोककर बुआजी के मुँह की ओर देख रही थी कि एकाएक पत्र फेंककर सिर पीटती बुआजी चीखकर रो पड़ीं। मैं धक् रह गई। आगे कुछ सोचने का साहस ही नहीं होता था। आँखों के आगे अन्नू की भोली-सी, नन्हीं-सी तस्वीर घूम गई। तो क्या अब अन्नू सचमुच ही संसार में नहीं है? यह सब कैसे हो गया? मैंने साहस करके भाई साहब का पत्र उठाया। लिखा था–

प्रिय सयानी,

समझ में नहीं आता, किस प्रकार तुम्हें यह पत्र लिखूँ। किस मुँह से तुम्हें यह दुखद समाचार सुनाऊँ। फिर भी रानी, तुम इस चोट को धैर्य-पूर्वक सह लेना। जीवन में दुःख की घड़ियाँ भी आती हैं, और उन्हें साहसपूर्वक सहने में ही जीवन की महानता है। यह संसार नश्वर है। जो बना है, वह एक-न-एक दिन मिटेगा ही, शायद इस तथ्य को सामने रखकर हमारे यहाँ कहा है कि संसार की माया से मोह रखना दुःख का मूल है। तुम्हारी इतनी हिदायतों के और अपनी सारी सतर्कता के बावजूद मैं उसे नहीं बचा सका, इसे अपने दुर्भाग्य के अतिरिक्त और क्या कहूँ। यह सब कुछ मेरे ही हाथों होना था" ... आँसू-भरी आँखों के कारण शब्दों का रूप अस्पष्ट से अस्पष्टतर होता जा रहा था और मेरे हाथ काँप रहे थे। अपने जीवन में यह पहला अवसर था, जब मैं इस प्रकार किसी की मृत्यु का समाचार पढ़ रही थी। मेरी आँखें शब्दों को पार करती हुई जल्दी-जल्दी पत्र के अन्तिम हिस्से पर जा पड़ीं–"धैर्य रखना मेरी रानी, जो कुछ हुआ उसे सहने की और भूलने की कोशिश करना। कल चार बजे तुम्हारे पचास रुपए वाले सेट के दोनों प्याले मेरे हाथ से गिरकर टूट गए। अन्नू अच्छी है। शीघ्र ही हम लोग रवाना होने वाले हैं।"

एक मिनट तक मैं हतबुद्धि-सी खड़ी रही, समझ ही नहीं पाई यह क्या-से-क्या हो गया। यह दूसरा सदमा था। ज्यों ही कुछ समझी, मैं ज़ोर से हँस पड़ी। किस प्रकार मैंने बुआजी को सत्य से अवगत कराया, वह सब मैं कोशिश करके भी नहीं लिख सकूँगी। पर वास्तविकता जानकर बुआजी भी रोते-रोते हँस पड़ीं। पाँच आने की सुराही तोड़ देने पर नौकर को बुरी तरह पीटने वाली बुआजी पचास रुपए वाले सेट के प्याले टूट जाने पर भी हँस रही थीं, दिल खोलकर हँस रही थीं, मानो उन्हें स्वर्ग की निधि मिल गई हो।

'मैं हार गई' संकलन से